M o d e l ★ S t u d e n t

모델 스튜던트

1

Model Student

M o d e l ★ S t u d e n t

모델 스튜던트

로빈 헤이즐우드 장편소설
권희정 옮김

사람과 책

부모님께

| 차례 |

프롤로그

유명 모델들이 처음 모델을 하게 된 얘기는 언제나 똑같다. 아무도 파티에 데려가지 않는 꺽다리나 미운오리새끼였던 그녀들을 어느 날—아이스크림을 팔거나, 말을 타거나, 노인들에게 머핀을 배달하던 어느 날—신인을 발굴하는 왕자가 찾아내고, 요정은 마법지팡이를 휘둘러 그녀들에게 어울리는 립스틱을 준비한다. 그리고 짜잔! 신데렐라가 《보그》 표지를 장식하는 거다.

그러나 이건 완전히 말도 안 되는 소리다.

우선, 모델은 예쁘게 태어난다. 물론 모두 나름대로 미숙한 시기를 겪기는 하지만, 인정할 건 인정하자. 모델이 직면하는 문제—삐쩍 마른 몸이나 동급생 남자애들보다 큰 키—는 복권 당첨자의 문제와 똑같다. 영영. 촌티나는 못난이가 어느 날 갑자기 여왕이 되는 경우는 절대로 없다. 그런데 사람들은 왜 인생을 거짓으로 꾸미려고 하는지 나도 모르겠다. 언젠가 아인슈타인도 자신이 반에서 가장 멍청한 아이였노라고 솔직하게 고백하지 않았던가.

둘째, 모델이 되려면 노력해야 한다. 그것도 아주 많이. 이 세상 어딘가 왕자와 요정 같은 존재가 정말 있다면, 신인 발굴 담당자나 에이전트가 그렇게 시간을 낭비할 리 없겠지. 게다가 어떤 모델이든 메이크업 의자에 앉아 하염없이 시간을 보낸다. 여러 사람이 달라붙어 유행에 맞춰 치장시켜도 결국은 테스트 촬영만 실컷하다가 일은 끝나기 일쑤이고 그 사진들도 대개는 스튜디오 바닥에 버려지고 만다.

이렇게 생각하는 건, 내 자신이 마법의 도움으로 모델 생활을 시작한 게 아니기 때문이다. 나는 밀라노의 런웨이Runaway(패션쇼 무대−옮긴이)가 아니라 밀워키(미국 위스콘신 주 동남쪽에 있는 공업 도시−옮긴이)에서 모델 일을 시작했다. 어빙 펜(1917년생, 패션 및 광고 사진작가−옮긴이)에게서가 아니라, 허술한 모델 학교에서−나중에 알고보니 전부 틀린 것이었다−일을 배웠다. 《보그》9월호의 베르사체 광고가 아니라, 신문에 끼워 넣는 아크릴 제품 전단지로 데뷔했다.

출발이 시시하다고? 물론 그렇다. 하지만 걱정하지 않아도 된다. 거기서 많은 시간을 허비하지는 않았으니까. 긍정

9

적인 마음으로 일을 하다보면, 큰 행운도 잡게 된다.

　여러분이 책을 읽기 전에 알아두어야 할 사항이 있다. 이 책은 모델 지망생을 위한 안내서가 아니다. 광대뼈 윤곽을 도드라지게 하는 화장법이나 성공하는 모델이 되는 방법을 찾는다면, 다른 데서 알아보시기를. 여기에는 그런 내용을 담고 있지 않다. 하지만 모델이 되는 게 어떤 건지 알고 싶다면… 그러니까 나오미나 린다, 크리스티 같은 슈퍼모델이 아니고 도널드 트럼프(미국의 부동산 재벌 집안─옮긴이)의 애인들처럼 무늬만 모델인 사람들도 아닌, 평범한 모델들, 즉 여섯 자리 숫자의 일반적인 수입을 올리는 보통의 모델 일에 대해 알고 싶다면, 계속 읽어도 좋다. 내 이름은 에밀리 우즈. 나이는 열일곱. 지금부터 진짜 모델 생활을 들려주겠다.

1988년, 시카고
Chicago, 1988

제1장
북쪽에서 손짓하는 빛

　스튜디오 매니저인 프러키가 코끝에 안경을 내려 걸친다. 그리고 아무 말 없이 손을 위로 뻗는다.

　현관 로비를 가로지르는 나. 바닥이 대리석이라 테니스화 밑창이 찍찍 끌린다. 프러키에게 모델 포트폴리오를 건넸다.

　두근거리는 가슴.

　"시카고 컴퍼니라…." 그녀가 표지를 눈여겨보며 중얼거렸다.

　"제 새 에이전시이고 루이스가 부커booker예요." 내가 단숨에 말했다.

　프러키는 말없이 페이지를 넘기기 시작한다. 한 장 그리고 또 한 장. 그러다 내가 테니스 라켓을 든 사진을 보고 물었다.

"몇 살이지?"

"열일곱 살이요. 좀 있으면 열여덟 살이 돼요. 한 달 후면요. 정확히는 7월 5일이지만."

아차, 루이스가 그러지 말라고 했는데. 그는 모델이 절대 나이 먹는 일을 가지고 떠들어서는 안 되며 나처럼 수다쟁이여도 안 된다고 했다.

"마릴린 먼로가 수다스러웠다고 생각하니?" 한 번은 그가 물었다.

"마릴린 먼로? 죽었잖아요?" 내가 대답하자 그는 이렇게 되받아쳤다.

"바로 그거야. 아이콘은 말을 하지 않아."

나도 그 말이 옳다고 생각하지만 지금은 초조해서 그게 잘 안 된다. 이곳이 오늘 들른 다섯 번째이자 마지막 스튜디오인데, 좀처럼 긴장이 풀리지 않았다.

콘래드 퍼먼(사진작가)
웨스트 버튼 플레이스 25번지(XX 디어본)
만날 사람: 프랭키(스튜디오 매니저)

쪽지에 적힌 내용만으로는 아무 것도 예상할 수 없다. 하긴 이걸로 뭘 알 수 있겠어? 처음 도착해서 내가 본 것은 꼭대기까지 걸어 올라가야 하는 지저분한 4층짜리 건물이 아니었다.

여기저기 늘어진 전깃줄과 뭉쳐 돌아다니는 먼지들, 싸구려 소파들이 들어찬 '공업 지역'이 아닌, 시카고의 화려한 고급 주택지에 위치한 커다란 타운하우스였던 것이다. 자갈이 깔린 정원과 조각상처럼 반듯하게 가꾸어진 나무들, 크림색의 현대적인 건물이 마치 파리에 온 듯한 느낌을 주었다. 그렇다고 내가 파리에 가봤다는 말은 아니다. 어쨌든 그곳은 내가 상상하는 파리의 풍경만큼이나 무척 인상적이었다.

건물 안의 느낌도 강렬했다. 프러키 때문에 그렇게 느꼈는지도 모르겠다. 그녀는 새하얀 대리석이 깔린 현관 로비에 앉아있었는데, 새까만 눈동자와 윤기 나는 검은 머리 때문에 마치 거미집 한가운데 웅크린 거미 같아 보였다.

프러키는 '탁!' 소리가 나게 포트폴리오를 덮었다. 그리고 자리에서 일어나 빨갛게 손톱칠한 손으로 책상 모서리를 잡고 몸을 앞으로 기울였다. 그녀는 내 아드리안 비타디니(1945년 생, 헝가리 태생의 미국 패션 디자이너─옮긴이) 앙상블─신경 써서 고른 네이비블루와 흰색 줄무늬 블라우스 그리고 이에 어울리는 스웨터─과 턱, 코, 광대뼈를 재빨리 훑고 마지막으로 내 눈을 바라보았다.

"따라와."

나는 프러키를 따라 안으로 들어갔다. 좁은 사무실 안에는 스웨이드 가죽 소파 두 개, 윤이 나는 수십 권의 책들, 은빛 액자틀 몇 개가 보였다. 액자 안에는 매력적인 모델들의 사진이 들어있었다.

"콘래드, 여긴 에밀리."

프러키가 소개하자, 브이넥 캐시미어 스웨터를 입은 콘래드 퍼만이 목걸이 안경을 들어올려 관자놀이에 걸치며 말했다.

"반가워."

"안녕하세요." 나는 마른 침을 삼키며 대답했다. 그는 댄스 강사마냥 두 손바닥을 마주 대며 일어섰다.

"한 번 돌아볼래?"

나는 한 바퀴 돌아 보였다.

큰 소리로 웃으며 그가 말했다.

"그렇게 빨리 말고, 다시 돌아봐. 그래야 내가 볼 수 있지."

나는 다시 한 번 천천히 돌았다. 마치 회전하는 케이크가 된 기분이었다. 소파와 콘래드, 그 옆에 앉아 있는 프러키의 모습이 보였다. 콘래드의 체격은 프러키와는 정반대였다. 자그마한 몸집에 수레국화처럼 파란 눈, 예민해 보이는 성격. 나는 이상하게도 그를 보고 나서부터는 긴장이 풀렸다.

"몇 살이지?"

"곧 열여덟 살."

프러키는 아까 내 대답이 틀렸다는 것을 알려주려는듯, 또 박또박 대답했다.

콘래드는 다시 자리에 앉아 나를 질문하기 시작했다.

"운동하니?"

"춤은?"

"얼마나 먹지?"

"…많이?"

"우유는 자주 마셔?"

"탄산음료는?"

"술은?"

"몇 시간이나 자니?"

"키는?"

"부모님 키는?"

"작년에 키가 얼마나 자랐지?"

"몸무게는?"

"렌즈 껴?"

"선크림 바르니?"

"네 머리카락에 대해 설명해 볼래?"

"아침저녁으로 피부 관리는 어떻게 하는지 말해 봐, 클렌징 크림부터."

질문은 계속 이어졌다. 마치 악몽의 한 장면을 보는 것 같았다. 공부도 하지 않은 특정 주제에 대해 전문가 패널들이 꼬치꼬치 질문하는 악몽. 하지만 이건 모델 시험이므로 그 정도로 어렵진 않다.

드디어 '헬스'와 '뷰티'에 관한 질문이 다 끝났다. 콘래드는 무슨 계산을 하는지 알 수 없는 표정을 지었다.

"그러니까⋯⋯. 곧 열여덟 살이라고. 졸업은 했고, 맞지?"

"네."

"대학은 갈 거니?"

"아, 예."

"어느 대학?"

좀 참아 달라고! 이건 이번 여름내 우리 반 친구들을 괴롭히는 질문이었다. 패션계에 있는 사람들 빼고 부모님과 친척들을 포함해 모두가 묻는 말이기도 했다.

"컬럼비아 대학이요."

콘래드가 일어나 내 쪽으로 걸어왔다.

"노스웨스턴은 어때?"

어떻다니, 뭘 말이지?

"음, 좋은 학교죠." **노스웨스턴을 졸업했나?** "그래도 뉴욕에서 살고 싶어요." 내가 대답했다.

콘래드는 계속 나를 힐끔힐끔 쳐다보더니 "곧 알게 되겠지"라고 말했다.

알다니, 뭘? 어쨌든 미팅 절차가 모두 끝나서 다행이라고 생각하고 있었다. 그런데 갑자기 콘래드가 내 손을 잡고 촬영 스튜디오로 이끌었다. 스튜디오 안은 꽤 넓었고, 전체가 하얀색 페인트로 칠해진 멋진 곳이었다. 한 쪽 벽에는 두툼한 아트북들과 길쭉한 잡지들이 조각 장식품들과 함께 여기저기 꽤 많이 꽂혀 있었다. 세련된 가죽 소파 옆에 놓인 크리스털 꽃병 안의 칼라릴리가 시선을 사로잡았다. 옻칠이 된 커피 테이블이 반들반들 윤이 났고, 여러 조명 장비들도 반짝반짝 빛이 났다.

나는 스튜디오를 둘러보고—정말 어느 한 곳도 놓치지 않았다—정신이 몽롱해졌다. 이런 생각밖에 안 들었다. **이 남자는 일류야, 말 그대로 진짜 일류! 지금껏 내가 일했던 곳과는 정말 달라.**

갑자기 사진 하나가 눈에 들어왔다. 우리가 멈춰 선 곳에서 1미터도 채 안 되는 곳에 걸려 있는 작은 흑백사진. 사진을 보다가 나는 그만 숨이 콱 막혀버렸다. 사진 속에는 한 여자가 얇은 라이크라를 걸치고, 관능적인 미소를 지어보이고 있다. 미국 슈퍼모델 중에서도 최고라 불리는 신디 크로퍼드다. 지금껏 본 적 없는 사진이었다. 짧고 뾰족한 스파이키 헤어스타일에 통통하고 부드러운 뺨이, 열일곱 살 정도 되어 보인다. 바로 내 나이.

헉! 신디가 일리노이 출신이라는 건 알았지만……. 나는 콘래드 쪽으로 몸을 돌렸다. 그는 파란 눈을 반짝이며 나를 보고 미소지었다. 그리고 내 얼굴을 향해 천천히 손을 내밀었다.

"어디 보자, 이걸 여기로 옮기면……." 그는 손가락 끝을 내 이마에 난 점에 살짝 대더니 곧 뺨으로 내리고는 이렇게 말한다.

"…비슷할 거야." 그러고서 그는 신디의 그 유명한 매력 포인트가 있는 곳을 톡톡 두드린다.

말도 안 돼. 사실 내 고향인 위스콘신에서는 언제나 브룩 실즈를 닮았다는 말을 들었다. 눈썹을 빼고는 그렇게 많이 닮지 않았는데도 사람들은 내가 정말로 '나와 캘빈 클라인 청바지 사이에는 아무것도 없어요(1981년, 열여섯 살의 브룩 실즈가 찍은 캘빈 클라인 청바지 광고 문구─옮긴이)'라고 말한 그 모델인 줄 알고 끊임없이 다가와 말을 걸었다. 그런 유명 스타가 발삼 고등학교 스웨트 셔츠를 입고 미국 중서부 지방을 배회할 이유가 전혀 없는데 말이다. 스타에 대해 더 많은 것을 알아내기 위해 말을 거는 거라면 이해가 가지만, 어쨌든 그 얘기는 칭찬이고 칭찬을 좋아하지 않는 사람은 없다. 그러나 신디와 비교되는 일은 있을 수 없다. 그것도 실제로 그녀 사진을 찍은 사람한테 그런 말을 듣다니, 믿을 수 없는 일이 일어났다! 숙녀처럼 보이든 말든 나는 입이 찢어져라 활짝 웃었다. 달리 어쩔 수 있겠어?

잠시 후 모든 절차가 끝났다. 인사를 하고 자갈이 깔린 진입로를 따라 걸어 내려와 철문을 통과했다. '철컥' 하고 문 닫히는 소리가 등 뒤에서 들려온다. 바깥 공기는 상쾌했지만 비가 내리고 있었고 약간 서늘하여 주머니에 손을 찔러 넣었다. 나는 비에 젖은 회색 가로수 길을 터벅터벅 걷다가 빨간 신호등 앞에서 마지막으로 다시 한 번 뒤를 돌아보았다. 타운하우스가 주변의 우중충한 벽돌 건물과 대조를 이루며 마치 마법에라도 걸린 듯이 빛을 뿜고 있었다. 해변에서 반짝이는 돌들처럼 말이다. 저 안도 역시 그랬다. 밝은 현관 로비와 아늑한 사무실, 스튜디오 구석구석에서 흘러나오는 투명한 빛을 떠올리면, 지금까지의 바깥세상이 더욱더 밋밋하고 단조롭게 느껴졌다.

저기서 일해야 해. 나는 걸으면서 계속 생각했다. **꼭 그래야만 해.**

* * *

콘래드와 꼭 일하고 싶다고 생각한 이유는 그때까지 내 모델 경력에 내세울 만한 게 아무것도 없기 때문이다. 치즈 광고 모델로 시작했으니 말이다. 체다치즈, 거품 체다치즈 광고였다.

아는 사람은 알겠지만, 우리 아빠는 밀워키에 근거지를 둔 작은 광고 대행사 '우즈와 와코우스키'의 바로 그 우즈이다. 이 회사는 꽤 기발한 슬로건을 여러 개 만들어냈는데, 특히 소와 관련된 이중 의미의 슬로건으로 유명했다. 예컨대 **'높이 도약하자, 음매~'**, **'경쟁에서 이기자, 크림으로'**, **'대의를 위해, 더불어 소를 위해'** 같은 것들 말이다. '미국 낙농의 중심'이라고 자부하는 주에서 자동차 번호판 위에 붙이고 다니는 캐치프레이즈였는데 그 인기는 식을 줄 몰랐다.

지난 가을에는 아빠가 주 관광 홍보를 위해 모자 하나를 생각해냈다. '치즈헤드'라고 하는 기가 막히는 모자였다. 본 사람이 있을지도 모르겠다. 못 본 사람들은 야구모자 챙에 V자 모양으로 고정시킨 노란 거품을 상상하면 된다. 아빠는 그걸 그린 베이 패커스(위스콘신주 연고지인 미식축구팀—옮긴이) 경기에서 가급적이면 술취한 사람들에게 선보이는 게 좋겠다고 생각했다. 정말 끔찍하지 않은가? 처음에 만든 모자를 봤어야 하는데. 내 기억으로는 분명 스위스치즈 아니면 브릭치즈였다. 어느 추운 겨울날 아빠가 내게 치즈헤드를 쓰고 필름 두 통 분량의 사진을 찍게 해주면 72달러—아빠의 지갑 안에 있던 돈 전부—를 주겠다고 제안했다. 그것이 바로 내 데뷔작이 된 셈이다.

아빠 회사의 사진사 데일은 필름 두 통을 다 쓴 뒤, 치즈를 치워두고 별도로 사진 한 장을 더 찍어도 괜찮겠냐고 물었다. 그는 나에게 주먹 쥔 손을 풀고 얼굴을 약간 옆으로 돌려 렌즈를 바라보도록 지시한 다음 "몸 좋은데" 하고 말했다.

"자, 멋지게 미소지어봐."

나는 환한 표정을 지었다. 작업이 끝난 후 데일은 반사판을 꾸리다 말고 갑자기 생각난 듯 말했다.

"에밀리, 내 생각엔 너 모델 해도 될 거 같은데. 정말이야."

그리고 그는 내 사진을 에이전시에 보내 보겠다고 했다.

'내 생각엔 너 모델 해도 될 거 같은데.' 데일은 정확히 그렇게 말했다. 나는 '무슨 말을 하는 거야?' 하며 시큰둥한 척했지만 속으로는 '그 말이 정말일까?' 하며 몹시 흥분했다.

사실 난 준비된 모델이었다. 지난 5년간 내 방에 들어와 본 사람이라면 누구든 고개를 끄덕일 정도로 나는 패션을 사랑했다. 패션은 절대로 질리지 않았다. 그때 나는 대부분의 패션 잡지를 구독하고 있었고, 그 외에 나머진 신문가판대에서 구입했다. 과장이 아니다.

'반드시 챙겨야할 10가지 비결!', '당신의 마음을 사로잡을 외모!' 와 같은 문구 옆에 활짝 웃는 미녀가 표지를 장식하거나, 단지 크고 묵직하기만 해도 그 잡지는 내 것이 되었다. 나는 집으로 돌아오면 언제나 잡지를 내 방으로 가지고 올라가서(페이지가 접히지 않도록 수평으로 하고, 표지에 흠집이 생기지 않도록 그 위에 아무것도 올려놓지 않은 채) 바닥에 놓인 깔개 위에 철퍼덕 엎드리고는 천천히 페이지를 넘겼다. 그러다 느낌이 오는 사진, 팜케나 레이첼 아니면 엘르의 사진─나는 모델들의 이름을 전부 외우고 있다─이 눈에 띄면, 엑스 엑토 나이프로(가위로 자르려면 좀 까다로우니까. 그냥 손으로 찢어내라고? 왜 이러시나) 조심스레 잘라서 벽으로 가져간다. 이때 적당한 자리를 찾으려면 몇 번이고 사진을 여기저기에 대봐야 한다. 딱 맞는 장소를 찾으면 테이프로 고정시키고, 다시 깔개 위에 벌러덩 누워서 방금 막 벽에 붙인 사진을 올려다본다.

사진 속의 그녀를 말이다. 하얀 치아에 반짝거리는 눈을 가진 그녀는 보통 달리거나 도약하는 자세를 취하고 있다. 내게는 사진의 배경이 실내인지 실외인지는 전혀 문제가 되지 않는다. 그녀가 어딘가 향하고 있다는 사실이 중요할 뿐이다. 내가 원하는 어떤 곳, 이곳이 아닌 다른 곳을 향해 말이다. 그렇게 누워서 쳐다보고 있으면 느낌이 온다. 그냥 느껴진다. 나도 저곳에 뛰어올라 그녀와 함께 갈 수 있다면, 아니 그녀가 된다면, 내 인생에서 더는 바랄 것이 없으리라는 사실이.

그러니 '타미 스콧 모델 학교'로부터 모델 과정에 등록해보지 않겠느냐는 전화가 걸려왔을 때, 내가 한껏 들떠 "좋아요!"라고 대답한 것은 별로 놀랄 만한 일도 아니었다. 나는 몇 가지 필요한 사항들을 메모한 후, 전화를 끊자마자 바로 초등학교 3학년 때부터 단짝으로 지내온 크리스티나에게 전화를 걸었다. 크리스티나는 언제나 정확한 의견을 내놓는 아이였다. 그런 크리스티나가 내게 한 번 해 보라고 격려해 주었다.

한 가지 장애물이 있긴 했다.

"뭘 하겠다고?" 엄마가 말했다.

나는 아래층으로 내려와 부엌에 있는 엄마에게 갔다. 엄마는 오븐 안에 넣어둔 빵을 막 확인하던 참이었다. 언제나 그렇듯이 부엌은 따뜻했다.

"모델 학교에 가고 싶다니."

나는 아이스티를 담아 놓은 피처 병을 찾으면서 이번엔 냉
장고 옆에서 다시 한 번 말했다. 피처 병을 꺼낸 후 큰 컵에
얼음을 몇 개 넣고 아이스티를 따랐다. 그러곤 피처 병을 다
시 냉장고에 집어넣었다. 엄마는 여전히 묵묵부답.

"뭐라고 말 좀 해보세요." 내가 말했다.

사실 엄마의 반대쯤은 미리 예상했다. 끈으로 졸라매는 삼
베 바지와 뜨개질 한 홀터, 구슬장식 목걸이, 버켄스탁 샌들
에 허리까지 내려오는 머리 그리고 화장 안 한 얼굴. 엄마를
한 번이라도 본 사람이라면 우리 엄마가 뭐 하는 사람인지 감
잡을 수 있다. 그렇다, 엄마는 스스로 표현하는 대로 '사회
활동가'이며, 이는 곧 '나이 먹은 히피'로 해석해도 괜찮다는
뜻이다. 아빠 역시 마찬가지. 우리 부모님이 어떻게 이런 삶
의 방식을 택하게 되었는지는 좀 있다가 이야기하겠지만, 지
금은 엄마의 입에서 흘러나온 대답이 그다지 충격적이지 않았
다는 사실만 말하겠다.

"나 죽으면 하든지."

"열렬한 지지, 정말 감사드려요." 내가 쏘아붙이며 반격
했다.

"바비 인형을 갖고 놀지 못하게는 했다만, 설마 네가 그 인
형이 되려 할 거라고는 꿈도 꾸지 못했어!"

이 말에 난 힐끔 눈치를 살폈다.

"엄마, 제발요. 바비는 인형이잖아요. 모델은 진짜예요."

25

"내가 만나 본 모델 중에 제대로 된 애들은 없었어."

엄마는 도마에 붙은 밀가루 반죽을 떼어냈다. 길고 가는 부스러기들이 바닥에 떨어졌다.

음, 모델들을 개인적으로 만난 적은 고사하고, 아예 본 적조차 없을 텐데. 엄마는 내 방에 들어와 본 일이 없다. 그리고 엄마가 즐겨보는 《마더 존스》나 《미즈》(미국 진보성향 잡지—옮긴이) 같은 잡지에 모델들이 나올 이유도 없으니, 엄마가 모델에 대해 이러쿵저러쿵 말한다는 건 말이 안된다. 하지만 이건 그다지 중요한 게 아니니 그냥 넘어간다. 엄마는 아직 내게 할 말이 많았다.

"학교 공부는 어쩔 건데?"

"모델 교육은 매주 토요일에 해요. 그것도 길어봤자 두 시간밖에 안 하고요."

"공짜는 아닐 거 아냐?"

"천 달러."

"뭐야?"

"엄마, 나중에 벌어서 갚을게요."

"벌긴, 네가 뭘 해서 벌어?"

엄마와 벌이는 힘겨루기는 몇 라운드나 계속됐다. 거실에 있는 베틀을 지나 커다란 유리창으로 둘러친 베란다에서 엄마는 갖가지 종류의 마크라메 레이스로 매단 화초—대부분이 제이드—에 물을 주고, 윈드 차임을 가볍게 건드려 소리 나게 한 다음, 다시 부엌으로 향했다. 엄마는 겨자색 싱크대에 남은 물을 쏟아버리고, 오븐 안에 있는 빵을 확인했다. 빵 껍질이 갈색으로 변할 때쯤, 엄마의 마음도 누그러졌다.

"좋아." 엄마는 그나마 내가 선물해서 전혀 이상해 보이지 않는 오븐용 장갑을 양 손에 끼면서 말했다. "그렇게 원하는 거라면, 에밀리, 해 봐. 대신 잘해야 해."

야호! 나는 주먹 쥔 손을 공중으로 번쩍 치켜들고 엄마를 껴안았다. 나는 행복했다. 일단은 엄마를 설득시켰으니까. 그러나 그 행복감은 얼마가지 않고 또다른 고민이 생겨났다. 문제는 광고 문구에서 말하듯이 '모델이 될 것인가, 아니면 모델처럼 보일 것인가' 였다. 첫 수업이 있는 날 아침, 난 내가 그 두 가지 유형 중 어느 쪽에도 속하지 않기를 바랐다. 그러니까 다른 사람들에게 딱 잘라서 모델이 될 수 없다는 말을 듣기보다는, '모델이 될 수도 있었을 텐데' 라는 소리를 들으며 살아가는 편이 더 나을지도 모른다는 생각이 들었다.

그런데 타미 스콧 모델 학교에 들어서서 주위를 한 번 쓱 둘러보고는, 괜한 걱정이었다는 걸 깨달았다. 복도에 들어서면서부터 이건 아니라는 생각이 들었다. 지금 당장 치열교정을 하지 않으면 안 될 것 같은 여자들, 통통하다는 말이 미안할 정도로 뒤룩뒤룩 살찐 여자들, 마흔 살이 넘은 아줌마들, 키가 160 센티미터도 안 되는 여자들—10점 만점으로 점수를 매겼을 때, 만점은커녕 옆에 있는 여자들과 합쳐서 점수를 매겨도 만점이 나올 수 없는—이 10주에 천 달러나 하는 이 '전문' 과정 수료가 카메라 앞에 설 수 있는 보증수표라 확신하며 입학 과정을 무난히 통과했다.

결과적으로 '타미 스콧 모델 학교'는 완전히 엉터리였다. 우리를 지도할 강사가 두 손바닥을 마주친 그때 나는 그렇게 결론 내렸다. 그녀는 케익 속에서 짜잔 하고 튀어나오는 일을 멋지게 해낸 누군가의 이야기를 열을 내며 들려 주었고, 나는 그녀가 전 미스 위스콘신 출신인 타미 스콧 본인, 그러니까 진짜 타미임을 곧 알게 되었다. 타미는 자신의 가장 유명한 작품—그리스 케밥을 손에 들고 카메라 렌즈를 매혹적으로 바라보는 식품점 포스터—을 보여주면서 수업을 시작했다. 그런 다음 **'메이크업 고급 응용 제5편: 아이(섀도)로 말하게 하자'** 는 비디오로 넘어갔다. 비디오 시청이 끝나고서는 둥글게 모여앉아 한 사람씩 이곳에 등록한 이유를 말했다.

"남자 친구가 셰럴 티그(1950년생. 현대적인 의미의 미국 첫 슈퍼모델로서 키 큰 모델의 첫 포문—옮긴이)를 쏙 빼닮았다고 그래서요." 서른네 살의 간호사 위니가 말문을 열었다.

다음은 록시였다.

"남편 될 사람이 모델과 결혼하고 싶대요."

"나도 그런데!" 말라가 말했다. 말라는 록시와 하이파이브를 한 뒤 빗을 꺼내들고 이마로 내린 깃털 같은 머리카락을 말아서 앞으로 잡아당기기 시작했다. "배우 스테파니 파워스

(1942년생, 영화배우이자 가수―옮긴이)와 닮았다나."

다행히도 내 차례는 아직 멀었다. 크리스티 브링클리(1954
년생, 미국 슈퍼모델―옮긴이), 켈리 르브록(1960년생, 배우이자
모델―옮긴이), 재클린 스미스(1947년생, 드라마 〈미녀삼총사〉에
서 켈리 가렛으로 출연한 배우―옮긴이)…… 출신지도 제각각인
그 미녀들이 이렇게 한 방에 모인 걸 누가 상상이나 할 수 있
겠어? 그것도 하필 밀워키의 이곳에 모이다니.

이제 모두 나를 보고 있었다. 타미는 환하게 미소를 짓고
있었는데, 그때마다 송곳니가 반짝였다.

"이제 에밀리 순서네요. 어떻게 여기에 왔나요?"

좋은 질문이다. 나는 둥글게 앉아있는 여자들을 빙 둘러보
았다. 그들은 모두 멀리서 보더라도 자신들이 닮았다고 얘기
한 모델이나 배우들의 생김새와는 거리가 멀었다. 위니는 중
국인이었고, 록시는 9킬로그램만 더 찌면 두 사람 몫의 몸무
게였다. 이 사람들은 대체 누구한테 농담을 하고 있는 걸까?

어쩌면 자신에게 하고 있는지도…….

"브룩 실즈랑 똑같아!" 갑자기 록시가 탄성을 질렀다.

"정말이네." 위니도 맞장구 쳤다.

말라는 내게 하이파이브를 청했다. 찰싹! 손바닥이 마주쳤
다. 나는 한 손으로 머리를 뒤로 넘기며 잠깐 미소를 지어보
였다.

우리는 메이크업법, 헤어스타일링법, 런웨이 워킹법을 배

웠다. 나중에 알게 되었지만, 그것들 중 하나도 정확한 게 없었다. 그러나 그때는 이곳이 내가 기대하던 곳이 아니라는 사실만을 깨달았을 뿐이다. 글래머는 대체 어디 갔대요, 타미? 디자이너 의상은? 전망 좋은 촬영지는? 커노샤(밀워키에서 남쪽에 위치해 있는 항구―옮긴이)는 말도 꺼내지 말길. 졸업식 날, 우리는 샴페인 스프리처와 무지방 프렌치 드레싱에 찍어 먹는 샐러리를 먹으며 서로 축하했다. 몇몇 여자들은 화장을 고쳐야 할 정도로 훌쩍였지만 나는 그 무리에 끼지 않았다. 사실 오히려 홀가분했다. 등록한 건 실수였지만, 어쨌든 이제 다 끝났으니까. 그런데 그로부터 일주일 후, 에이전시로부터 전화가 걸려왔다. 콜즈 백화점의 신문 광고를 찍어볼 생각이 없냐고. 보수는 시간당 90달러, 못해도 세 시간은 촬영할 거라고 했다.

그 일을 했다. 그리고 다른 일들이 이어졌는데, 역시 형편 없는 일들 뿐이었다. 레이저 태그(광선이 발사되는 장난감총―옮긴이) 포장지, 고무장갑 라벨, 커밋 더 프로그(〈세사미 스트리트〉에 등장하는 개구리―옮긴이) 할로윈 의상……. 그런 광고 사진을 자기 방 벽에 붙여 놓는 사람이 있을까? 당연히 아무도 없다. 나는 내 목표를 향해 가고 있는 게 아니었다. 그러던 어느 날, 시카고의 한 메이크업 아티스트로부터 전화가 걸려왔다. '시카고 컴퍼니'라는 에이전시의 루이스에게 전화해 보라는 내용이었다. 나는 당장 전화를 걸었다.

이게 한 달 전의 일이었고, 그때부터 지금까지 아홉 번 모델로 섰다. 그리고 갑자기… 오늘 오후, 바로 지금, 모든 게 달라질 일이 터지고야 말았다.

"에밀리 우즈, 그 사람이 널 찍겠대." 갑자기 루이스가 나를 끌어안으며 소리쳤다. "콘래드 퍼만이 널 찍겠대!"

나도 루이스를 꽉 끌어안고 비명을 질러댔다. 곧이어 루이스는 어떤 종류의 일인가부터 시작해서 부킹booking에 대해 설명해주었다.

모델 일에는 세 가지 인쇄매체 작업―광고, 카탈로그, 화보―이 있다. 우선 광고는 보수가 가장 좋다. 이는 독점권 때문인데, 일단 어떤 모델이 특정 브랜드와 계약을 맺으면, 다른 경쟁사들은 그 모델과의 계약을 웬만하면 피한다(탄력적인 몸매를 지니고 입이 떡 벌어질 정도로 가슴이 큰 모델이라고 해도, 나이키면 나이키, 리복이면 리복이지, 양쪽 모두의 스포츠브라를 동시에 광고할 수 없다는 뜻이다). 이런 독점권을 차지하기 위해 광고주들은 합당한 보수를 모델에게 지급한다. 물론 그렇게 자주 있는 일은 아니지만.

모델들은 대개 카탈로그 일을 한다. 카탈로그는 모델이라는 직업의 원동력이다. 다시 말하자면 톱 모델들을 제외한 대다수 모델이 모델 활동을 지속하는 데 필요한 주요 수입원이라고 할 수 있다. 광고만큼 보수가 좋지는 않지만(시카고처럼 상대적으로 작은 시장에서 카탈로그 모델료가 시간당 150달러인데

반해, 광고는 건당 몇천 달러에서 몇백만 달러까지 오고간다), 추가 수당이 있다. 여덟 시간을 일하면 특별 수당이 더해져 1,250 달러를 받고, 시간 외로 일하거나(아홉 시 전이나 다섯 시 이후, 혹은 주말) 속옷 광고를 찍게 되면, 1.5배가 되어 시간당 225 달러를 받는다. 시어스(19세기말 시카고에서 시작된 백화점 체인—옮긴이) 광고 같은 일은 나쁘지 않다.

마지막으로 화보 작업은 가장 드문 일이다. 패션에서 말하는 화보는 신문과는 아무 관계가 없고, 오로지 잡지 사진만을 의미한다. 물론 신문과 잡지에 공통점이 하나 있긴 하다. 보수가 정말 형편없다. 농담이 아니라 《보그》의 하루 모델료는 135달러, 135달러가 전부다! 하지만 그렇다고 누구도 《보그》를 거절하지 못한다. 《보그》에서 찍은 사진들은 포트폴리오(또는 우리가 말하는 '북book')에 들어가는데, 이 포트폴리오는 모델에게 있어 매우 중요하다. 광고와 카탈로그 클라이언트들은 마음에 드는 모델을 쓰기(또는 우리가 말하는 '부킹booking') 위해 포트폴리오를 훑어본 후 모델 에이전트(또는 우리가 말하는 '부커booker' —이 용어들을 기억하시라)에게 전화를 한다. 자신의 이력에 《보그》 혹은 《마드모아젤》 등 화보가 추가될수록 포트폴리오의 호소력은 강해지고, 더 많은 돈이 들어온다. 작지만 꽉 짜인 순환 체계라 할 수 있다.

이번에 내가 하게 된 작업이 바로 그것이다. 중류층 이상을 고객으로 하는 남부의 백화점 휘트먼즈의 홀리데이 카탈로그

(패션은 일반적으로 한두 시즌 앞서서 촬영되기에 7월이 언제나 크리스마스다) 일이다. 휘트먼즈라는 이름은 처음 들어보지만, 그건 상관없잖아? 중요한 것은 이제 내가 콘래드 퍼만과 작업을 한다는 사실이니까. 콘래드 퍼만이다. 루이스의 표현을 빌리면, '전설적인 패션 사진작가' 콘래드 퍼만. 시카고 사진작가들 중 최고인 콘래드 퍼만. 신디 크로퍼드를 스타로 탄생시킨 콘래드 퍼만!

제2장
헬로우 달리!

    콘래드 퍼만의 타운하우스 앞. 몇 겹으로 얽혀 뻗어 있는 무화과 나뭇가지들 사이로 인터폰이 보인다. 버튼을 누른다.

    "어서 와, 에밀리. 곧장 분장실로 오렴."

    현관 로비를 지나 복도에 들어섰다. 지난번에는 프러키를 따라가느라 거의 뛰다시피했지만, 지금은 혼자 천천히 걷고 있다. 많은 사진들이 보인다. 유명인들의 얼굴이 마치 자신들의 자리를 한 번 뺏어보라고 말하듯 나를 빤히 쳐다보고 있다. 폴리나 포리즈코바(1965년생, 체코 출신 모델이자 배우—옮긴이)는 **"나 잡아 봐라"** 하고 비아냥거린다. 뽐내듯 약간 위로 치켜든 턱과 고요한 바다의 담청색보다 더 짙은 파란 눈. 파도는 그녀의 존재 앞에 알아서 꼬리를 내린다. **"날 좀 보지 그**

래." 표범무늬 원피스를 입은 스테파니 세이모어(1968년생, 슈퍼모델―옮긴이)가 그르렁거린다. 호기심 어린 시선들로부터 자신의 먹이를 지키려는 듯 카메라 렌즈를 향해 야수처럼 웅크린 상체에 쑥 내민 엉덩이. **"아니, 날 보라니까!"** 에스텔 르페브르(1965년생, 프랑스 모델―옮긴이)가 기둥에 등을 대고 상체를 굽힌 채 실크로 감싼 곡선미를 자랑하며 말한다. 다른 모델들도 모두 여기에 모여 있다. 조안 세브란스(1958년생, 미국 모델 겸 배우―옮긴이), 킴 알렉시스(1960년생, 미국 슈퍼모델, 배우―옮긴이), 켈리 엠버그(1959년생, 모델이자 배우, 록 스타 로드 스튜어트와의 염문으로 유명―옮긴이), 로렌 허튼(1943년생, 모델이자 배우―옮긴이)……. 이 얼굴, 저 얼굴, 하나같이 모두 유명하고, 완벽하다. 말하자면, 슈퍼모델 명예의 전당인 셈이었다.

윽! 한 걸음 한 걸음 옮길 때마다 명치끝이 살며시 아파온다. 코너를 돌아 경호원들에게 인사를 하고 분장실에 들어와서야 겨우 마음이 안정되는가 싶었는데, 또 다른 유명인의 눈과 떡하니 마주쳤다. 하지만 이번에는 진짜 사람이었다. 그 유명인의 눈꺼풀이 깜빡였다.

난 내 앞에 있는 아야나를 멍하니 바라보는 중이었다.

아야나가 나를 훑어보고 휙 하니 돌아선지 한참이 지나도록 내 뇌는 아야나를 파악하느라고 정신이 없었다.

"아, 안, 안녕하세요." 마침내 더듬거리며 입을 열었다.

아야나는 아무 대꾸 없이 열심히 거울만 들여다본다. 나도 거울로 시선을 돌렸다. 그것 말고 뭘 할 수 있겠어? 아야나는 난생 처음 내가 직접 본 슈퍼모델이다. 멸종 위기에 처한 생물보다 더 희귀하게 느껴졌다. 특히 아야나 정도의 슈퍼모델은! 아야나가 어떻게 모델이 되었는지 다들 그 이야기를 알고 있다. 아야나는 탄자니아 오지의 화산 분화구 부근에서 염소떼를 치는 마사이 족의 공주였다. 그녀를 발견한《내셔널 지오그래픽》의 사진작가가 사진을 찍었을 때, 카메라를 한 번도 본 적이 없던 아야나−아름다운 꽃이라는 뜻의 이름−는 깜짝 놀랐다. 그리고 그 일이 모델 인생의 기점이 되었다. 그녀는 탄자니아에서 스튜디오 54(1977년 오픈, 1986년에 문 닫은 뉴욕 맨해튼의 스튜디오. 1996년 잠시 재오픈. 현재는 극장으로 사용되고 있으며, 유명한 로고는 그대로 남아있다−옮긴이)로 직행, 광고를 찍고 스타덤에 올랐다. 그로부터 수년이 지난 지금, 콘래드와 작업을 하고 있는 것이다. 실제로 보니 피부색 때문인지 더 가냘프고 섬세해 보인다. 그녀의 피부색은 단색이 아니었다. 아름다운 두 색이 어우러져 마치 이른 가을 살짝 물이든 단풍잎 같았다.

아야나가 루이뷔통 핸드백에서 묵직해 보이는 금색 라이터와 담배 케이스를 꺼냈다. 나는 이 냉랭한 분위기를 어떻게 바꿀까 이리저리 머리를 굴려 몇 가지 질문을 생각해냈다.

'비행은 어땠어요?'

'윈디 시티Windy City(시카고의 별칭—옮긴이)에는 자주 와요?'

'아, 담배 피우네요?'

바로 그때였다.

"이런, 젠장!"

올챙이배를 한 남자가 숨을 헐떡이며 비틀비틀 분장실로 들어왔다. 손에는 믿기지 않을 정도로 많은 가방과 상자들이 들려 있었다. 그는 잠시 주춤하더니 짐을 내려놓고 자신의 엄지손가락이 괜찮은지 살폈다. 그러다 아야나와 눈이 마주치자 그는 함성을 지르듯 목소리를 높였다.

"차오, 벨라!"

"어머, 빈센트!"

두 사람은 서로의 볼에 몇 번이나 입을 맞추고는 이탈리아어로 떠들어대기 시작했다.

'안녕하세요……. 차오.' 난 어디 구석진 곳에 찌그러져 내 존재를 숨기기로 결심했다. 그들을 방해하지 않는 게 좋을 것 같았다. 그로부터 10여분 동안 세 사람이 분장실 안으로 더 들어왔다. 콘래드의 패션 스타일리스트인 모리스. 그 다음에는 깡마르고 고상하게 생긴 금발 미녀 테레사. 테레사는 내 방 벽에 그녀의 사진이 붙어 있었기에 알아볼 수 있었다(그녀의 텍사스 출신 특유의 느리고 목청 큰 말투는 약간 충격적이었다). 마지막으로 자그마한 몸집에 커다란 브러시를 들고 다니는 헤어스타일리스트 로라. 그녀가 큼지막한 헤드폰을 쓰고 분장실 문을 박차고 들어와 "아임 워킹 온 선샤인(1980년대 중반 인기있던 카트리나 앤 더 웨이브스의 곡—옮긴이)"이라고 큰 소리로 노래를 불러댔을때, 나는 이 여자 또한 범상치 않은 사람이라는 걸 알아챘다. 그리고 빈센트는 뉴욕에서 날아온 메이크업 아티스트였다. 특별히 나를 위해서 말이다.

"난 널 가르치기 위해 왔단다, 꼬마야. 분명히 말해두지만, 만만치 않을 거야." 그는 튜브 용기와 병들을 끝도 없이 꺼내놓으며 말했다. "이 화장품들은 꽤 인기가 있단다."

"잠깐……. 가르치다니요? 그럼 메이크업은 내가 직접 해야 한다는 말인가요?" 내가 물었다.

그렇다면 정말 충격이다. 물론 예전에는 모델이 직접 메이크업을 했다고 들었다. 하지만 지금은 1980년대다. 모든 촬영에는 메이크업 아티스트가 따라 붙기 마련이다. 밀워키에서조차도 그랬다.

빈센트가 내 말에 고개를 끄덕였다.

"여긴 구식을 좋아하거든."

금세 이 말에 동조하는 목소리가 여기저기서 터져나왔다. 좀더 자세한 얘기를 듣고 싶었지만, 내가 질문하기도 전에 아야나에게 모든 이목이 집중됐다.

"정말이지, 콘래드를 보면 밀라노에서 같이 일하는 사진작가가 떠올라."

이 한마디에 여기저기서 봇물 터지듯 말이 쏟아져나왔다. 그들은 모두 세계 곳곳의 스튜디오와 유명 디자이너 하우스에서 함께 일하는 듯했다. 그래서 서로 할 얘기가 많았다. 그들의 대화는 세계를 빠르게 한 바퀴 돌았고, 난 그 중에 일부분만 알아들을 수 있었다.

"거긴 다시 가고 싶지 않아. 미안한 말이지만, 수준이 떨어져서."

"사진 봤는데, 그 사람 실력 발휘를 제대로 못했더라구. 안 나였으면 완전 토해버렸을 거야."

"그 집 타르타르? 완전 버터야."

"AD한테 물 한잔 달랬더니, 진짜 거짓말 하나 안 보태고 나한테 수도꼭지를 가리키지 뭐야."

"이십에서 한 푼도 빼면 안 된다고 쏘아붙였지. 내 말은. 어, 폴란드? 왜들 그러는지."

세상에, 하는 얘기들마다 얼마나 재미있는지. 나는 메이크업 의자에 앉아 이 분위기에 흠뻑 빠져들었다. 그 사이 맨얼굴로도 충분히 매력적인 아야나는 두꺼운 파운데이션의 힘을 빌려 완벽하게 멋진 모델로 변신했다. 로라는 커다란 벨크로 롤러에다가 테레사의 머리를 감기며, 〈Father Figure〉(조지 마이클의 곡—옮긴이)를 홍얼거렸다. 이때 빈센트가 족집게를 내 얼굴로 들이밀었다.

어머, 안 돼. 나는 깜짝 놀라서 양팔로 다리를 감싸고 고개를

39

파묻었다. 마치 비행기 사고나면 취하는 자세처럼. 나는 루이스한테도 눈썹만큼은 절대 건드리지 못하게 했다. 절대로.

"눈썹은 우리 몸에서 가장 진화가 잘 된 곳이라구." 언젠가 루이스는 그렇게 말했다. 그런데, 웬 족집게람? 가장 진화된 부분을 없애려 하고 있잖아?

"…폴리나한테 그렇게 말해 줬건만. 음악 하는 애들은 데이트가 아니라 잠자리에 환장한다고. 그 뻔한 얘기를 믿지 않더니……."

빈센트의 한숨 소리가 들렸다. 족집게의 무딘 끝이 초소형 착암기처럼 내 어깨를 파고든다.

"뭐해, 꼬마야. 약간 정돈하려는 것뿐이야. 너무 지저분해 보이잖아." 콕콕. "지금이 무슨 1980년대 초인 줄 아나본데." 그가 덧붙였다.

1980년대 초? 나하고 무슨 상관이지? 1980년대 초반에 난 'E.T(아타리사에서 영화 〈E.T〉를 모태로 1982년 개발한 게임 — 옮긴이)'나 '미즈 패크맨(일본 나무코사의 패크맨을 미국 미드웨이사에서 카피해 1982년 내놓은 게임 — 옮긴이)' 같은 게임에 빠져 있었다. 설사 내가 일자 눈썹이라도 게임센터에서 그런 게 무슨 문제나 되랴. 난 눈에 단단히 힘을 줬다.

또 다시 들려오는 한숨소리.

"아야나!"

빈센트는 아야나에게 도움을 청했다.

"…그래서 내가 에르메스 쪽에서 온 남자한테 말했지. 그 여자가 누군지는 모르지만, 버킨 백(에르메스가 배우이자 가수 겸 영화감독인 제인 버킨의 이름을 따서 만든 가방─옮긴이)은 관두고, 아야나 백 하나 만들라고!"

"맞다! 그리고 켈리(모나코의 왕자와 결혼한 그레이스 켈리. 에르메스가 그녀의 이름을 따서 만든 가방도 유명하다─옮긴이)… 그 여자는 뭐하는 여자였더라?"

"아야나!"

"맞다. 황태자비였다."

"힘들었을 거야!"

"아야나!"

"왜 그래?" 혼자 신나게 떠들던 아야나가 시들하게 물었다.

"내 대신 얘한테 얘기 좀 해 줘…….." 빈센트가 나를 찌르는 것도 모자라 이제는 철썩 친다. "미안, 이름이 뭐랬지?"

맙소사… 파묻었던 뺨을 돌려 허벅지에 대고 대답했다.

"에밀리요, 에밀리. 에구─"

"아야나, 에밀리한테 내가 눈썹을 어떻게 손질하는지 얘기 좀 해줘." 또다시 철썩. "얘 좀 봐! 잔뜩 겁먹었어, 나 참!"

알았다구요! 이젠 스스로가 바보처럼 느껴졌다. 반쯤 몸을 일으켜 세우고 아야나 쪽을 바라봤다. 아야나가 몸을 비비꼬고 있는 나를 보고 이해가 안 된다는 듯이 미간을 찌푸렸다.

"믿어봐." 아야나는 그렇게 말하고는 다시 자신의 거울과 테레사 그리고 에르메스 백 쪽으로 얼굴을 돌렸다.

그래 좋아. 몸을 완전히 일으켜 거울 속에 비친 눈썹을 들여다봤다. 분명 빈센트는 패션은 물론 내 외모가 어때야 하는지에 대해서 나보다 훨씬 잘 알고 있다. 루이스보다도 더 많이. 뉴욕에서 왔으니까 말이다.

"좋아요, 마음대로 하세요."

눈을 꼭 감고 열 손가락으로 무릎을 감싸 쥐었다. 첫 번째 눈썹이 뽑혔을 때 아야나가 입을 열었다.

"물론 나 같으면, 절대 빈센트에게 맡기지 않아. 라파엘이라면 모를까."

순간 머리가 띵 했다. 테레사가 어디 아픈 사람처럼 깔깔대며 웃다가 말했다.

"못된 것!" 물론 화난 말투는 아니었다.

"뭐라고?" 아야나가 눈을 가늘게 떴다. 그리고 마치 법정에서 선서라도 하듯 가슴에 손을 가볍게 올려놓았다. "사실이잖아! 그렇다고 빈센트의 실력이 떨어진다는 말은 아니야." 그렇게 덧붙인 뒤 아야나는 열심히 거울을 들여다보았다. 각자 앞에 놓인 거울에서 우리 둘의 시선이 마주쳤다. "그러니까 뭐라고 해야 하나? 보수 공사는 언제나 중요하단 말이지."

아아.

"무시해, 심술궂은 마귀할멈이니까." 빈센트가 내 어깨를 가볍게 두드린다.

"못된 것!" 테레사가 소리쳤다.

"마귀할멈!" 빈센트도 외쳤다.

"모두 엿이나 드실래요! 질투는 집에 가서 하시고요, 왕년에 잘나가던 늙은 언니 오빠들!" 아야나가 응수했다.

"넌 바람에 흔들리는 촛불처럼 인생을 사는 것 같아(〈Candle in the Wind〉, 1973년 엘튼 존이 마릴린 먼로를 기리기 위해 만든 노래—옮긴이)." 로라가 큰 소리로 노래를 불렀다.

갑자기 어딘가 다른 곳, 규칙이 존재하고, 그 규칙을 내가 잘 아는 곳으로 떠나고 싶다는 생각이 들었다. 미적분학을 배우는 교실처럼.

"어때, 마음에 드시나?" 고통스러운 몇 분이 지나고, 빈센트가 물었다. 그때까지 나는 눈을 꼭 감고 있었다.

"훨씬 어른스러워 보여. 이젠 귀엽기만 한 어린애가 아니란 말이지."

그의 말에 나는 눈을 떴다. 빈센트가 말한 대로 나는 더 이상 브룩 실즈가 아니었다. 여기저기 붉은 자국이 생기고 눈썹 폭이 예전의 절반으로 줄어들어 있었다. **맘에 드냐고? 누가 대신 말 좀 해줬으면**……. 이건 마치 머리를 벌집 속에 박았다가 빼낸 사람의 눈썹처럼 보였다.

내가 계속해서 눈썹을 살피는 사이 테레사가 화장실에 다녀와서 손에 든 지퍼 달린 주머니를 핸드백 안으로 집어넣는 게 보였다.

난 미소를 지어 보였다. 테레사는 생리 중이었고, 나 역시
마찬가지였다. 그런데 아야나는 못마땅한 모양이었다.

"하는 거야… 지금?"

"지금처럼 좋은 때도 없다구!" 테레사가 몇 번 빙그르르 돌
다 탁 멈추고는 '본드걸' 스타일의 내 눈썹을 가리키며 말했
다. "어머, 손질하니까 훨씬 낫네!"

나는 어리둥절했지만 고마움의 표시로 다시 미소를 지어 보
였다. 테레사가 그날의 첫 촬영 의상을 입었다. 금색 장식이
박힌 퍼피 소매의 크림색 가죽 재킷, 이에 어울리는 크림색과
금색이 섞인 미니스커트였다. 밥스타일의 백금색 머리는 몇
인치 부풀려져서, 테레사의 하트 모양 얼굴을 황금색 후광처
럼 둘러싸고 있었다. 정말로 멋진 건 그녀의 눈이었다. 그녀
의 담청색 눈동자는 마치 층층으로 쌓은 케이크 위에 올리는
아이싱(설탕을 주로 쓴, 얇은 막 모양의 양과자 재료ㅡ옮긴이)처
럼, 금방이라도 튀어나올 듯 반짝거렸다. 테레사의 촬영 준비
가 끝난 것은 아니었다. 아직 입술이 마무리되지 않았고 콧구
멍 주위가 불그스름했지만, 내가 본 누구보다 아름다웠다. 정
말로.

"정말 예뻐요." 저절로 감탄이 터져 나왔다.

"예쁘다고?" 테레사가 어이없는 듯 말했다. "장난해? 보기
흉하잖아. 이게 뭐야!"

아야나가 깔깔거렸다. 나는 얼굴이 화끈 달아올랐다. 테레

사는 '세상에 뭐 이런 물건이 다 있느냐'는 듯한 눈으로 날 바라보며 물었다.

"그런데, 어디 출신이야?"

"밀워키요."

"아, 미네소타. 그럴 줄 알았어(밀워키는 위스콘신 주에 있으며, 그 왼편으로 미네소타 주가 있다 – 옮긴이)."

* * *

메이크업을 할 차례였다. 나는 빈센트의 '클린, 클린' 지시에 따라 촬영장으로 갔다. '클린, 클린'은 얼굴에 아무것도 바르지 말고 머리에도 절대 손대지 말라는 뜻이다. 빈센트가 내 머리를 재빨리 동여맨 다음, 화장수와 보습제로 얼굴을 훔쳐냈다. 빈센트는 얼굴에 고르게 발라졌다는 것을 확인하고 나서야 메이크업을 시작했다… 눈부터.

"아하, 네 첫 번째 레슨이구나, 꼬마야." 내가 궁금해하는 것을 눈치채고 빈센트가 말했다. "기초화장 전에 눈부터 해야 돼. 이유는 금세 알게 될 거야."

나는 20분 동안 그를 지켜보고 처음에는 그의 화장법에 매료되었다. 하지만 점차 반감이 생겨났다. 그는 은회색 아이섀도가 담긴 그릇에 브러시를 계속해서 찍어댔고, 그럴수록 내 눈꺼풀은 점점 까매졌다. 내 눈에는 마치 방금 크게 싸우고 온 사람 같아 보였다. 빈센트는 위아래 속눈썹을 따라 점을 찍듯 칠하다가 가장자리에서 넓게 퍼뜨렸다. 이 작업이 끝나자, 그는 면봉을 로션에 적셔 눈 밑을 닦아낸 다음 내게 들어보였다.

"이것 봐."

"까매요." 내가 대답했다.

"까맣다고? 이건 더러운 거야! 이게 눈 밑에 바르는 컨실러와 섞인다고 생각해 봐! 정말 끔찍해!" 빈센트는 군더더기 살을 주렁주렁 달고 다니는 여자들이라도 떠올랐는지 살짝 몸서리를 쳤다.

난 가방에서 종이와 펜을 꺼내들고(메모해두지 않으면 똑같이 따라하기 힘드니까) 그가 말해준 것들을 적기 시작했다.

1단계: 눈(20분). 은회색 아이섀도로 시작한다.

아야나는 메이크업을 끝내고 잡지를 뒤적거리며 말한다. "얘가 이 광고를 찍었단 말이야? 어이 없어."

"…뭐라고?" 테레사가 옷을 입다 말고 갑자기 튀어 나온다. "웨인이 걔하고 계약했단 말야? 날 놔두고? 대체 뭐야?"

빈센트는 뭉툭하고 둥근 브러시를 사용한 뒤, 짧고 뻣뻣한 브러시로 속눈썹을 더 짙게 바른다.

"누구 말이야? 레이첼? 지금 가장 잘나가는 모델이잖아."

아야나가 콧방귀를 뀌며, 내 방에 온통 도배된 아마존 금발 미녀의 얼굴을 손가락 끝으로 톡톡 건드리며 말했다. "그뿐인 줄 알아?……."

그리고 입술을 샐그러뜨린다.

"다른 팀도 짰대."

아트용품점에서 브러시와 브러시 홀더 구입— 훨씬 싸다!
(검은 담비나 그 밖에 다른 부드러운 털로 만든 거— 인조는 절대 안 됨)

테레사가 아연실색한다.

"그럴 리가!"

"우리가 아는 사람도 들어 있어!" 아야나는 흥분한 듯 소리 쳤다.

속눈썹 라인을 따라 블랙 섀도를 바르되 눈 밑에는 약간만— 너무 많이 바르면 사진에서 눈이 작게 나옴.

"누구?"

크림색 섀도로 눈썹 뼈를 강조한다.

"클레오."

"클레오가 게이였어?"

"아니! 걔 남편도 같이 있었어. 카를로. 한 식구."

"그럴 리가!"

"그러고 나서 카를로와 레이첼이 클레오 말고 다른 사람과 한 식구가 된 거지."

"그래서 걔네들이 이혼하려는 거구나!"

　2단계: 기초화장(최소 30～40분). (빈센트가 말하기를 "얼굴
　에 들이는 시간의 절반을 기초화장에 써야 해.")

"스테판이 잘하고 있지." 아야나는 촬영 의상(인조 레오파드 털로 옷깃을 단 가죽 보머 재킷과 바지)으로 갈아입기 위해 일어선다.

　짙은 컨실러로 시작한다― 너무 옅지 않게! 불그스름한 부분과 눈
　밑을 중심으로 톡톡 두드린다.

테레사가 씩씩거리며 말한다.

"아, 정말 엘리트 사장하고 자야하나?"

　리퀴드 파운데이션을 바른다― 슈 우에무라, 시세이도, 디오르가

사진을 잘 받는다. 촉촉한 스펀지 사용. 잘 섞을 것.
중요한 점: 루스 파우더로 마무리.

"뭐, 카사블랑카? 말도 안 돼! 기껏해야 열여섯 살 때부터
거기 있었잖아!"

마무리할 때는 파우더를 더 바르지 말고, 대신 화장지로 수분을
없앤다. 파우더를 너무 바르면 떡칠.

"존이 좀 들러붙는 구석이 있지. 그렇게 일이 안 풀리면,
나 같으면 못 해먹겠다고 때려치울 텐데, 정말."

3단계: 입술.

"아야나?" 모리스가 분장실로 머리를 내밀더니 롤러 브러
시 든 손을 흔들었다. "뭐하는 거야, 옷들 걸쳐야지! 이제 곧
이거 찍어야 되고, 둘이 서서 찍는 컷이 두 개 그리고 다음
엔……." 모리스는 말을 멈추고 뭔가 걱정스러운 눈빛으로
나를 쳐다보더니 빈센트에게 말했다. "그때까진 에밀리 싱글
컷 준비시켜 놔야 해, 알지?"
"그럼, 그럼, 물론이지!"
모리스가 사라지자마자 빈센트가 짝 소리를 내며 양 손바닥

을 마주쳤다.

"좋았어, 꼬마야, 나머지는 점심 먹고 해야겠다. 이제 일할 시간이니까!" 그는 로라의 귀에서 헤드폰을 홱 낚아채고 말했다. "서둘러!"

갑자기 모두 분주하게 움직였다. 나도 우왕좌왕하다가 자리를 잡았다. 로라는 내 머리에 분무기로 물을 뿌린 다음, 젤을 바르고 빗질을 한다. 그리고 머리카락을 나누어 벨크로 롤러에 감은 다음, 커다란 금빛 덮개를 머리에 씌워 드라이를 끝낸다(얼굴이 뜨거운 불에 달군 프라이팬마냥 후끈거렸다). 눈 화장은 속눈썹에 컬을 넣고(컬 클립 구입), 검은색 마스카라를 두 번 두껍게 바른 후(메이블린 그레이트 래쉬가 저렴하고 질도 좋다) 눈썹 빗으로 마무리한다(금속 소재 빗 구입). 그 후에 볼터치를 한다(관자놀이처럼 돌출된 부분은 붉게, 특히 뺨은 '사과'처럼 발그레하게 칠한다. 그 아래쪽은 갈색으로 윤곽을 잡는다).

로라가 롤러에서 머리를 풀고 가라앉은 부분을 빗질을 해서 부풀게 했다. 모리스는 노란색이 살짝 들어간 흰색 스타킹(파스텔 컬러), 패드 넣은 브래지어(나한테 도움이 될 것 같다냐), 옅은 핑크색 스웨이드 시스(어깨와 등이 파인, 몸에 착 달라붙는 원피스—옮긴이)와 스웨이드 펌프스(끈이나 고리가 없고 발등이 깊이 파인 뾰족구두—옮긴이)를 건네며 나한테 딱이라고 신나했다. 마지막으로 빈센트가 입술 라인을 그리고, 립스틱을 들었는데…….

50

"아, 잠깐!"

모리스가 내 옷의 지퍼를 열더니 서랍에 든 십여 개의 가슴 패드 중 하나를 꺼내 내 브래지어 안에 집어넣는다. 가슴을 매만져 형태를 바로잡고 다른 쪽 가슴에도 똑같이 한다.

"가슴 키울 것! 좋아!" 그는 지퍼를 올리며 만족스러워했다. "이것 봐! 아주 섹시하잖아!"

섹시하다고? 모리스가 브래지어 안으로 불쑥 손을 넣는 바람에 깜짝 놀라 그 말을 바로 알아듣지 못했다.

모리스가 스웨이드 야구 모자를 쓰고 촬영 중인 두 모델에게 간 다음에야 그 말을 곰곰히 떠올렸다.

분장실에는 나 혼자였다. 나는 거울에 비친 내 모습을 바라보았다. 스스로 귀엽다고 생각하고, 가끔 예쁘다고 여긴 적은 있다. 하지만 섹시하다는 말은 솔직히 잘 모르겠다. 딱 두 번, 그런 말을 듣긴 했다. 한 번은 밀워키 카운티 동물원 주차장에 세워둔 케빈 비투비오의 빌리저 왜건(머큐리사의 자동차—옮긴이) 뒷좌석에서, 또 한 번은 매트와 소파에 함께 있었을 때(왜 그랬는지는 전혀 기억나지 않지만!?). 그러나 난 그 말들을 신경쓰지 않았다. 왜냐하면 난 섹시함과는 거리가 멀었으니까. 심지어는 멀리서 봐도 마찬가지였다. 그때까지는 말이다.

하지만… 지금 거울 속의 나는 마치 다른 사람 같아 보인다. 빙그르르 한 바퀴 돌아본다. 더 성숙해 보인다. 한 번 더 빙그르르. 더 예뻐 보인다. 또 한 번 빙그르르. **에밀리가 아니**

야. 머리칼 끝을 손으로 만지니 찰랑거린다. 90분간 스타일링을 하고도 웨이브가 생기지 않더니, 이제야 볼륨이 살아나고 윤기가 돌았다. 빙그르르 한 바퀴 더. 반짝거리는 짙은 딸기색 입술에 손을 대고 키스를 보낸다. 다시 빙그르르. 윙크를 하고는 씩 웃어 본다. **섹시해 보여, 정말이야.** 마지막으로 다시 한 번 돌아보려는데, 이상한 기분이 들었다.

사방이 고요했다. 멀리서 스트로브가 터지는 소리, 카메라 셔터 소리, 콘래드의 나직한 목소리가 들려왔다. 이런, 세상에……. 다른 곳에서 촬영이 진행되는 소리였다. 잠시 후, 모든 소리가 멈췄다. 바로 내 차례인 것이다.

"네 순서야."

모리스가 문 앞에 모습을 드러냈다.

나는 침을 꿀꺽 삼켰다.

테레사는 문 앞에 선 모리스의 옆구리 사이로 갑자기 얼굴을 내밀며 소리쳤다.

"잘 해! 잘 해! 잘 해!"

아야나도 한마디 거들었다.

"그렇게 높은 하이힐을 신었는데, 넘어져서 다리 부러지지 마."

나는 모리스를 따라 분장실을 나가 로비를 가로질러 스튜디오 안으로 들어섰다. **이런, 세상에.** 가슴이 쿵쾅쿵쾅 뛴다. **마음의 준비가 덜 됐다구요.** 눈앞에 펼쳐진 세트장은 마치 바다처럼 넓게 깔린 하얀 종이 위에 투명한 루사이트 단壇이 둥실 떠 있는 것 같다. 내가 모델로 서본 곳 중에 가장 넓고 하얗다. 이상한 나라의 앨리스가 된 기분이다. 갑자기 멀미가 밀려왔다.

"아하, 아리따운 우리 새 아가씨가 여기까지 행차하셨군." 콘래드다. "다들 인사하지, 에밀리야."

조명 때문에 눈이 부셔서 앞이 잘 보이지 않았다. 사람들이 손을 들어 인사하는 것 같아 나도 손을 흔들었다.

"좋아, 저 위로 에밀리 올려!"

모리스의 말에 누군가 희미하게 보이는 무리에서 벗어나 내쪽으로 걸어왔다.

"조심해!" 그때 콘래드가 소리치며 삼각대 너머로 몸을 구부려 순백의 배경막이 혹시 찢어지지 않았는지 날카로운 시선으로 살폈다.

"종이는 괜찮아요." 아까 무리에서 나온 사람이 어느새 나를 빤히 바라보며 말했다. 남자였다. 매우 귀엽게 생긴 남자.

"에밀리라고 했죠?"

나는 그에게 눈을 맞추며 고개를 끄덕였다. 그의 눈은 부드럽고, 거의 회색에 가까운 빛바랜 초록색이다. 내가 가장 좋아하는 스웨터. **완벽해. 이제 긴장해야 할 또 다른 이유가 생긴 거다.**

"난 마이크에요. 자, 올라서요." 남자가 먼저 한 발을 단

53

위로 올리면서 다정하게 씽긋 웃는다.

마이크는 나보다 나이가 많아 보였다. 한 스무 살 정도? 그가 이성으로 느껴졌다. 그가 내민 손을 잡으려는 순간 내 손바닥이 땀으로 축축하게 젖은 사실을 알고 얼른 드레스에 손을 훔쳤다. 그때 모리스가 꽥하고 소리를 질렀다.

"에− 밀− 리!"

드레스에 젖은 손바닥 자국이 남은 것이다. **엄마야!**

모리스가 혀를 쯧쯧 차면서 세트장 밖으로 재빨리 달려 나갔다.

"일 저질렀네요." 마이크가 피식 웃었다. 여전히 손을 내민 채였다.

"언제든 할 수 있는 촬영이 아니라구!" 콘래드가 재촉하는 바람에 마이크의 손을 잡았다. 마이크는 나를 힘껏 잡아당긴다. 날아갈 듯하더니 곧 단 위에 두발이 닿는다.

"발밑에 그거 보이지?" 콘래드가 물었다.

루사이트 단 한가운데 마스킹 테이프로 X자가 그려져 있다. 그곳에 서서 앞을 보았다.

4미터쯤 떨어진 곳에 높이 선 검은 물건이 보인다. 카메라였다. 전에는 상냥해 보이던 그 물건이 오늘은 마치 먹잇감을 기다리는 거대한 곤충처럼 보인다. 나를 집어삼키려는 것만 같다. 토미 오빠가 미식축구 시합 전에 그러듯이 엉덩이에 손을 올려놓고 고개를 뒤로 젖힌 상태에서 천천히 숨을 들이마신다. 오빠는 그렇게 해서 마음을 차분히 가라앉히고, 터치다 운이라는 한 가지 목표에만 집중했다. 지금 내 목표는 뭐였더라? 포즈를 잘 취하는 거? 예쁘게 보이는 거? 사실 내 목표는 이 자리에 서는 것이었다. 그리고 지금은 바보 같은 실수를 저지르지 않기만 바랄 뿐이다. **실수해선 안 돼.** 내 안의 목소리가 머릿속에서 울린다. **실수하지 마.** 다시 한 번 깊이 숨을 들이마신 다음, 턱을 내리고 카메라를 똑바로 쳐다보았다. 앞에 있는 곤충과 이 자리에 모인 사람들이, 내가 뭔가 보여 주기를 기다리고 있다.

실수하지 말자.

콘래드가 렌즈를 조절한다. 카메라 끝에서 그의 머리가 떠오른다.

"좋았어." 마치 잔뜩 겁먹은 먹잇감을 살살 달래서 구석으로 모는 듯한 목소리였다. "최종 점검으로 폴라로이드 두 컷 찍을 거야. 에밀리. 준비됐니?"

고개를 끄덕였다.

"좋아, 간다……."

사실 이때 안도감을 느꼈다. 지난 몇 달 동안의 모델 경험은 없던 셈 치기로 마음먹었다. 나는 이제 학교에 제출할 명함판 사진을 찍는 여덟 살짜리 아이의 마음이다.

카메라 셔터가 찰칵찰칵 두 번 소리를 냈다.

"좋아, 잠시 휴식."

꽉 다물었던 턱에 힘을 빼고 손을 들어 손톱을 물끄러미 쳐다보았다. 카메라 렌즈나 다시 내 쪽으로 걸어오는 마이크를 보는 것보다는 쉬웠으니까.

"긴장돼요?" 가까이에서 마이크가 물었다.

나는 억지로 허파에 공기를 들여보냈다.

"네."

"뭐, 긴장할 필요 없어요." 그가 내 쪽으로 몸을 구부리니 숲속에서 나는 듯한 냄새가 났다. "일단, 정말 귀여워 보이니까." 그는 속삭이듯 말했다.

귀엽다고? 이 말에 나는 녹아들 것 같았다.

"…그리고 콘래드는 하나하나 세세하게 확인하지 않으면 못사는 사람이에요. 어떻게 해야 하는지 정확하게 알려줄 테니까 긴장할 필요 없어요."

"그래요?"

마이크가 고개를 끄덕였다.

"하나에서 열까지 모두 다. 정말 미칠 노릇이죠."

그러나 나에게는 미칠 노릇이 아니라 완벽을 추구한다는 말로 들렸다. 꼬인 매듭이 한 번에 스르르 풀리는 느낌이다. 촬영장에 들어선 이후 처음으로 제대로 숨을 쉬었다. **괜찮을 거야.** 나는 활짝 웃었다. **이게 진짜 모델 일이야.**

하지만 이 기쁨은 오래가지 못했다. 콘래드가 방금 인화한 사진을 들고 세트 쪽으로 쏜살 같이 달려왔다.

"이 부분 어떻게 된 거야?" 그는 성난 개처럼 소리를 질렀다. 범인을 가리키듯 나를 향해 손가락질을 하면서.

"아, 그러네요! 핸드백 골라주고 바로 말릴게요!" 모리스가 도마뱀가죽 핸드백을 손에 들고 대답했다.

"아니, 그거 말고! 사다리 가져와봐!"

잠시 후 콘래드는 사다리에 올라 내 눈높이에서 얼굴을 빤히 쳐다보았다. 처음 만났을 때 따뜻하고 호의적이던 눈빛은 사라지고, 흠집을 찾으려는 냉담한 시선이 내게 꽂혔다. 그는 내 눈썹을 톡톡 건드리며 말했다.

"여기 이 눈썹 말이야. 어떻게 된 거야?"

어머! 나는 놀라서 한쪽 발에서 다른 발로 무게중심을 옮기며 대답했다.

"빈센트가 조금 정리해줬어요."

"조금이라구?" 콘래드가 어이없다는 듯이 고개를 흔들어댔다. "모리스, 당장 빈센트 데려와!"

각양각색의 파스텔톤 핸드백을 양 손에 한 가득 든 모리스가 분장실로 급히 달려갔다.

"빈─ 센─ 트!" 그가 소리를 지르며 발걸음을 옮길 때마다 금색 지갑 줄들이 서로 부딪히는 소리가 났다.

대체 무슨 일이 일어난 거야? 콘래드가 정말 화난 걸까? 설마 내 눈썹 때문에? 지금 이 상황이 전부 장난 아닐까? 이런 생각을 하면서 콘래드의 눈치를 살폈다.

"여기 대령했습니다." 빈센트가 말했다. "무슨 문제가 있나요?"

"묻고 싶은 쪽은 내 쪽이야." 콘래드는 검지로 다시 내 눈썹을 톡톡 건드렸다. "이게 뭐야?"

빈센트의 얼굴이 후끈 달아올랐다.

"눈썹 모양이 너무 구식이길래, 그냥 좀……."

"그냥 좀 뭐?"

"손 본 것뿐이에요." 빈센트도 지지 않고 소리를 높였다. 화가 나기보다는 당황한 듯했다. "모양이 전혀 없었거든요."

모리스가 익스텐션 케이블에 플러그를 꽂았다.

"에밀리! 전방으로 시선 고정!" 콘래드가 소리쳤다.

나는 군인이라도 된 것처럼 재빨리 차렷 차세를 취했다.

"나도 모양이 없었다는 건 알아. 이 부분을 말하는 거지? 하지만 난 여기하고 여기가 마음에 들었었단 말이야."

"그렇지만 요 부분이 더 나아보이잖아요?" 빈센트는 자신이 가장 선호하는 립스틱 브러시의 뭉툭한 끝으로 반대의 뜻을 나타냈다.

콘래드가 생각을 모으려는 듯 눈썹을 찡그렸다.

모리스는 사다리의 맨 아래 단에 올라서서 헤어 드라이어기의 풍속을 올렸다. 내 배 쪽으로 따뜻한 바람이 불어왔다.

"요 윗부분이 서부 개척 시대의 무법천지 같았단 말이에요." 빈센트는 끝내 단호했다.

서부 개척 시대의 무법천지? 만일 내가 눈을 비비기라도 했다면, 세 남자가 날 잡아먹을 듯이 화를 냈을 것이다. 난 세 남자를 한 명씩 쳐다봤다. 헝클어진 머리의 덩치 큰 남자, 말쑥한 머리의 몸집 작은 두 남자. 이 세 사람 모두 싸구려 크리스마스카드나 퓨리나 캣 쵸(네슬레사의 고양이 사료—옮긴이) 광고 달력에 나올법한 표정으로 사다리에 올라 서있다. 문득 내가 나뭇가지에 앉은 작은 새이고, 그들은 사다리에 올라타 그 새를 낚아채려는 사냥꾼 같다는 생각이 들었다. **내 눈썹과 얼룩진 옷만 아니었다면, 무척 신나는 상황이었을 텐데.**

콘래드가 다시 검지로 눈썹을 건드렸다.

"하지만 여기가 너무 가늘잖아."

"거기요?" 빈센트가 반박했다. "하지만 균형이 맞지 않나요? 여기도? 또 여기도?"

"빈센트, 네 연장통 가져와!"

살벌한 분위기에서 빈센트가 콘래드의 지시대로 내 눈썹 두 개를 더 뽑은 다음, 왼쪽 눈썹의 중간 부분을 살짝 덧그렸다.

"훨씬 낫잖아!" 콘래드가 사다리를 내려가며 말했다. "좋아, 빈센트, 파우더 조금만 더 발라주고. 모리스, 허리선 약간 바로잡아줘. 바로 촬영 들어갈 거야."

눈썹이 얼마나 크게 달라졌는지 직접 볼 수는 없지만, 어쨌든 '눈썹 사태'가 잘 해결되어 한숨 돌릴 수 있었다. 게다가 나는 이제 초조하지 않았다. 오히려 기분이 들떠서 이런 말도 안 되는 소동에서 벗어나 촬영이 빨리 시작되기를 바랐다.

다시 카메라 옆에서 콘래드는 예의 그 다정하고 부드러운 미소를 지어 보이며 말했다.

"이제 우린 '사이먼이 말하기를(사이몬 역을 맡은 술래가 하는 동작과 명령을 모두가 따라하는 제스처 게임 — 옮긴이)' 게임을 할 거야."

이 말은 이제부터 그가 하는 대로 따라하라는 뜻이다. 그가 오른쪽 발뒤꿈치를 왼쪽 발 앞 부근에 놓고 한쪽 엉덩이가 다른 쪽 엉덩이보다 높이 올라가도록 허리를 기울인다.

난 그가 하는 대로 따라했다.

"엉덩이 좀더 내밀어."

이번에는 골반을 돌려서 오른쪽 엉덩이를 앞으로 밀었다.

"좋아, 이제 엉덩이에 손을 올려."

왼손을 엉덩이에 올려놓는다. 쑥스럽다.

"아니, 그 손 말고."

나는 더 쑥스러워졌다.

"상체 뒤로 하고."

"더 뒤로."

"너무 젖혔어."

"고개 내리고."

"완벽해. 자, 그런 느낌부터 몇 장 찍도록 하지."

이렇게 촬영이 시작되었다. 마이크가 해준 말이 맞았다. 나머지 촬영, 아니 그날 내내 콘래드는 내가 어떤 포즈를 해야 하는지 구체적으로 일러줬다. 손가락을 얼마나 굽히는지부터 발뒤꿈치는 어느 위치에 두어야 하는지까지 세세하게. 그는 내가 불편하고 부자연스러울수록 그 자세를 마음에 들어했다.

그렇다, 불편함과 부자연스러움. 그게 바로 그때의 내 기분이다.

점심 시간에 아야나는 파리 공항에 내렸을 때, 루이뷔통 가방 열세 개가 도착하지 않은 일을 이야기하기 시작했다. 그리고 마지막으로 결정적인 대목을 날렸다.

"그런데, 내가 파리를 떠날 때는 루이뷔통 가방이 단 한 개도 남아있지 않았어!"

사람들은 모두 웃음보를 터뜨렸다. 나는 데친 연어 요리에 딜 소스를 뿌리면서 옷장 속에(티셔츠도 넉넉하게 포함해서) 가방이 몇 개나 들어갈지 머릿속으로 세어보았다.

연어 요리를 다 먹고 배가 덜 불러서 스트링빈 한 접시를 더 청했다. 그러자 모리스가 "이런, 에밀리, 우리 배고프지 않잖아?"라고 말하며 아야나에게 시선을 주었다. 어느새 모두들 내 접시와 아야나의 접시를 번갈아 보고 있었다. 아야나는 능글능글한 미소를 지었다. 그제야 나는 아야나가 음식에 손도 대지 않았다는 사실을 알았다. 게다가 테레사는 식탁에 나오지도 않았다.

식사 시간이 끝났다. 나는 빈센트의 개인 지도를 계속 받기 위해 메이크업 의자에 앉았다. 테레사는 작은 파우치를 손에 들고 화장실에서 나오면서 킥킥 웃고 있었다. 빈센트가 이 모습을 보고 자신의 파우치 하나를 뒤적거리기 시작했다.

"젠장!"

"왜요?"

"내 스파이스 립 펜슬(맥MAC사의 핑크, 베이지, 브라운 색이 혼합된 천연 립 펜슬—옮긴이), 어디 갔지?"

한 움큼이나 되는 립 펜슬을 자세히 들여다보니 네이키드, 누드, 립펜슬 No.1 이라고 씌어 있다. 이것들 말고도 '아무것도 걸치고 있지 않은' 이라는 의미의 립 펜슬이 셀 수 없을 정도로 많았다.

"어쨌든 맥의 스파이스라고 적어." 빈센트가 계속해서 파우치를 뒤지며 말한다. "그게 네 입술에 딱 맞는 색이야. 아마 다른 건 필요없을 걸?"

'맥'의 스파이스 립 펜슬(나한테 딱 맞는 색)

"맥은 런던에서만 팔잖아." 아야나가 불쑥 끼어들어 말한다.

"아, 그렇지." 빈센트가 대답한다. "상관없어."

갑자기 나는 그 립 펜슬이 가지고 싶어졌다.

"버건디 컬러도 필요하지 않나?" 테레사가 목청을 높인다.

"그래, 그래, 쓸 만한 버건디도 필요할 거야. 아, 이런. 테

62

레사, 너 지금 뭐하는 거야?"

테레사는 갑자기 펄쩍펄쩍 뛰고 있다. 사방을 둘러싸고 있는 벽면 거울에 비친 그녀의 모습은 마치 공처럼 우리 쪽을 향해 튀어오르는 것처럼 보인다.

"자, 이거 하나씩 드세요… 자 여기요… 자 여기요!"

테레사는 가운 주머니에 손을 넣어 젤리 빈(콩 모양으로 생긴 반투명 젤리-옮긴이), 거미 베어(곰 모양으로 생겼고 비타민이 함유된 반투명 젤리-옮긴이), 졸리 란처(여러 종류의 사탕이 한 봉지 안에 들어간 제품명-옮긴이)를 한 움큼 집어 흩뿌리듯 던졌다. 마치 색종이가 가득 담긴 박이 터지듯 온 사방에 젤리가 떨어져 내린다. 그 순간, 테레사의 한쪽 소매가 입술에 닿으면서 빈센트가 발라준 립스틱이 턱 쪽으로 번졌다. 초록색 젤리 하나는 빈센트의 머리를 맞고 튕겨, 페리에(미네랄 워터 브랜드-옮긴이)를 따라놓은 그의 잔 속에 빠졌다. 빈센트는 화장수와 코튼 볼을 낚아 쥐고, '응급 처치'를 하기 위해 테레사를 급히 생포했다.

그리고 난 로라에게 잡혔다.

"여기 앉아, 인형 언니. 머리 다시 해 줄게."

로라는 스티비 윈우드(영국 뮤지션, Spencer Davis Group, Traffic, Go and Blind Faith와 같은 밴드에서 활동-옮긴이)의 노래를 큰 소리로 부르고, 난 의자에 앉아 메모를 계속했다.

버건디 립 펜슬.

"빈센트, 버건디는 어느 브랜드가 좋아요?"

"가만히 있어!" 빈센트가 테레사에게 고함을 친 후 대답했다. "어디 거더라."

나는 앞에 수북이 쌓인 잡지들을 들춰보았다. 오전에 테레사와 아야나가 주고받은 가십거리들이 그 안에 다 실려 있었다. 그 중《보그》표지를 유심히 살폈다. 신디 크로퍼드가 반짝거리는 귀걸이와 짙은 크림슨색 입술을 뽐내고 있었다.

"이 색인가?" 나는 제품명을 찾기 위해 페이지를 넘겼다. 아이스트 로지즈라는 립스틱 정보 외에 립 펜슬에 대해서는 나와 있지 않았다.

"이렇게 생긴 용기가 사용하기는 편하겠네요, 그죠?" 잡지 표지를 가리키며 내가 물었다.

"아니야. 꼬마야" 빈센트가 그렇게 말하곤, 테레사에게 버럭 소리를 지른다. "테레사, 가만히 있으라고 했잖아!"

"왜요?" 내가 물었다.

아야나가 뭘 모른다는 표정으로 고개를 젓는다. 그녀의 기다란 목 때문인지 왠지 모르게 더 모욕감이 느껴진다.

"아가씨, 잡지에 적힌 제품명은 가짜랍니다." 아야나가 입을 열었다. "광고주에게 바치는 선물이라고나 할까."

나는 미심쩍은 눈으로 그녀를 바라보았다.

"아야나 말이 맞아." 테레사였다. 아까 번진 테레사의 빨간 립스틱 자국은 말끔히 지워져 있고, 빈센트가 테레사의 맨 얼굴에 기초화장을 시작했다.

"다 돈이야. 잡지 표지 열두 개가 있다는 말은 돈 버는 화장품 회사가 열두 군데 있다는 뜻이지."

"그뿐이라면 다행이지……." 아야나가 내가 들고 있던《보그》를 획하고 낚아채더니 제품명을 훑어본다. "여기 케빈 오코인(미국 메이크업 아티스트—옮긴이)이라는 사람 있지? 아는 사람인데, 이 아저씨는 클라리온 화장품보다 크레욜라를 좋아한다구."

오라. 다시 보니 신디의 입술에 바른 게 아이스트 로지즈 같지 않다. 어떻게 보면 또 그런 것 같기도 하고. 에휴, 내가 무슨 수로 알 수 있겠어?

"그거 나쁜 짓이잖아요."

미소 지은 커버걸(잡지의 표지 모델—옮긴이)을 따라한답시고 쇼핑몰을 휘젓고 다니는 여자들이 떠올랐다. 그들의 노력이 헛수고로 끝나는 것은 당연했다. 나는 잡지를 다시 탁자 위로 던지며 말했다.

"허위 광고잖아요."

아야나의 눈이 동그래진다.

"그래, 우리 같은 모델들이 그런 반응을 보이는 것도 놀랄 일이지."

난 숨을 죽였다. 눈물이 났다. 예전에 염소나 치던 여자의 이런 빈정거림에 참지 말아야 한다고 생각했지만, 충격적인 사실을 듣고 겁이 나서 입을 열지 못했다.

그보다 나는 테레사의 입술 화장을 시작한 빈센트에게 시선을 돌렸다. 그는 우선 옅은 색의 레드 펜슬을 뾰족하게 깎은 다음, 테레사의 윗입술을 가운데서부터 더 크게 조심스럽게 그렸다. 그리고 요일에 따라 사용하는 비타민 케이스들(그 안에는 다른 필수 영양소와 립스틱이 가득 들어있다)을 살피고 레드 계열에 화요일과 금요일 그리고 토요일용을 약간씩 섞었다.

"저기요……." 나는 케이스를 가리키며 빈센트에게 물었다. "어떻게 저기에 립스틱을 담았어요?"

"전자레인지!" 빈센트가 내 말에 답했다. "립스틱을 잘라서 용기에 넣고 녹이는 거야. 몇 초 동안만."

"안 그러면 폭발해!" 테레사는 이때를 놓치지 않고 남은 젤리를 던지며 외쳤다. 젤리는 다시 곳곳에 떨어졌다.

아야나는 탁자 위의 핑크색 거미 베어를 집어 입에 넣었다.

"아, 어이없네. 테레사, 지금 네 입술 화장 하고 있잖아. 이게 내 입술이야? 그러니까 좋게 말할 때 가만히 좀 있어!"

"에이, 빈센……."

"입 다물어!"

빈센트의 말에 바람 빠진 공처럼 테레사의 기가 갑자기 꺾였다.

66

지금이 이런저런 질문을 던지기에 좋은 때는 아니므로, 나는 잠자코 지켜보기만 했다. 빈센트가 립스틱 브러시로 입술 라인의 가장자리를 칠하자, 펜슬 자국이 거의 보이지 않는다. 그리고 조금 더 밝은 레드 컬러로 입술 한 가운데를 칠한다. 입술이 더 크고, 앞으로 나와 보인다. 보고 고치고, 보고 고치기를 반복하다가 마지막에 티슈로 한 번 입술을 찍어내고 루스파우더를 살짝 뿌린다.

"어떤지 봐! 완벽해!" 마침내 빈센트가 말했다.

"아, 예뻐! 고마워요!"

테레사가 거울을 보며 환하게 웃었다.

…갑자기 철썩하는 소리가 난다! 뺨을 때린 소리였다. 테레사가 빈센트의 볼에 뽀뽀를 해대자, 빈센트가 그녀의 얼굴에 한 방 먹인 것이다.

로라가 드라이기를 떨어뜨렸다. 내 손에서도 《보그》가 떨어졌다. 아야나도 숨을 멈췄다.

"20분간 정성들인 걸 이렇게 망쳐놔?" 빈센트가 고함을 쳤다.

테레사는 웃어야 할지 울어야 할지 모르는, 아기처럼 보였다.

"이런, 울면 안 돼! 울지마!" 그가 계속 소리쳤다. "눈까지 망칠 작정이야!"

"여기……." 아야나가 화장지를 들고 왔다. "살짝 닦아내면 괜찮을 거야."

그때 모리스가 나타났다.

"무슨 일이야? 어떻게 아무도 준비가 안 된 거야?"

아야나가 허리를 쭉 펴고 일어나서 걸어 나갔다.

"난 됐어요. 뭘 입을까요?"

* * *

콘래드는 촬영 사이사이에 다른 두 모델이 하는 모습을 지켜보라고 했다. 나는 가운으로 갈아입고 하얀 소파에 털퍼덕 주저앉아 그들을 구경했다. 그 둘은 각각 자신만의 독특한 스타일을 선보였다. 아야나는 시종일관 따분해 했다. 마치 카탈로그 촬영 자체는 물론이고 자신이 지금 미국 중서부에 있다는 건 있을 수 없는 일이라 생각하는 듯한 표정이다. 그러나 막상 촬영이 시작되자, 자세가 180도로 달라졌다. 새하얀 벽을 배경으로 우아한 라인이 나올 때까지 온몸을 뻗고 늘여대는데, 산들바람에 화답하는 노란 수선화처럼 세련되고 정확하게 움직이며 포즈를 바꿨다.

테레사는 아야나와는 다른 식으로 카메라를 공략했다. 몸에 꼭 끼는 검은색 가죽 뷔스티에(코르셋 모양의 여성용 상의—옮긴이)와 이에 어울리는 펜슬스커트를 입고, 아주 높은 스틸레토 힐을 신은 채 한 번에 껑충 뛰어 투명 루사이트 단에 오르더니 꼼짝도 하지 않는다. 대신 미소를 지을 때마다 '꺅' 이나 '꺆', '깔깔' 대는 소리를 곁들이며 흠 잡을 데 없는 포즈를 취한다.

"훌륭해, 테레사, 아주 좋아!"

콘래드가 외쳤다. 그가 이 두 모델에게 내게 하는 것과는 다른 지시를 했다. "위로 터치!", "노치 낮춰!", "기고 있잖아!" 등등. 나만 못 알아듣는 그들의 언어이다. 그에 따라 정해진 동작들이 매끈하게 이어진다.

나는 테레사에게 눈을 떼지 않고 로라 옆으로 조용히 다가갔다. 자세가 바뀔 때마다 흐트러지는 테레사의 머리를 계속 매만지느라, 로라는 바쁘게 움직였다.

"와, 테레사가 완전히 기운을 되찾았나 봐요." 내가 속삭이듯 말하자, 로라는 어깨를 으쓱해 보였다.

"코카인이 사람을 흥분시키니까."

다섯 시 오 분 전, 촬영이 모두 끝났다. 나는 스툴에 풀썩 주저앉았다. 총 열다섯 샷(이게 많은 양이라는 건 나중에 알았다. 콘래드가 빠르다는 뜻이기도 하다) 중에 내가 여섯 샷을 찍었다. 세 샷은 혼자서, 두 샷은 둘이, 한 샷은 셋이서. 기진맥진했다. 물론 몸도 피곤하지만(몇 가지 포즈 때문이었는데, 생각보다 어려웠다) 정신적으로 더 힘이 든다. 초긴장 상태로 온종일 보냈으니 그럴 만도 하다. 쉬는 시간도 없이 이것저것 지켜보고, 귀담아 듣고, 조심조심했다. 그러나 아직 하루 일과가 다

끝난 게 아니다.

"니만마커스 백화점에 가면 빈센트가 알려준 것들이 있을 테니, 가서 구입해." 프러키가 일러주었다. "그런 다음 집에 가서 화장 지우고, 제대로 할 수 있을 때까지 포즈 연습하고."

옷을 갈아입은 후에는 프러키의 빈 책상으로 바우처북―일한 시간을 기록하는 전표―을 들고 가서 적고 있었다. 그런데 갑자기 누군가 손으로 허리를 때렸다.

"뭐하고 있어?"

앗, 깜짝이야. 프러키였다.

"제 바우처 쓰고 있는데요."

그녀가 미간을 찡그렸다.

"뭐라고 했지?"

내 발음이 이상했나? 목청을 가다듬고 다시 대답했다.

"제 바우처를 쓰고 있다고요…… 오늘 일한." 바우처북을 집어 프러키에게 잠시 들어 보였다.

프러키가 신경질적으로 말했다.

"루이스한테 못 들었어? 오늘 일한 보수는 빈센트에게 갔어. 널 가르치는 대가로." 그녀는 이미 올라간 턱을 한층 더 내밀었다. "무엇보다 빈센트를 일부러 뉴욕에서 데려왔으니까."

나는 바우처를 물끄러미 내려다보며 말을 삼켰다. 내가 신참이라는 건 알지만, 밀워키에서도 하루에 720달러를 번다. 레이번(TV 드라마 〈레이번 앤 셜리Laverne & Shirley〉의 여주인공. 드라마의 무대가 밀워키였다—옮긴이)을 패션의 달인으로 여기는 작은 도시에서 조차도 그랬건만, 어떻게 한 푼도 안 줄 수가 있지?

프러키의 손이 이번엔 내 블라우스 아랫단 속으로 들어왔다. "그리고 이 군살 좀 어떻게 해."

* * *

첫 날이었지만, 많은 것을 알게 되었다(마약, 다이어트, 이성을 향한 긴장감, 매우 사소한 흠집에 대한 집착). 기분 나쁜 일도 있었다. 여기저기 찔리고 꼬집히고, 누군가는 따귀까지 얻어맞았다. 하지만 그런 기억은 사라졌다. 완전히 사라져 버렸다. 94번 고속도로를 따라 달리는 내 머릿속에는 새하얀 벽 앞에서 포즈를 잡는 아야나와 테레사의 멋진 모습만이 떠올랐다.

"나도 할 수 있어." 눈앞으로 뻗은 길을 보며 속삭였다. "할 수 있어. 꼭 그렇게 해보이겠어."

제3장
치즈커드

"가만! 가만!"

엄마가 부교(교각을 사용하지 않고 배나 뗏목 따위를 잇대어 매고, 그 위에 널빤지를 깔아서 만든 다리─옮긴이)를 따라 조심조심 걸어오고 있다. 손에 든 케이크는 위태위태해 보이지만, 깜박이는 촛불 탓에 더 행사 분위기가 났다. 엄마는 피크닉용 탁자 모퉁이에 이르자, 동료 합창단원들에게 눈길로 신호를 보낸 후, 노래를 부르기 시작했다.

에밀리는 양키 두들 댄디
이판사판 양키 두들…….
밥 아저씨의 친 조카딸

7월 5일에 태어났다네…….

 나는 미소 지은 얼굴로 식탁용 매트를 내려다보다가, 다시
고개를 들어 엄마, 아빠, 오빠 그리고 크리스티나를 바라봤
다. 오늘을 축하하기 위해 모두 여기 모여있다. 부모님은 10
년 전 도시 생활에 염증을 느끼고 우리들을 데리고 위스콘신
주의 밀워키에서 발삼 호수로 이사했다. 그리하여 오카노모웍
에서 10분, 밀워키에서 35분, 시카고에서 두 시간 거리에 떨
어져 살고 있는 이곳의 8,307명의 주민에 숫자 넷을 더 보탰
다. 그때부터 생일파티는 이렇게 치러왔다.

 양키 두들 호수에 왔네
 에밀리 생일을 축하하러
 우리 양키 두들 소녀, 에밀리!

"소원을 빌어야지, 에밀리!"
 매년 아빠는 내가 이런 뻔한 수순에 여전히 서툴러 보이는
지 큰 소리로 말해왔다. 나는 숨을 깊이 들이마셨다가 뱉었
다. 촛불이 나풀거리다가 꺼졌다. 밀랍으로 만든 장식도 눈밭
에 박힌 딸기처럼 케이크 위로 살며시 떨어졌다.
 "최고야!"
 아빠는 꿀꺽꿀꺽 병맥주를 들이키고 노래를 불렀다.

에밀리는이제 막 열일곱 살이 되었다네……．

아니에요.

에밀리의 모습 어디에도 견줄 데 없지……．

거짓말.

아빠가 부교 한가운데 서서 뱃사람처럼 기우뚱기우뚱 몸을 흔들었다. 술기운이 돌기 시작했나보다. 얼룩덜룩한 의상이 더 뱃사람 같아 보이게 한다. 벗겨진 정수리 주변의 긴 회색 머리카락들이 바람에 나부꼈다. 색이 바랜 아빠의 청바지에는 엄마의 솜씨로 낡은 퀼트 천들이 여러 모양으로 덧대어졌고, 오션 퍼시픽(서핑 제품 전문 회사−옮긴이) 슬리퍼는 바닥이 마모된 타이어처럼 닳아 해져 있다. 아빠의 모습은 전체적으로 그리즐리 애덤스(야생의 생활을 그린 영화〈The Life and Times of Grizzly Adams〉의 주인공−옮긴이)와 치치(1970, 80년대 히피 문화와 자유연애를 소재로 한 코미디의 캐릭터−옮긴이)를 섞어놓은 듯하다.

"저기, 아빠?" 나는 되도록 빨리 말했다. "저 열여덟 살이에요."

"정말?" 아빠는 몸을 덜 기우뚱거리는 대신 갈지자로 걸었다. "벌써?"

내가 고개를 끄덕였다.

"작년에 똑같은 노래 불러준 거 기억 안 나세요?"

아빠가 씩 웃는다.

"어쩐지 내가 너무 잘한다 했어." 아빠가 손바닥을 문지른
다. "좋아. 그럼 열여덟 살을 위한 괜찮은 노래가 뭐가 있을
까?"

"이거 어때요? 〈Devil Inside(호주 밴드 인엑시스INXS의 곡—
옮긴이)〉는?" 오빠가 눈을 반짝이며 말한다.

"뭐야, 짓궂긴! 생일 맞은 동생한테."

오빠가 콧노래를 부르며 내 말을 무시하기에, 나는 오빠의
가슴을 주먹으로 쥐어박아 줬다.

"이거 받아, 토미." 엄마가 큼직한 케이크 조각 하나를 접
시에 담아 재빨리 오빠 앞으로 내밀었다. "좀 조용해지겠지."

"그 정도 양으로는 부족할걸요." 내가 말했다.

그건 사실이었다. 오빠의 몸은 볼 때마다 더 커지고, 넓어
졌다. 오빠의 파란 눈은 끝없이 팽창하는 몸 위에 동동 떠 있
는 듯했다. 하지만 오빠가 먹어치우는 엄청난 양의 고기와 아
이스크림, 맥주는 커다란 가슴 근육과 단단한 허벅지, 윤곽이
뚜렷한 복근으로 바뀌었다. 그게 다 운동장에서 보내는 시간
덕택이었다. 오빠는 리틀 리그에서 야구를, 중·고등학교에
선 미식축구를 했고, 공터에서 플라스틱 원반을, 호수 위로
부메랑을 던지며 컸다. 그리고 결국 위스콘신 대학 미식축구

팀에 후보 쿼터백으로 들어갔다. 게다가 오빠는 지금 원하는 건 뭐든지 먹을 수 있다. 내 처지와 비교할 때 이건 완전히 불공평한 일이다.

케이크가 커다란 접시 언저리에 약간 묻었다. 엄마는 손가락으로 훔쳐 맛을 보고 말했다.

"음! 과테말라 캐롭을 넣었더니 아주 고소하네! 고구마와 어우러진 맛이 일품이야! 크리스티나, 너도 한 조각 먹어야지?"

"물론이죠."

크리스티나가 좋아서 찢어지는 입을 한 손으로 가리며, 나를 본다. 우리 둘은 발삼 초등학교에서부터 꼭 붙어 다닌 단짝이다. 예전부터 도전적인 크리스티나는 별난 일들을 벌였고, 나는 그런 겁 없는 성격에 마음에 들었다. 오죽하면 한 겨울에 호수에 뛰어들고, 매운 핫 소스 한 병을 전부 먹어치웠다! 나와 친구가 된 것도 어쩌면 크리스티나에겐 그런 별난 행동 중 하나였을지도 모른다. 하지만 그런 크리스티나조차도 우리 부모님의 기이한 행도에는 익숙해지지 못했다.

주위를 둘러보니 오늘밤 디스플레이도 예사롭지 않다. 보라색과 오렌지색이 섞인 식탁용 매트는 집에 있는 베틀로 짠 것이다. 여러 가지 모양과 색으로 저마다 뒤죽박죽인 접시들 역시 엄마가 손수 빚은 작품이다. 커다란 접시 위에는 오늘의 요리가 담겼다. 우리 가족은 남부식 프라이드 '치킨' 이라고 부르지만, 식물성 단백질로 가득한 요리다. 다른 접시에는 따로 이름붙인 엄마의 장기 요리가 담아졌다. 게다가 음식은 포크 숟가락으로 먹는다. 따로 가꾸지 않아 지저분한 잔디밭 옆에는 불필요하게 커다란 허브 정원이 자리했다. '피플 파워' 문구가 들어간 자동차용 스티커가 뱃머리 안쪽에 착 달라붙어 있는 카누. 집은 커다란 A자 모양으로 지붕이 지면에까지 내려와 있고, 거기에 태양열 발전을 위한 집광판이 설치되어 있다.

앞서 얘기한 것처럼 우리 부모님은 히피였다.

부모님은 1962년 위스콘신 대학에서 만났다. 당시 둘 다 신입생으로, 좌익 활동가 집단인 '민주 사회를 위한 학생 연합'에 관계하고 있었다. 두 사람은 자동차 정비공들의 파업을 지지하는 집회에서 동지 관계로 발전했다. '파업에 반대하는 남자' 집회에서는 각자의 의견 차이로 부딪혔지만, 한 주간 계속된 학생 연좌농성을 통해 마침내 열정적이고 깊은 사랑에 빠졌다.

졸업 후 엄마와 아빠는—엄마의 표현을 빌리면— '악인들에게 항의하는 일은 관두고 선한 일을 찾아 행동하기로' 결심했다. 그건 다름 아닌 니제르 평화봉사단 활동이었다. 두 분은 그 아프리카 신생국가가 뿌리를 내리도록 2년간 지원활동을 한 뒤에 위스콘신으로 돌아와 결혼을 하고, 오빠를 낳았다. 1969년의 일이었다. 그 후 아빠는 근처 재즈 클럽 '비트 투 비트'에서 시를 읊는 퍼포먼스를 해서는 세 사람의 생계가 어렵다는 것을 깨닫고 다른 일을 찾아 나섰다가 광고업을 하게 되었다. 한편 엄마는 1970년까지 자신이 설립한 여성의 쉼터에서 하루 종일 일하다가 내가 태어나자, 시간제 근무로 전환했다.

이 모두가 그리 오래되지 않은 1970년대에 일어난 일들이다. 하지만 나는 엄마와 아빠가 왜 아직도 1970년대에 머물러 있는지 좀처럼 이해가 안 된다. 내가 아는 건 다른 사람들로부터 이런 '특이한' 집에서 자라니까 재미있겠다는 이야기를 듣는 것뿐. 어쩌면 이 글을 읽는 사람들도 그렇게 생각할지 모르겠다. 하지만 다 자기 자식이 아니니까 하는 소리이다. **남녀평등 헌법 수정안, 전미 유색인 지위 향상협회, 미국 노동 총연맹 산업별 회의, 폭탄이 아니라 아이를 만들자** 등의 스티커가 도배된 오렌지색 사브 자동차를 보고 자란 아이가 있는가? 크리스마스 선물로 라마 털 판초와 마크라메 레이스 벨트를 받는 아이가 있는가? 친구들은 오빠와 내가 갈색 종이가방에서 두부─버섯 스크램블이 담긴 그릇을 꺼내 먹고 다 먹은 뒤에는 소화가 잘 되라고 선 티(병에 티 잎을 넣고 햇볕 아래 몇 시간 쬐인 후 마시는 티─옮긴이)를 마시는 모습을 지켜봤다. 친구들은 우리 생일 파티에 와서 엄마가 새로 개발한 캐롭 고구마 케이크에서 밀랍으로 만든 초를 뽑았다. 이런 것들을 두 눈으로 보고 직접 해보기 전까지 사람들은 우리 집안의 '특이함'이 다른 아이들에게 피해를 줄지도 모른다는 생각에, 별도의 반을 편성해 오빠와 나를 관리하려고 했다. 우리는 별종이었다. 발삼 중학교에서 가장 멋졌던 마크 홀처가 오빠에게 '맥아'이라는 별명을 붙였다. 나는 '치즈 커드(바로 막 만든 치즈로서, 가열 가공을 하지 않아 젖산과 효소가 그대로 남아있는 건강식품—옮긴이)'가 됐다. 히피가 된다는 것은 세상 물정이나 유행에 고개를 돌린다는 뜻이다.

그러나 오빠와 나는 융통성있고 탄력적으로 상황에 대처했다. 우리는 우리에게 주어진 길에서 한 걸음 멀리 떨어지기로 했다. 크리스마스 선물로 받은 옷들을 절대로 몸에 걸치지 않았다. 갈색 종이가방을 버리고, 대신 용돈을 모아 도시락 통, 땅콩버터, 가게에서 파는 빵과 우유를 샀다. 절대 생일 파티는 열지 않았다.

하지만 그것으로 충분하지 않았다. 우린 여전히 '맥아'와 '치즈 커드'였고, 여전히 비참했다. 그것도 여러 해 동안. 그래서 우리는 우리가 할 수 있는 것만 했다. 오빠는 미식축구팀에 합류하고 나는 모델이 됐다. 우리에게는 당연한 결과였다. 나는 모델 일로 인기를 얻지는 못했지만(인기를 얻기위해서는 기적이 필요했다), 점점 괜찮은 아이로 평가되고 받아들여졌다. 사람들과 어울리게 된 것이다.

"말콤 엑스, 테이블에서 내려와! 마틴 루터, 그 밑에 있는 거 보여. 아양 떨지 마!"

엄마가 우리 집 검은 고양이 두 마리를 내쫓으며 식탁을 정돈한다. 그리고 케이크를 잘랐다.

"마지막으로, 생일을 맞은 주인공을 위해 큼직한 거."

"고마워요, 엄마."

나는 내 앞에 놓인 접시를 들어 케이크를 입으로 조금만 물었다. "군살, 군살" 프러키의 목소리가 귓가에 아른거렸다. 접시를 내려놓자 보고있던 엄마가 고개를 돌렸다. 프러키가 내게 한 말을 엄마가 알 리는 없지만, 내가 최근에 다이어트 하고 있다는 건 눈치 챘다. 그리고 그것을 못마땅해 했다. 엄마는 지난주에 무심코 내 입에서 튀어나온 몸무게 수치를 듣더니, 175에 58.5면 충분히 마른거라고 타이르듯 내게 말했다. 지금 엄마는 나를 째려보고 있다. 케이크를 한 입 더 먹었다.

군살.

다시 엄마를 바라봤다. 엄마는 굳이 어떤 모양이라고 말하기 힘든 헐렁한 드레스를 입고 있다. 진흙색에서 브라운색까지 단계별로 마련한 엄마의 몇 안 되는 옷 중 하나다. 내 포크 숟가락이 접시에 부딪쳐 딸그락거린다.

크리스티나가 불편한 얼굴을 하고 물었다.

"괜찮아?"

"응… 괜찮아… 고마워."

쏘아보는 엄마의 시선을 무시하며, 테이블에 양손을 짚고 뒤로 물러나 일어섰다. **다시는 별종으로 취급받지 않을 거야. 아름다워질 거야. 스타가 될 거야.** 음식을 참는 건 이를 위한 작은 희생에 불과했다.

* * *

콘래드 팀은 눈썹 문제로 인해 내 얼굴을 아예 믿을 만한 실력자들에게 넘기기로 했다. 먼저 찰스 이퍼겐(시카고의 유명 헤어살롱─옮긴이)의 민디에게 탈색을 부탁하는 것이 그 첫 단계였다. 이 고급 헤어살롱과 스타일리스트 모두 화려한 배경─1987년 《보그》 6월호에서 '시카고 최고 살롱'으로 선정─을 갖고 있다. 하지만 그런 건 중요하지 않았다. 탈색을 하는 동안 프러키가 몇 번이고 전화해서 시시콜콜 캐묻고 참견한 바람에 민디는 침울해졌고, 나는 변변찮은 언변으로 민디에게 딸그락 딸그락 소리만 내지 말고 빨리 머리에 은박지를 씌워달라고 졸라야 했다. 모든 과정이 끝나자, 놀랍게도 머리색은 확 바뀌었다. 긴 검은 머리에서 밤색이 거의 빠지고 금발에 가까워졌다. 비용은 꽤 나왔다. 눈썹 탈색까지 포함해서 정확히 150 달러. 탈색을 끝낸 뒤 매니큐어 및 페디큐어 전문 숍, 윈디 시티 네일로 갔다(손발톱을 다듬어 모서리를 둥근 사각형으로 만들고 발레 슬리퍼(매니큐어 브랜드─옮긴이)를 칠한다. 다른 제품들보다 밝은 색이 나오고, 어떤 의상과도 무난하게 어울리기 때문이다). 여기선 매주 40달러가 들었다. 그리고 찰스 이퍼겐으로 다시 돌아가 팔과 다리, 가슴 윗부분, 입술 위쪽 그리고 이마─그렇다. 이마저―에 난 털을 제거했다. 이건 120달러. 니만마커스 백화점에서 빈센트가 일러준 '필수' 물품 전부를 구입한 대금 400달러 그리고 엄마의 낡은 폭스바겐을 끌고 왔다 갔다 한 경비를 합치면, 콘래드의 스튜디오에서 일하려고 거의 1천 달러를 썼다.

하지만 흑자였다. 나는 일을 하고 있었다. 그것도 아주 많이. 콘래드 스튜디오뿐 아니라 시카고 전역에서 활동했다. 마셜필드 백화점의 신문 광고, 시어즈 백화점의 크리스마스 책자, 게다가 몇몇 광고―'첫인상에 다음 기회란 없다'라는 캡션과 함께 내가 벽장 앞에서 머리를 빗고 있는 헤드 앤 숄더의 인쇄물―도 찍었다. 보수를 생각한다면 해리 윈스턴의 다이아몬드를 끼고 달랑거려 보이거나, 네 자리 가격대인 빌 블라스 야회복 광고를 하고 싶었지만, 이미 다른 일을 하고 있기에 포기했다. 비록 5천 달러짜리 광고이긴 했지만 난 약속을 깰 정도로 그렇게 돈에 우왕좌왕하는 아이는 아니었다.

이제 내 힘으로 유명 디자이너의 제품을 살 수 있게 되었다. 아직 해리 윈스턴 정도는 힘들지만 다른 것들은 쉽게 손에 들어왔다. 니만마커스에 가서 외상 계정을 트고, 내 첫 유명 디자이너 제품―랄프 로렌 울 스웨터와 바지―및 두 번째 것―비블로스 블랙 벨벳 드레스―을 구입했다.

타미 스콧에서 교육을 받을 때, 나는 모델 일이 여름에만 반짝하는 직업이며, 컬럼비아 대학의 비싼 학비를 마련할 좋은 수단이라고 생각했다("위스콘신을 벗어나면 자력으로"는 아빠가 노상 하는 말이었다). 물론 더 많은 것을 꿈꾸었지만, 꿈꾸는 것 자체가 하나의 꿈이었고, 그것을 실현시키는 것이 또 하나의 꿈이었다. 그런데 지금 그 꿈이 이루어지려 하고 있다. 여름 전에 찍은 사진들이 나오기 시작해 내 모습을 도처에서 볼 수 있었다. 《시카고 트리뷴》에 실린 전면 광고, 상점 창문에 붙은 실물 크기의 사진들. 그리고 우리 집 다이닝룸 식탁에 놓인 가을 프로모션 카탈로그들. 카탈로그들은 아빠의 친구분들이 "보기 좋네!!" 혹은 "딸이 정말 자랑스럽겠어!!!"와 같이 기분 좋은 감탄 문구들을 포스트잇에 적어서 집으로 보내온 것이다.

"엄마와 나는 네가 자랑스럽단다!"

아빠는 그렇게 말해주었지만, 사실 엄마는 다소 회의적인 시선으로 내 변화를 바라보았다. 실제로 가장 기뻐한 사람은 오빠였다. 오빠는 눈을 반짝이며 금발 미녀들에 대해 묻고 또 물었다.

"네가 그 모델들과 함께 일했단 말이야?", "이 여자, 진짜 죽이네!"

나는 사진들을 내 방으로 가져와서 말콤 엑스 옆에 배를 깔고 엎드려 꼼꼼히 살펴보았다. 마음에 드는 사진이 있을 때도 있지만, 보통은 촬영할 때 느꼈던 것만큼 잘 나와 보이지 않을 때가 더 많다. 렌즈를 응시할 때 주변에 선 모델들과 똑같이

해 보이기는 쉽다. 자신감 넘치고, 매혹적이며 섹시하게. 한 마디로 《보그》에 실릴 만하게. 하지만 사진 속에 나온 뺨은 실물보다 통통하고, 얼굴도 네모지고, 눈도 더 작아 보인다. 기대했던 모습이 아니다. **아무래도 아직 갈 길이 먼 것이겠지.**

하지만 난 해낼 수 있다는 걸 알고 있다.

운동? 젬병이다. 음악? 완전 음치. 학교? 공부라면 꽤하는 편이다. 그러니까 컬럼비아가 받아줬겠지. 하지만 살 떨리게 노력한 결과다. 그렇다면 모델 일은? 할 수 있다. 열심히 하면 할수록 더 높이 오를 거다. 더 높이 오를수록 원하는 곳에 더 가까이 다가갈 수 있을 거야.

나는 중간에 그만둘 수 없는 일을 시작한 거다. 미지의 목적지를 향해 지구에서 발사된 로켓에 올라탄 셈이다. 계속되는 방문 약속과 따낸 부킹이 나를 더 멀리 날아가게 하는 연료가 된다.

"네가 콘래드가 점찍은 새 모델이로구나!" 사람들이 감탄하듯 속삭인다. "콘래드의 지난번 모델이 누구였는지는 알고 있지?"

암, 알다마다요. 나는 밤마다 방에 누워 벽에 붙은 그녀의 얼굴을 보며 속삭인다.

"여기 좀 봐요, 신디. 내가 왔어요."

제4장
크게 한 방 먹이는 거야

"걔 정말 짜증나는 인간이야!" 로라가 소리쳤다.

"누가 그렇다는 거야, 로라?"

아야나가 거들먹거리며 콘래드의 분장실로 들어왔다. 유선형으로 둥글게 얼굴을 감싸는 검은색 선글라스가 그녀의 얼굴에 착 달라붙어 있는데, 7월 말의 무더위에도 땀 한 방울 흘리지 않는 듯 보였다. **이럴 수가! 두어 번 이상 함께 일한 사이임에도 아야나는 여전히 나를 구두 뒤축에 들러붙은 껌처럼 대했다.**

"안녕하세요." 내가 작은 소리로 중얼거리듯 인사했다.

선글라스를 끼고 있어서 확실하진 않지만, 아야나는 내 쪽을 힐긋 쳐다보고는 거울 앞에 서서 입고 있는 티셔츠만 매만졌다. star☆fucker라는 문구가 튀어나온 양쪽 젖꼭지 사이에 제대로 자리를 잡자 회심의 미소를 지은 뒤, 뭔가 묻고 싶은 시선으로 로라를 바라보았다. 로라는 나일론 백에서 30센티미터 정도 길이의 헤어스프레이 통을 꺼내면서 아무도 못 알아듣는 소리로 투덜댔다.

"로라? 누가 짜증나는데?"

아야나의 갈색 눈동자가 탁자 위에 장식된 장미꽃 다발로 향했다. 핑크빛 꽃봉오리 하나를 제외하고 모두 붉은색이었다. "아니, 아니 그런 말이 아니야! 아직도 못 알아듣는 거야? 사진 찍는 애들은 데이트 상대가 아니라 그저 섹스 상대란 거지."

로라가 헤드폰을 꼈다.

그렇군. 아야나와 내가 메이크업을 하기 시작했다. 우리 둘 사이의 유일한 공통점은 마치 혼자 있는 듯 행동한다는 점이다. 이따금 로라가 혼자 흥얼대는 노래를 제외하고 분장실은 조용했다.

"Hey now, I'm gonna take a new sensation······.

(인엑시스의 〈New Sensation〉─옮긴이)."

"Dirty Diana─nah!······.

(마이클 잭슨의 〈Dirty Diana〉─옮긴이)."

아야나가 갑자기 말을 쏟았다.

"아, 머리가 깨질 것 같이 아프네!"

"파리는 날 필요로 해. 전화라도 해야겠어."

"로렌조는 어쩌지?"

마지막 말에 내가 재빨리 물었다.

"로렌조가 누구예요?"

아야나가 눈썹을 치켜세우며 아이섀도를 오랫동안 바라보았다. 그러다 담배 연기를 훅 내뿜으며 말했다.

"친구."

그렇군.

자그마한 일본인 여자아이가 집게 몇 개, 마스킹테이프 두 통 그리고 신발 세 켤레가 힘에 버거운 듯 비틀거리며 분장실로 들어왔다.

아야나가 고개를 돌리며 물었다.

"누구?"

"유키." 그녀는 가까스로 고개를 약간 숙이면서 인사했다. "모리스의 어시스턴트예요."

난 유키를 어제 만났다. 유키는 도쿄에서 왔는데, 우리가 현재 란제리, 잠옷, 실내복을 디자인한 일본 디자이너 코하나의 미국 부티크를 위해 룩북look book을 촬영하고 있기 때문이다. 유키의 일은 모리스가 의상을 핀으로 고정시키고 액세서리를 골라주는 동안 의상을 다림질하고, 모델들이 옷 입는 것을 돕는 것이다.

아야나가 다시 담배 연기를 내뿜는다.

"유키, 부탁 하나 할게. 미구엘한테 가서 길쭉한 커피 잔으로 카푸치노 한 잔 만들라고 해. 바로."

유키가 눈을 껌벅인다.

"어서, 빨리빨리!"

순간 어리벙벙해진 유키는 아무 말도 꺼내지 못하다가 들고 있던 짐을 내려놓고 주방으로 향했다. 잠시 후 모리스는 손가락 사이에 바늘 하나를 낀 채 들어왔다.

"유키?" 모리스는 바닥에 쌓인 짐을 보고 눈살을 찌푸렸다. "유키이이!" 이번에는 우리 쪽을 향해 "유키가 안 갈아입혀 준거야?"라고 말하더니, 바늘을 마스킹테이트에 찔러 넣고 옷장으로 재빨리 걸어갔다.

"실은 카푸치노 가지러 갔어요." 내가 설명했다.

"오라, 휴식 시간? 친절도 하셔라. 에밀리, 넌 퍼플 트레이닝복. 아야나는 레드 가운."

그럴 줄 알았다. 컬러에는 마치 스타일리스트를 위한 법규집에 적혀 있는 것처럼 체계화된 룰이 있다. 금발은 파스텔 색상과 베이지에서 윈터에 이르는 화이트 색조, 카키. 만약 함께 서는 모델 중에 검은 머리 모델이 없다면, 레드와 켈리 그린(진한 황록색—옮긴이), 오렌지, 핫핑크, 로얄블루, 브라이트옐로를 입는다. 브라이트옐로는 검은 머리 모델 전용이다. 빨간 머리 모델도 있기는 하지만 거의 본 적이 없기 때문에, 내게는 어울리지 않는 색이 그들에게 어울린다는 점 밖에 아는 게 없다. 나같은 갈색 머리는 헌터그린(연두색—옮긴이), 버건디, 퍼플, 초콜릿브라운을 입는다. 네이비블루와 만인의 색인 블랙은 누구에게나 어울린다.

물론 장신구의 색깔에 따라 예외가 있을 수 있고, 뛰어난 메이크업 아티스트라면 립스틱과 블러시 색을 조절하여 머리색에 상관없이 어떤 색깔의 옷이든 입게 만들 수 있다. 그렇지만 일반적으로 좀 전에 얘기한 것이 공식이며, 아트 디렉터들은 이 공식대로 모델을 섭외하는 것이 관례이다. 어쨌든 다시 얘기를 돌리자면, 이 공식대로 4페이지에 핫 핑크와 초콜릿브라운 터틀넥을 찍고, 5페이지에선 켈리그린과 퍼플 트윈세트를 찍으려는 것이겠지? 검은색 머리 모델과 브루넷 모델 한 명씩 섭외하는 게 좋을 거 같은데. 아 잠깐, 6페이지에는 셋이 찍는 핑크색 상의가 있었지? 반나절 동안 금발이 한 명 더 있으면 좋을 것 같은데. 카탈로그에서는 머리색이 다른 모델과 경쟁할 일이 없다. 경쟁자는 오직 머리색이 같은 모델이다.

지금의 경우, 아야나가 내 경쟁자였다.

아야나가 옷장을 한 번 쳐다보더니 고개를 쳐들며 말했다.

"저걸 입으란 말이야?"

모리스가 눈살을 찌푸린다.

"왜?"

"빨간색이잖아. 난 빨간색 옷 안 입어."

89

세상에. 모리스의 귀에 그 말이 어떻게 들렸을까? star☆ fucker 티셔츠는 빨간색이었다.

"지금 입고 있는 옷, 기막히게 잘 어울리잖아." 모리스가 말했다.

푸. 후. 후.

"말하지 않아도 그건 알아. 내 말은 오늘은 입지 않겠다는 거야. 힘이 많이 들어가. 오늘은 소화하기 힘들어. 이놈의 편두통 때문에." 아야나가 잠시 말을 멈추고 두통으로 안 좋은 자신의 안색을 살폈다. "저 옷은 보기만 해도 메스꺼워."

내가 봐도 그랬다. 폴리에스테르 소재인데, 누비이불처럼 누볐고, 모양새도 흉했다.

"아, 걱정하지 마. 에밀리와 바꿔줄 테니까." 모리스는 그렇게 말하고 소리쳤다. "유키!"

맙소사. 아야나가 회심의 미소를 짓는 모습이 내 눈에 들어왔다. 아야나는 마지막으로 담배를 한 모금 쭈욱 빨더니 손가락을 탁 튕겨 바닥에 버렸다.

"유키! 대체 어디 있는 거야! 유우—키이!"

유키가 분장실로 쏜살같이 달려왔다.

"이제 오는군! 유키, 내 말 잘 들어. 넌 지금 미국에 있는 거야. 미합중국! 여기선 열심히 일 해야 돼! 쉬고 싶다고 아무 때나 자리를 비워선 안 된단 말이야, 알아듣겠어?"

모리스의 말에 씩씩거리는 유키.

내가 헛기침을 하고 유키를 도우려고 입을 열었다.

"실은……"

"아, 머리아파!" 아야나가 당황한 듯이 큰 소리로 말했다. "카페인이 필요해!"

"…정 그렇게 커피를 마셔야겠다면, 네가 마실 때 저렇게 힘들어 하는 아야나에게도 한 잔 가져다주든가. 그러니까 내 말은, 젠장, 다른 사람들 생각도 좀 하라는 거야!"

양쪽으로 묶은 머리, 미키마우스 티셔츠, 잔뜩 겁을 먹은 표정. 유키는 다 큰 여자로 보이지 않는다. 하물며 이기적인 여자로도 보이지 않는다. 어쩌다 위계질서의 말단에 속하게 된 게 죄라면 죄였다. 유키가 다시 씩씩 소리를 낸 뒤 밖으로 뛰어나갔다.

"올 때 스트레이트 핀도 좀 챙겨와!" 모리스가 외쳤다. "작은 집게하고!"

욱신거릴 정도로 두통이 심하다던 아야나는 스타급 육상 선수처럼 재빠르게 트레이닝복을 갈아입었다. 모리스도 곧바로 일을 시작했다. 오늘 스타일링이 좀 되는 날인가 보다. 가위가 그의 목에 걸린 끈에서 대롱거린다. 화가들이 보통 화구를 담는데 사용하는 캔버스팩이 그의 허리에 묶여 있는데, 고리와 주머니마다 핀(대부분은 일반적인 핀이지만, 안전핀 몇 개도 보인다)과 테이프(양면, 보통, 마스킹, 은박 테이프), 먼지제거 롤러, 접착제, 실패에 감긴 실들이 그득하다.

모리스는 아마 그 전부를 사용하리라. 인쇄 매체용 사진 촬영에는 의상을 돋보이게 만드는 것이라면 무엇이든 관계없이 동원된다. 핀, 집게, 테이프는 드레스, 재킷, 블라우스의 허리선을 잡아 가슴을 돋보이게 하는데 사용된다. 유행이 지난 길이의 박스형 스커트는 한두 번, 심하게는 세 번까지 말아서 (그렇게 하고도 남는 단은 셔츠밴드나 벨트 밑으로 감춘다) 핀을 꽂아 좀더 맵시를 준다. 너무 몸에 달라붙는 드레스에는 주름을 잡고, 옅은 색상의 바지에 붙어 있는 주머니는 모두 싹둑 자른다. 드레스와 스커트의 헴라인이 길어지고, 바지 아랫단의 모양도 바뀐다.

"세상에, 누가 이 트레이닝복에 이런 숄더패드를 넣은 거야?" 모리스가 솔기를 뜯어내며 중얼거린다.

좀더 부드럽고 자연스러워 보이는 폼패드가 싸구려 숄더패드의 자리를 대신한다. 벌어진 호주머니들이 테이프로 봉해지고, 늘어진 목둘레가 빳빳하게 날이 선다. 모델들이 카탈로그를 보고 옷을 주문하지 않는 데에는 다 이유가 있었던 거다.

"됐어!" 등에 일렬로 핀을 꽂은 덕에 맵시가 살아난 트레이닝복으로부터 몇 발 물러서며 모리스가 말했다. "세트 위에서 마무리해 줄게. 이제 에밀리!"

그가 내 뒤에 섰다. 고개를 좌우로 움직이며, 내가 입고 있는 옷이 어떤 느낌인지 살펴본다. 난 이미 답을 알고 있었다. 커다란 빨간 벨.

유키가 가져다 쌓아 놓은 물건들 중에서 모리스가 끝에 오렌지색 고무를 댄 금속 집게 하나를 집어 들더니(사진 스태프들이 사용하는 집게) 등 뒤의 양쪽 견갑골 가운데로 옷감을 5센티미터 조인다.

"짜잔! 오케이! 빨리 세트장으로 가자."

잠깐. 내 모습이 그래도… 벨처럼 보이잖아.

"잠시만요… 이게 다예요?"

"미안, 에밀리, 이런 스타일의 목욕 가운을 입는 여자들은 품이 넉넉한 걸 좋아 하거든." 모리스가 설명했다. "사실 말이야… 펑퍼짐한 것을 더 좋아해."

그가 내 등 뒤에 쭈그리고 섰다. 옷감 뜯어지는 소리가 났다. 등에서 느껴지는 서늘한 미풍. 다시 그가 고개를 내밀었다.

"됐어! 자 따라와. 콘래드가 기다리고 있으니까!"

* * *

스튜디오 소파에 여기저기 흩어져 앉아 있는 여섯 명의 코하나 경영진은 룩북의 크리에이티브 연출이 문제없이 진행되는지 체크하기 위해 도쿄에서 날아왔다. 내가 보기에 코하나 사람들은 조그만 사무실에 앉아 닷새를 보낼 것인가 아니면 미식가 수준의 식사(초밥 요리사를 동행시켰다)와 훌륭한 볼거리(실크와 사틴 그리고 레이스 의상을 입은 모델들)로 닷새를 보낼 것인가라는 선택을 두고 고민한 듯하다. 답은 이미 정해져 있지만.

콘래드가 우리를 선발로 내보냈다.

"아야나, 얼굴 오른쪽 보고, 몸은 정면. 에밀리는 가운이 사진에 잘리지 않게 조심하고."

우리는 완벽한 한 쌍이었다. 난 벨이었고, 아야나는 벨에 달린 추였다.

아야나가 측면으로 고개를 돌리자, 모리스가 그녀 뒤쪽으로 무릎을 꿇고 카메라에 잡히지 않는 바지 아랫단을 따라 스트레이트 핀을 꽂는다. 아야나는 사진 몇 장을 찍는 동안만 이 자세를 유지하게 된다. 다시 몸을 움직여야 할 때가 되면, 모리스가 바로 와서 다른 데에 핀을 꽂으리라. 사진 촬영에서 대부분의 시간을 잡아먹는 건 포즈라기보다 포즈에 따른 스타일링이다.

"유키! 액세서리!"

유키가 널찍한 플라스틱 상자를 들고 세트 안으로 달려왔다. 자세히 보니 내부가 정사각형으로 구획되어 있는 낚시용 미끼 상자였는데, 정말이지 그 안엔 매혹적인 미끼가 들어 있었다. 크기도 다른 각양각색의 번쩍이는 금붙이들이었다.

"어디 보자⋯⋯." 모리스의 손가락이 헬리콥터처럼 그 위를 선회하다가 급강하한 뒤, 귀걸이 한 쌍을 건져 올려 재빨리 내 손바닥 위에 올려놓았다.

"장난이죠?"

내가 그것들을 들어올리며 물었다. 이건 말이 귀걸이지, 모양은 마치 현관문 두드릴 때 쓰는 고리쇠처럼 생겼고, 무게도 장난이 아니었다.

"이런 스타일의 목욕 가운을 입는 사모님들께서는 실내복으로 낮에 자주 애용하신단다."

모리스가 알려주었다. 그러고서 아야나에게는 얌전하게 생긴 자그마한 장식 단추를 건넨 뒤("어머, 예뻐라!") 벨트 고리에서 커다란 킬트핀 하나를 끌렀다.

"끼라고?" 아야나가 투덜거렸다. "이걸?"

"물론이지." 킬트핀에는 여섯 개 정도의 가짜 금반지가 고리처럼 연결되어 있었다. 모리스가 그 중 두 개를 떼어내 아야나와 내 손가락에 끼어 넣었다.

"우리가 지금 잠옷을 찍고 있잖아? 반지가 없으면 휘트먼즈 백화점으로 항의 편지들이 날아올걸?"

이렇게 해서, 난 십대 모델이 빨간 폴리에스테르 목욕 가운을 입고 금반지를 끼고 온종일을 보내는 것도 대수롭지 않다고 여기며, 독신녀들이 입기엔 너무 야한 옷이라고 생각하는 뚱뚱한 아줌마들의 가운을 선전하게 되었다. 재미있었다.

"그러니까, 그 아줌마들한테는 독신으로 사는 게 입고 싶은 옷을 못 입을 정도로 게으르게 생활하는 것보다 한심하다는 말이네요?" 내가 물었다.

"비슷해." 모리스가 대답했다.

얘기를 듣던 아야나가 웃음을 크게 터뜨린 뒤 내 쪽을 돌아보며 말했다.

"마음에 드는 말이야."

나는 나머지 촬영 준비를 했다.

두 시간쯤 지나, 아야나와 내가 서로 어울리는 실크 파자마를 입고 세트장으로 돌아와 막 촬영을 시작하려는 그때였다.

"꺄—악! 꺄—악!"

별난 비명 소리가 스튜디오를 갈기갈기 찢었다. 여자의 비명인지, 샤무(해양 포유류 놀이공원인 Seaworld에서 펼쳐지는 범고래 쇼의 이름—옮긴이)에서 들을 수 있는 범고래의 비명인지 구분이 안 될 정도였다. 모두 소리 나는 쪽으로 고개를 돌렸다. 연한 갈색이 섞인 금발 곱슬머리가 쏜살같이 계단을 내려오더니 곧장 콘래드 쪽으로 향했다.

"콘—래드으으!"

세상에. 콘래드가 지나친 신체 접촉을 싫어한다는 건 누구나 알고 있는 사실. 볼썽사나운 일이 벌어질게 뻔하기 때문에 몸을 움츠리다가 아야나를 힐끗 쳐다보았다. 그녀 역시 멍한 표정을 짓고 있었다. 그런데 이게 웬일이람. 콘래드가 양팔을 들어올려 여자를 반기는 게 아닌가. 함박 미소가 그의 얼굴에 번졌다.

"마이 고저스 달링!"

마이 고저스 달링? …대체 이 여잔 누구래?

애정이 듬뿍 담긴 강렬한 포옹이 끝난 한 참 후에서야 우리는 그녀가 누군지 알게 되었다.

"아야나, 에밀리?" 콘래드가 소리쳤다. "여긴 제시카야."

제시카가 손을 들어올렸다. 아이들이 그렇게 하듯 자신의 손가락을 쫙 펼쳐 보이며, 부드럽고 폭신해 보이는 입술로 생긋 미소를 지으며 말했다.

"안―뇽―!"

"안녕하세요."

내가 인사했다. 아야나는 언제나 그렇듯 툴툴댔다. 이번만큼은 아야나의 행동이 이해가 갔다. 그도 그럴 것이, 머릿결, 입술, 단추처럼 동그란 푸른 눈, 밤비 같은 속눈썹, 가슴선이 최대한 드러나도록 단추를 푼 흰 아일릿 블라우스에 스키니 진…. 그렇다. 제시카는 매혹적이었다. 코하나 경영진들도 손으로 무릎을 꽉 움켜쥐고 몸을 앞으로 내밀었다. 마이크― 밝은 갈색 피부에 조각칼로 다듬은 듯한 용모, 올여름 그에게 푹 빠져버렸다― 와 다른 스태프들도 경탄의 눈길로 바라보았다. 갑자기 질투심이 생겨났다. 이 여잔 여기엔 뭐 하러 온 거람? 모델이 셋이면 너무 많은 거 아냐?

촬영이 끝난 후 아야나는 파리에 전화를 하기 위해 자리를 뜨고, 나는 옷을 갈아입으려고 분장실로 향했다.

"또 보네."

제시카가 가슴을 다 드러낸 채 방긋 웃으며 분장실 한가운데 서 있었다. 어깨 위로 흘러내린 긴 머리칼이 그녀의 맨가슴 윗부분을 자극하고 있다. 에덴동산에 사는 이브의 머리칼처럼 보였다. 아니, 크기가 약간 큰 마이 리틀 포니(완구회사 해즈브로의 망아지 인형—옮긴이)의 갈기처럼 보였다.

"내 이름은 제시카야."

네, 알고 있어요.

"전 에밀리예요."

제시카는 몇 분 전 콘래드에게 했던 것처럼 나를 껴안고 애정을 표시한 뒤 데프 레퍼드(영국의 하드록 밴드—옮긴이)의 노래를 흥얼거리며 옷을 마저 벗기 시작했다. 나직하던 음성이 조금 더 커지면서 손가락으로 천천히 하얀 데님진 단추를 끌러 내려간다. 그녀의 손가락이 그 부분에 이르렀을 때(20여 센티미터 길이 연장들을 들고 있는 수리공들이 등장하는 영화에서 잘 나오듯이, 아치형으로 굽은 허리와 엉덩이를 쑥 내밀었다), 나는 이곳을 처음 방문했을 때 콘래드를 만났던 사무실로 도망치듯 물러났다. 오후에 다시 나는 너덜너덜해진 《제인 에어》 문고판을 들고 돌아왔다. 도전하기로 결심한 이 고전을 잠시 손에 붙잡고 싶어서였다.

"완벽해, 아주 완벽해! 자, 이제 그 멋진 다리를 옆으로!"

"아주 좋아!" 찰칵.

"아주 좋아!" 찰칵.

"맞아! 그거! 그거야!" 찰칵. 찰칵.

미안해요, 샬럿(《제인 에어》의 작가, 샬럿 브론테-옮긴이). 나는 책을 휙 집어 던지고 로비를 가로질러 스튜디오 입구로 갔다. 세트 위에 있는 제시카의 모습이 눈에 들어왔다. 제시카는 속이 다 비치는 아이보리색 레이스 브래지어와 팬티를 입고 있었다. 루사이트 단 위에 살짝 걸친 엉덩이. 한 쪽 다리는 단의 맨 밑 가로대에 올리고, 다른 한쪽은 단을 향해 활처럼 굽어져 있다. 탄성이 절로 나왔다. 몸무게를 두 발로 지탱하면서 카메라 때문에 보이지는 않지만 한쪽 팔을 흔들고 있는 것이리라. 《펜트하우스》에서나 볼 수 있는 과감한 노출을 펼치면서도, 얼굴에서는 완벽한 란제리룩을 연기한다는 자신감이 배어났다. 카메라 렌즈에서 멀리 떨어진 곳을 응시하는 시선과 약간 벌린 입술이 마치 남편이 돌아오기를 기다리는 페넬로페(오디세우스의 아내-옮긴이)처럼 동경에 차 보였다.

"아주 잘했어!" 콘래드가 소리쳤다. "이제 의자 치우고 두 통을 더 찍을 거야!"

"…의자 치우고!"

"…마이크?"

마이크는 의자를 치우러 가면서도 좀처럼 제시카의 유두에서 시선을 떼지 못했고, 이미 호물호물 녹아버린 일본 경영진들 앞으로 한참이나 걸어간 후에서야 정신을 차렸다.

로라가 내 옆에 다가서며, 한마디 던졌다.

"홀쭉이들만 사는 나라에서는 C컵이 짱 먹겠지?"

"그렇겠지요."

내가 중얼거리며 대답했다. 처음에는 질투가 났지만 지금은 아니었다. 무대에 선 제시카는 사실상 옷을 안 입은 거나 마찬가지였고, 모두 음란한 시선을 던지며 제시카를 성적 대상물로 여기고 있다. 역겨운 일이었다. 그때 나는 란제리 모델은 절대 하지 않기로 결심했다. 절대로.

다행히 내가 신경써야할 의상은 셋이 찍는 실크 가운뿐이었다. 모두가 조심스럽게 행동했다(제시카가 걸어 나갈 때 아야나가 "좀더 짙은 파란색이 아니라서 유감이네"라고 기어이 말했지만). 촬영이 끝나고, 내 하루 일과도 끝이 났다. 모두들 그날 일을 마감했다. 프러키가 바우처북 사인을 하기 위해 들어왔다. 내 차례를 기다리며 새로 산 벳시 존슨 스커트를 가다듬었다. 면과 라이크라 재질로 몸에 착 달라붙는 스타일이었다.

프러키가 이름을 휘갈겨 쓴 뒤 고개를 들고는 말했다.

"히프 큰 여자한테 꽃무늬 들어간 옷은 안 어울리는 거 알지?"

몇 사람의 눈동자가 내 하체를 향하고 있는 것이 느껴졌다. 심장 뛰는 소리가 귀에까지 들려오고, 부끄러운 나머지 얼굴이 후끈 달아올랐다. 서둘러 현관 쪽으로 달려 나갔다.

히프 큰 여자, 히프 큰 여자.

"에밀리!"

로라였다.

"난 괜찮아요." 내가 돌아보지도 않고 대답했다. **히프 큰 여자?**

"에밀리!" 로라가 어느새 내 옆으로 왔다. "이거, 놓고 갔잖아!"

로라는 내 바우처북을 들고 있었다.

"고마워요."

나는 바우처북을 빼앗듯 낚아채며 인사했다. 내 몸무게는 생일 이후에 1.5킬로그램을 빼서 57킬로그램이다. 물론 그걸로 충분하지는 않다고 생각한다.

로라는 내 옆에서 걸으며 말했다.

"확인해 봐." 그녀가 숨을 헐떡거렸다. "뭔가 착오가 있는 것 같아."

난 걸음을 멈추고 바우처북을 펼쳤다.

"맞는데요."

"정말?"

바우처북을 재빨리 덮었다.

"네."

로라가 걸음을 멈추고 움직일 생각을 하지 않는다.

"잠깐만, 그러니까 너 지금 오늘 50달러를 받았다는 거야?"

내가 대수롭지 않다는 듯 고개를 끄덕였다. **히프 큰 여자.**

"매일요, 그러니까… 여기에서는요."

"무슨 말이야?"

"프러키가 나는 아직 트레이닝 중이래요."

로라는 어이가 없다는 듯 높은 톤으로 한참 웃었다. 그리고 쉬지 않고 말을 쏟아냈다.

"트레이닝? 대체 무슨 뜻인데? 트레이닝? 콘래드는 모델들에게 이래라 저래라 포즈를 취하게 해. 그리고 넌 다른 사람만큼이나 많은 촬영을 하고 있어. 광고 예산을 생각해 봐! 우리가 먹는 점심을 생각해 봐! 에밀리, 너 이용당하고 있는 거야!"

그 순간 오늘 아침 로비에서 같은 얼음 더미 위에 올려놓은 생선회가 카트로 옮겨지던 모습이 떠올랐다. 나는 그것을 먹기는커녕 보는 것만으로도 비위가 상했다. 마침내 내가 입을 열었다.

"왜요?" 목 쉰 사람의 목소리였다. "왜들 그렇게 하는 건데요?"

"그렇게 할 수 있으니깐."

로라의 대답이 아니었다. 아야나의 목소리였다. 어디에 있는지 찾기 위해 몸을 빙그르 반 바퀴 돌렸다. 벽에 기대 한동안 우리를 보고 있었는지 아야나는 무덤덤하게 말했다.

"맞는 얘기야." 로라가 말했다. "넌 아직 어려 에밀리. 그래서 사람들이 널 이용하려고 하는 거야."

"알겠어요. 알겠어. 사람들⋯⋯." 나는 머릿속이 빙빙 도는 것 같아 머리를 흔들어대며 물었다. "설마 콘래드가요?" 내 손은 스웨이드 가죽과 은빛으로 빛나는 장식물, 대리석을 모두 가리켜보였다.

"정신 차려." 아야나가 말했다. "콘래드가 어떻게 이 모든 걸 가졌겠어?"

맙소사. 눈시울이 축축해졌다.

로라가 내 뺨을 어루만진다. 진정되는 느낌이 들었다.

"에밀리, 지금부터 내가 하는 말 잘 들어. 중요한 얘기야. 모델의 경력은 무용가나 프로 운동선수하고 똑같아. 시작하기도 힘들고, 그렇다고 오래 할 수도 없는 직업이야. 톱모델로 10년, 12년을 해먹으면 운이 좋은 거야. 그러기 위해선 강해져야 돼. 네가 일한 대가를 위해 싸워야 해. 이번 여름이나 올해 번 것만 말하는 게 아니라, 네가 버는 모든 돈에 대해 말하는 거야. 한 푼도 빼지 말고." 그녀의 두 눈이 깜박였다. "그러니까 에밀리, 50달러는 안 돼. 여기서도 그렇고, 다른 어떤 곳도 마찬가지야. 알겠어?"

고개를 끄덕인 다음 뒤로 물러나 눈물을 닦았다. 아야나가 내게 가까이 다가왔다. **날 안아주려고 그러나? 아니면 슬쩍 미소를 보이려고?**

"여우가 돼야 해." 아야나는 그렇게 충고하고 힘차게 앞으로 걸어갔다.

*　　*　　*

다음 날 아침, 나는 '시카고 컴퍼니' 사무실 안으로 후다닥 들이닥쳤다. 빠른 속도 때문에 벽에 덕지덕지 붙어 있는, 모델들에게는 명함이나 다름없는 양면 사진, 신체 치수, 에이전시 연락처가 내 눈에는 다리, 가슴, 다른 부위의 인상들로 마구 뒤섞여 흐릿하게 보일 정도였다. 루이스 사무실에 비치된 검은색과 크롬색이 혼합된 의자에 앉았다. 약간 숨이 찼다. 숨도 차고 흥분됐다. 평소에는 내 에이전트인 루이스가 단 둘이 할 얘기가 있다고 둘러말할 때에만 이곳에 온다. 그 이야기란 그의 단골 화제인 4D, 그러니까 다이어트diet, 옷차림dress, 행동거지deportment, 몸가짐demeanor에 관한 얘기다. 하지만 오늘 나는 다섯 번째 D에 대해 애기를 꺼내려고 한다. 바로 덜 받은 돈deficiency.

"콘래드가 내 돈을 가로채고 있는데, 어떻게 그냥 보고만 있어요?"

"아, 언제 왔어?"

나는 성난 얼굴로 루이스를 노려봤다.

루이스가 자기 머리를 가볍게 쓰다듬는다. 원래는 짙은 갈색이지만 은색이 도는 금발로 탈색했는데, 실패한 탓인지 머릿결이 솜사탕처럼 푸석푸석했다.

"예쁘게 생겨가지고 왜 그래, 이미 말했잖아, 좀 참아. 시

104

간이 지나면 네 보수는 오르게 돼 있어! 씨를 뿌려놨으니까 기다리고 있다가 나중에 한 번에 수확을 챙기는 거야. 엄청 많은 일이 들어올 거라구! 그땐 정신없을 거야!"

사실이었다. 올 여름 동안 나는 조금씩 더 바빠졌다. 카탈로그 보수―즉, 다른 클라이언트들에게 제시하는 내 모델료―는 1,250달러에서 1,500달러로 올라갔고, 쇼핑을 한답시고 여기저기 돈을 쓰고 다녀도 대학 입학금 정도는 거뜬히 낼 수 있었다.

세계 나가야 해.

"나중이 아니라 지금. 콘래드와 일하는 보수를 올려줘요."

"얼마나?" 루이스가 초조하게 묻는다.

"카탈로그 정도로. 티비디TBD 광고도 그렇고. 더 많이요."

"프러키가 그렇게 해 줄지 자신 없는데." 루이스가 침을 꿀꺽 삼켰다.

갑자기 내 안의 '여우'가 꼬리를 살래살래 흔드는 게 느껴졌다.

"좋아요, 루이스. 전화하고 싶지 않으면 안 해도 돼요." 나는 폼을 잡으며 말했다. "엘리트에서 그 일을 할 사람을 찾으면 되니까."

"엘리트?" 루이스는 마치 소를 몰 때 사용하는 전기막대기에 찔린 것처럼 놀라서 물었다. "엘리트로 옮기려구?"

"네."

"에밀리, 프러키한테 전화할게. 약속해!"

나는 회심의 미소를 지었다. **이거 기분 괜찮은 걸?** 말 나온 김에 엘리트에 찾아가서 그쪽 이야기를 들어보는 것도 나쁘지 않을 것 같다.

"그치만 에밀리, 만일 네가 시카고의 엘리트로 옮긴다면, 널 세계 시장에 내놓을 거야. 그게 그쪽 일이니까."

세계 시장? 잠시만. 한 달 전쯤 루이스가 나를 앉혀 놓고 바로 이런 문제를 이야기했었다.

"에밀리, 너한테 다른 에이전트 구해줄까 하는데." 그가 말했다.

"당신은 에이전트가 아닌가요?"

"난 너의 마더 에이전트야."

"아저씨나 삼촌 에이전트가 아니고요?"

루이스가 한숨을 내쉰 뒤 느긋하게 말했다.

"에밀리, 여긴 너의 첫 번째 에이전시란 뜻이야. 첫 번째이기는 하지만 유일한 에이전시는 아니란 말이지." 그가 설명했다. "난 너를 전국 시장에 데뷔시킬 적임자는 아니야. 너한텐 잡지 편집자나 광고회사의 임원, 포토 스튜디오 대표, 파리와 밀라노의 에이전시들을 알고 있는 사람이 필요해."

난 루이스에게 내 생각을 솔직하게 말했다.

"그 얘기는 엘리트가 국제적인 네트워크를 갖고 있다는 말인데, 그렇다면 더욱 엘리트와 함께 일해야 할 이유로 들리는

데요."

나는 가방을 집어 들기 위해 몸을 앞으로 숙였다. 유리한 협상 카드로 꺼냈던 말이 훨씬 더 좋은 아이디어였다. 당장 엘리트를 찾아갈 생각이다.

루이스가 또다시 자기 머리를 가볍게 쓰다듬는다. 방긋 나를 향해 미소 짓는 얼굴은 놀랄 만큼 차분해 보였다.

"국제적인 네트워크를 갖추고 있긴 해." 그가 말을 이었다. "하지만 엘리트에는 미국에서 가장 잘 나가는 에이전트가 없어. 좀 전에 그 에이전트한테서 전화가 왔단 말이야. 네 에이전트가 되고 싶대."

"제일 잘 나가는 에이전트요?" 나는 순간 몸이 얼어붙는 듯했다. "그게 누군데요?"

제5장
말라깽이 되기

비행기에서 내려 짐 찾는 곳으로 향했다. 마크 골드가 거기서 기다리고 있을 것이다. 사실 로스앤젤레스 공항은 생각보다 기대에 못 미쳤다. 내가 막 떠나온 밀워키 공항과 별반 다르지 않았다. 둥그런 축 모양의 중심부와 둥글게 휜 기둥들. 제트족보다 많은 평범한 여행객. **네온사인은 어디 있는 거야? 무비 스타는?**

자동 보도를 타고 무지개처럼 총천연색의 모자이크화를 지날 때, 두 가지 생각이 머리를 스쳤다. 첫째, 나는 마크가 어떻게 생겼는지 전혀 모른다. 전화상의 목소리는 젊게 들렸지만 '나우! 모델NOW! Models'의 사장이므로 최소한 서른은 되었을 거라는 추측. 둘째, 지금 내 꼴이 어떤지도 전혀 모른다.

로키 산맥을 넘은 후로는 거울을 본 기억이 없다. 민트부터 완두콩까지 온통 풀만 집어먹은 관계로, 머릿속엔 또 다른 녹색 물질로 신경 쓰였다. 기내식으로 나온 샐러드의 양상추가 내 앞니 사이에 끼어 있던 것이다. 화장실에 들러야 했다. 서둘러야 해. 자동 보도가 끝나자 승객들이 마치 연어 떼가 돌진하듯 출입구로 들이닥쳤다. 이에 휩쓸리지 않으려고 안간힘을 쓰다 짐을 든 채 앞으로 고꾸라질 뻔 했다.

"에밀리!"

이런. 그가 먼저 나를 찾아냈다. 마크에 대해 말하자면, 내가 왜 걱정을 했는지 모를 정도였다. 검은 실크 셔츠에 검은 바지, 맨발로 신은 끈 없는 검은 구두. 루이스보다 어두운 피부에 마른 체구, 좀더 양아치 냄새가 났다. 차라리 '에이전트'라고 적은 푯말을 들고 있는 게 더 나아 보이련만.

"멋진데, 아주 멋져!"

마크가 양쪽 뺨에 키스를 하면서 탄성을 질렀다. 그런 다음 한 손으로 내 가방을 받아들고, 다른 손을 내 청바지 허리선 아래에서부터 슬며시 더듬어 올라와 맨살이 드러난 허리부분에서 멈췄다. 루이스보다 좀더 노골적이었다.

그의 차로 가는 도중에 기회를 봐서 손을 떼어냈다. 마크가 이제 할 일이 없게 된 손으로 짧게 밀어버린 자신의 검은 머리통을 마사지 하듯 한 번 쓸어 올리면서, 선글라스 사이로 내 몸 여기저기를 훑었다.

"실물이 포트폴리오보다 낫네." 그가 말을 던졌다. "직접 보니까 훨씬 더 아름다워."

마크가 내던지는 입 발린 소리에 마음을 풀고 웃어 보였다. 물론 내가 모델이라는 점을 감안하면 내 포트폴리오가 실물과 같아야 좋을 테지만……. 이틀 전 사무실에서 루이스에게 들은 설명으로는, 일주일 전쯤 마크 골드가 전화를 걸어 이렇게 물었단다.

"내가 키울 다음 스타, 에밀리 우즈가 누굽니까?"

분명히 그는 헤드 앤 숄더 광고를 본 다음 내가 어디에 있는지 찾아냈을 것이다. 그의 이름을 들었을 때 나는 숨이 멎을 만큼 놀랐다. 이미 들어 본 이름이었기 때문이다. 지난 몇 주간 분장실의 가십거리는 레일라 로디스였다. 최고 인기 광고인 게스의 모델이 되었을 뿐만 아니라 가장 중요한 잡지 《보그》의 9월호 커버걸이 되어 올가을 패션계를 장악한 모델이다. 분명히 이야기는 레일라 로디스와 그 일을 있게 한 어떤 남자에 관한 내용이었다. 캘리포니아 할리우드에 있는 '나우! 모델'의 설립자이자 대표인 마크 골드.

"대단한 에이전트야. 네가 찾아가 만나야 해." 루이스가 말했다.

"하지만 로스앤젤레스에 있잖아요." 이미 가슴은 쿵쾅쿵쾅 뛰고 있었지만 그렇게 대답했다. **스타. 내가 키울 다음 스타.**

"로스앤젤레스? 뉴욕? 무슨 상관이야?" 그가 응수했다.

"지금은 카폰과 팩시밀리의 시대야, 에밀리. 네 다음 에이전트가 미시건 주 북부에 있다고 해도 연락 수단만 있으면 전혀 문제될 게 없어. 그리고 이거 하나만큼은 확실하잖아. 레일라를 봐."

뭔가를 갈망하는 눈빛으로 난 고개를 끄덕였다. 보라고? 난 이미 완전히 마음을 빼앗긴 상태였다.

지금 그 남자의 바로 옆에 내가 앉아 있다. 광고에서 본 것과 똑같이 작동되는 카폰으로 마크는 전화를 걸고 있었다. 수화기를 턱밑에 낀 채 정체된 차량들 사이를 비집고 들어갈 틈을 찾느라고 고개를 왼쪽에서 오른쪽으로 움직여 대는 통에 돌돌말린 코드선이 계속 늘어났다가 줄어들었다.

"안 돼!"

우리는 메르세데스 벤츠 컨버터블에 타고 있었다. 차 색깔마저 검은색이었다. 마크가 액셀을 힘껏 밟아 비상 차선으로 휙 들어가자 내 머리칼이 바람에 날려 한껏 팔랑거렸다.

"절대 안 돼! 레일라한테 모피를 찍게 하라구? 안 돼!" 마크는 흥분해서 소리쳤다.

"잠깐, 진심이야?" 마크가 빈틈을 발견했다. 차가 흔들리며 다른 차선으로 질주해 들어갔다. "어디서 찍을 건데?"

정지 신호에 걸렸다. 곧 파란 불로 바뀌고 마크가 액셀을 다시 힘껏 밟았다. 이 남자는 에너지로 가득 넘친다. 줄기차게 움직이고 기분이 좋아 보이는 게, 혹시 코카인을 한 건 아닌지 혹은 승용차 운전을 중장비차 운전으로 생각하는 건 아 닌지 의아했다.

"하루. 5만 달러. 네덜란드에서만 찍고, 멸종위기 동물은 없어야 해, 알았어? 명심해, 루디! 안 그러면, 레일라 걔 돌 아 버릴 거야. 걘 채식주의자에다 동물 권리 보호 뭐 그 딴 거 에 빠진 애니까."

"그러니까, 컬럼비아, 맞지?"

맞지? "네."

"좋아, 좋아."

그에게 미소를 지어보이고 나서야 그가 다시 루디에게 말하 고 있다는 것을 깨달았다.

길이 넓어지는가 싶더니 갑자기 난 콘크리트 터널로 쏜살같 이 들어간다. 아래로 도시의 전경이 파노라마처럼 펼쳐졌다. 소규모의 마천루 숲과 멀리 물결 모양을 이루고 있는 언덕들, 연이은 가로등 벌판이 도시의 모습이라기보다 오히려 풍경에 가까워보였다. 근사하고 아름다웠지만 어지러웠고, 이곳이 어디인지 갈피가 잡히지 않았다. 이 모든 곳들의 중심은 어디 일까?

"좋아, 밍크는 괜찮아. 닭처럼 말이야, 그래……."

곧이어 풍경이 사라졌다. 도시 안으로 들어온 거다.

"와 본 적 있어?"

마크가 내 허벅지를 꽉 쥔다. 아, 이건 나한테 건네는 말이었다.

"네? 로스앤젤레스요? 아니요……."

이곳엔 한 번도 와 본 적이 없었건만, 〈밸리 걸(1983년 작, 니콜라스 케이지가 출연한 영화—옮긴이)〉과 〈사랑에 눈뜰 때(1985년 작, 존 쿠삭이 출연한 영화—옮긴이)〉 등 줄기차게 봐 댄 영화 덕택에 친근한 곳처럼 느껴졌다. 물론 우리가 지금 지나치고 있는 것들이 내가 상상했던 야자나무와 풀장 파티, 해변의 바비큐 파티가 아닌, 문신 가게들이 들어선 낮고 허름한 건물, 장외 경마 도박장, 도처에 깔린 여자들뿐이었지만 그래도 여긴 다르다. 멋졌다. 전체적으로 온화한 기후에, 햇볕에 그을린 듯한 도시의 색채, 크고 다채로운 간판들. 그 속에 새겨진 문구들도 뻐기듯 멋지게 굴려 쓴 글자체였다. 바로 자신감의 땅인 캘리포니아였다.

마크가 크게 코웃음을 쳤다.

"다시 한 번 말하는데 안 돼. 절대로 안 돼!"

그를 힐끗 보다가 깜짝 놀란다.

"비버 모피!"

마크가 날카롭게 외친다. 롤러블레이드를 타고 지나가는 여자 둘이 마크와 나를 번갈아 본 뒤, 다시 그를 쳐다보고는 갑자기 웃음을 터뜨렸다.

마크가 지나는 곳들을 손가락으로 가리키며 여행 가이드처럼 연기한다. 할리우드 힐스, 비벌리 힐스, 뉴트리아…….

113

"대체 무슨 얘기를 하는 거야?"

당황해서 주위를 둘러봤다. 나에게 하는 소리야? 하지만 그건 다시 루디에게 하는 말이었다.

"설치류는 안 돼!" 그가 꽥 소리를 지른다. "선셋, 멜로즈, 링스……"

골프장을 바라보기 위해 고개를 돌렸다.

"…길들여진 게 아닐 거 아니야?"

잠시 이런 상황이 계속되었다. 이 흥분한 운전자는 광란의 곡예를 연출하며 두 사람과의 대화─한 사람과는 모피용 동물에 관련해서─를 이어갔다. 내게 말을 걸 때는 갑자기 내 다리를 꽉 쥐어 신호를 보냈다. 이 때문에 나는 놀란 사람처럼 발작적으로 경련을 일으켰고, '긴장'을 풀어준다는 듯 그가 다리를 마사지했다. 앞으로도 영원히 로스앤젤레스와 모피를 연상지어 생각하게 될 재미있는 승차 경험이었다. 몇 분 후에 우리는 레스토랑 앞에 차를 세웠고, 한바탕 소동은 끝났다.

"살살 다뤄."

마크가 주차원에게 지폐를 한 장 건네며 말한다. 얼마짜리인지는 보이지 않았지만 주차원이 잘 알아들었다는 듯 고개를 끄떡이며 "물론이죠, 마크 골드 씨"라고 말하는 것으로 봐서는 액수가 큰 게 틀림없었다.

물론이죠, 마크 골드 씨. 입가에 미소가 번진다. 바로 내가 그의 동행인이다.

"여긴 어디예요?"

"레스토랑. '차야'라는 곳이야."

먹는 곳이네. 고마워라! 온종일 너무 긴장한 탓에 제대로 먹은 게 없었다. 배고파 쓰러질 지경이었다.

"여기 와 본 적 있어?"

"로스앤젤레스는 처음이에요." 앞서 했던 대답을 그에게 상기시켰다.

"아… 그렇지. 그래." 마크가 연석 위로 올랐다. 그리곤 나를 살짝 끌어당겨 이제는 익숙해진 맨살의 허리에 팔을 둘렀다. "멋진 곳이야. 경관이 꽤 좋거든."

우리는 열려 있는 문을 통과했다.

"어서오세요, 골드 씨."

"안녕하세요, 골드 씨."

"예. 안녕하세요."

"그런데 말이야……."

마크가 선글라스를 비스듬히 벗었다. 그의 고동색 눈동자가 구릿빛 피부를 배경으로 타는 듯이 빛났다. 그가 내 볼의 광대뼈 부근을 만지며 말했다.

"화장실이 바로 저기 있거든. 들르고 싶을 것 같아서." 그의 손이 다시 두 번 볼을 가볍게 두드렸는데, 두 번째는 밀어내다시피 했다.

"넌 지금 로스앤젤레스에 있어. 화장이 괜찮은지 정도는 살

115

펴볼 필요가 있겠지?"

나는 화끈거리는 얼굴로 화장실로 향했다. **분명히 몰골이 말이 아닌 거야.** 사실이었다. 컨버터블에 올라 탄 덕분에 머리칼이 엉키고 평소보다 좀더 붕 떠 있었다. 하지만 다른 건 다 똑같아 보였다. 커다란 뾰루지도 없고, 우려했던 것처럼 이 사이에 낀 양상추도 보이지 않는다. 약간 얼떨떨해 하고 있는데, 여자 둘이 화장실 칸 문을 열고 나왔다. V자형으로 깊게 파인 핑크색 홀터 톱을 입은 여자가 입술에 립글로스를 꿀처럼 두껍게 바르는 사이, 다른 여자는 엷은 푸른색 튜브톱을 매만진 뒤(좀더 밑으로) 팬틴의 오디션을 보는 것처럼 백금색 머리를 이리저리 흔들었다.

'자신감의 땅' 캘리포니아. 나는 랄프 로렌 스웨터를 벗고, 탱크톱을 조여매고, 립스틱을 짙게 바른 다음, 마스카라를 두 번 칠했다. 홀터 톱을 입은 여자가 담배 연기를 내뿜으며 내게 몰래 시선을 던진다. 그들이 화장실 밖으로 나간 후 거울에 비친 내 모습을 바라봤다. 그리곤 속삭이듯 내뱉었다.

내가 마음에 든다고 말해요. 날 선택해요.

난 지금 마크에게 말을 하고 있다.

그는 내게 3박 4일간의 일정을 제안했다. 만약 그가 나를 마음에 들어 하지 않는다면, 무척 지루한 여행이 될 것이다.

차야의 높은 천장에는 여러 대의 송풍기가 돌아가고 화분에는 나무들이 심어져 있었다. 마크는 바나나 잎사귀 아래 앉았

116

다. 송풍기 바람에 잎사귀들이 열대 폭풍우라도 만난 듯이 춤을 추며 너풀거렸다. 내가 자리에 앉자마자 웨이터가 내 메뉴판을 가져갔다.

"여기 단골이거든. 내가 대신 주문했어." 마크는 손으로 소프트 롤을 뜯어서 올리브유 접시에 담근다. "자, 이제 네 목표가 뭔지 말해 볼래?"

당장의 목표를 말하라면 저런 롤빵을 살그머니 먹어치우는 거겠지만, 그 이상이라면… 글쎄, 새 에이전트를 얻는 일? 대학 졸업?

"부자가 되고 싶어, 아님 유명해지길 원해?"

내가 소리 내어 웃었다. 오빠가 밤마다 지겹게 하는 질문이었다.

"진지하게 묻는 거야. 부와 명예 중에서 선택해봐." 마크가 또 빵을 뜯어서 올리브유에 적셨다.

그리고 입을 오물거리며 내 눈을 똑바로 쳐다본다. 표정이 진지하다.

"부요." 마침내 내가 대답했다.

"좋아." 그가 씹던 빵을 꿀꺽 삼키며 말했다. "넌 이미 검증된 모델이고, 시카고는 별 볼일 없는 곳이야. 로스앤젤레스와 뉴욕을 오가면서 4, 5 정도는 문제없이 벌 수 있어."

잠깐……

"십만이요?"

그가 고개를 끄덕인다.

"그러니까 5십만 달러요?"

"그래. 그 정도면 괜찮겠어?"

"네, 마크, 좋아요."

나는 소리 죽여 킥킥 웃었다. 갑자기 현기증이 난다. 열여덟 살에 부자가 될 수 있다니, 5십만 달러! 테이블 위로 올라가 큰 소리로 외치고 싶었다. 하지만 벅차오르는 가슴을 누르고 레스토랑의 다른 손님들을 방실거리며 바라본다. 머릿속이 기쁨으로 가득 찼다. **에밀리, 그렇게 많이 벌게 되는 거야? 네가?⋯ 기분은 어때?** 그러다 매력적인 여자들이 앉아 있는 테이블에 시선이 닿는 순간, 그들이 모두 같은 곳을 보고 있다는 걸 깨달았다. 금발 머리를 자랑하듯 툭 흩날려 보이는 미녀가 손가락으로 마크를 가리킨다.

"저 여자는 모델인가요? 아님 배우?" 마크에게 물었다.

"알게 뭐야." 마크가 그녀에게 퇴짜를 놓는 손짓을 보내며 대답한다. "이곳엔 스타를 꿈꾸는 애들이 많아. 하지만 넌 달라. 넌 진짜 스타가 될 테니까."

"음식 나왔습니다!"

웨이터가 고트 치즈와 캐러멜 양파 피자를 마크 앞에 내려놓았다. 내 몫은 야채 샐러드였다. 애피타이저 사이즈.

양상추?

"더 필요하신 거 있으세요?"

이게 식사?

"아니, 됐어." 마크가 내 대신 말한다.

웨이터가 떠났다. 난 5십만 달러를 벌게 될 거야. 스스로 이 사실을 상기시키며 포크를 들었다.

"어머, 웨이터가 드레싱을 잊었네요."

"거기 레몬 있잖아." 마크가 내 샐러드를 포크로 푹 찌르더니 치즈가 보글거리는 기름진 피자 위에 한 움큼 올려놓는다.

"그건 그렇고… 에밀리, 만약 네가 명예라고 대답했다면 훨씬 어려운 일이 될 뻔 했어. 물론 더 어렵긴 하지만 가능은 하지. 네 커리어를 제대로 쌓으면 그 돈의 두세 배도 벌 수 있어. 몇 년 동안. 하지만 시작을 잘해야 해, 레일라처럼. 그럼 수백만 달러도 벌 수 있게 돼."

목에서 꼴딱꼴딱 소리가 났다. 손을 번쩍 치켜들었다.

"네, 전 유명해지고 싶어요."

"그렇게 될 거야. 조그만 기다려."

나는 씩 웃으며 양상추를 입으로 가져갔다. 마크가 급한 전화를 걸기 위해 자리를 뜬 뒤 그 여자들이 있는 테이블을 돌아보았다. **스타 지망생들. 나는 진짜 스타감. 머리칼을 휙 흩날려 보였다. 내가 유명해 지는 거야.**

접시를 깨끗이 비우고나니 웨이터가 메뉴판을 들고 왔다.

"오늘밤 특별한 음식이 준비되어 있습니다만……" 웨이터는 어떤 비밀을 전하려는 듯이 윙크를 하며 몸을 내 앞으로 기울였다.

"데스 바이 초콜릿이 오늘의 스페셜입니다."

"사양하지. 이 숙녀 분 단식 중이야." 마크가 거침없이 대답했다.

"내가 단식 중이에요?"

웨이터가 급히 자리를 뜬다.

"음… 완전히는 아니지. 야채, 물, 어쩌다 참치 한두 조각에 레몬주스를 꽤 마시니까."

그것으로 끝.

"살 좀 빼야 해." 마크가 알려준다.

침묵이 이어졌다. 프러키의 '큰 히프' 발언 이후 2킬로그램을 더 빼서 55킬로그램을 만들었지만, 마크는 나를 배추 머리 인형 보듯 하는 것 같았다.

"최소 2킬로그램." 그가 고개로 계산서를 청한 다음, 손가락으로 내 넓적다리를 찌르는 시늉을 해 보인다. "그리고 단단하게 만들어야 해. 아, 나한테 좋은 생각이 있어. 호텔에 도착해서 4, 50분 정도 페달 밟기 운동을 하는 거야. 어때?"

"페달 밟기… 오늘밤에요?" 부루퉁하게 물었다.

"그래, 좋은 생각이야." 마크가 머니클립에 꽂아놓은 지폐를 꺼내 테이블 위에 내려놓고 일어섰다. "하지만 아침에 일어나서 하는 편이 신진대사를 위해서 훨씬 더 좋아. 6시 30분에 모닝콜을 부탁해 놓는 것도 좋지. 하지만 걱정하지 마. 그건 내게 맡겨. 난 네 에이전트고, 그게 내가 할 일이니까."

배고프고 뚱한 표정으로 차야에서 걸어 나왔다. 마크가 다시 여행 가이드 모드로 돌아가서 "보여줄 게 하나 더 있어"라고 말하는데, 발로 한 대 걷어차 주고 싶었다. 자동차는 위로 오르기 시작하더니 계속 오르고 올라 언덕에 닿았다. 전조등에 뭔가가 비춰졌다. 잘 다듬어진 나무 울타리와 활짝 핀 꽃들, 굵은 덩굴식물들이었다. 그 순간 나는 놀라서 숨을 죽였다. 어느 겨울 날, 초등학교 6학년 과학시간에 밀워키 돔—유리로 덮인 온실 3개—으로 견학을 갔었다. 온실은 물론 모두 따뜻하고 이국적이었지만, 무엇보다 최고였던 것은 열대 지방을 연상케 했다는 점이었다. 태어나서 그토록 무성하고, 그토록 푸르며, 그토록 완전한 무언가를 본 건 처음이었다. 그것은 마법이었고, 축소된 낙원이었다. 우리가 무리지어 생의 대부분을 보내는 더 큰 풍경 속에서는 도저히 존재할 수 없을 듯 보이는 축소된 낙원이었다. 아마 그렇다고 생각했으리라. 그런데 바로 그 축소된 낙원 안에 내가 있다. 아마도 밀워키 돔에서 본 것들과는 다른 식물종이겠지만, 똑같은 느낌이 들었다. 그리고 깨달았다. 휘황찬란한 고층건물이 아닌, 다산과 풍요, 우리 몸 깊은 곳에서 부웅하고 엔진 소리를 내는 강력한 생명의 힘 안에 황홀하고 신비로운 아름다움이 존재한다는 것을. 그리고 여기가 그곳이라는 것을.

"저기, 할리우드 표지를 봐!"

반짝이는 불빛들과 쏟아지는 별들. 머리를 뒤로 젖혀서 밤공기를

들이마시며 양손을 위로 크게 뻗는다. 그 아름다움을 한아름 모두 품으려는 듯. 그래, 이거야. 여긴 할리우드야.

그리고 난 유명해질 거야.

＊　＊　＊

이튿날 아침 예정된 시간에 맞춰 눈을 떴다. 따사로운 햇빛과 맑은 하늘. 그리 덥지도 않다. 자전거 위에서 45분간 페달을 밟고 레몬수를 홀짝인 뒤, 룸서비스 메뉴판과 대결한다. 배에서는 꼬르륵꼬르륵 소리가 났지만 개의치 않는다. **난 유명해질 거니까.**

마크가 9시 정각에 나를 픽업했다. 운전하며 가는 길에 삼단 같은 머리와 수박만 한 가슴의 금발 미녀가 광고판을 장식하고 있는 게 보였다. 오른쪽 젖꼭지 언저리에 '앤젤린'이라고 쓰여 있다.

"앤젤린이 뭐예요?" 내가 물었다. 그런 이름의 제품을 들어본 적이 없었다.

"저 여자."

"저 여자가 앤젤린이에요?"

"응." 마크가 방향 지시등을 올렸다.

"뭘 파는데요?"

"자기 자신이지."

"설마 매춘부라는 뜻은 아니겠죠?" 말은 그렇게 했지만 솔직히 그런 식으로 간판을 내걸 수 있는지는 몰랐다.

"매춘부가 아니라 연예인이야. 셀프 프로모션이지."

마크가 설명했다. 그는 어제와 같은 스타일의 옷차림이지만, 반소매 셔츠를 입고 있었다. 전화기를 턱에 대고 번호를 누를 때 그의 금시계가 캘리포니아의 햇살을 받아 반짝거렸다.

"이해가 안 돼요."

그가 한숨을 쉬며 말했다.

"앤젤린이라는 여자는 스타가 되기를 원하고, 그래서 광고판을 산 거야. 간단하잖아?"

그에게는 이해하기 쉬운 얘기다. 나 역시 한숨을 내쉬며, 나라는 상품을 선전하기 위해 밀워키 고속도로에 내건 비키니 차림의 나를 상상한다. 엄마가 먼저 날 죽이지 않는다고 해도, 내가 자살하고 말 것이다. 사실 엄마는 이번 여행도 찬성하지 않았다.

"하지만 엄마, 나 캘리포니아에 한 번도 가 본 적이 없잖아요. 시야를 넓힐 수 있는 기회잖아요?"

이번 여행에 앞서서 엄마와 피할 수 없는 논쟁을 벌이는 동안 난 감언이설로 엄마를 꾀었다.

"네 시야를 넓히려는 거야? 지갑을 두둑하게 만들려는 게 아니고?" 엄마가 쏘아붙였다.

결국 엄마가 항복했는데, 제리 브라운(1938년생, 캘리포니아

123

주지사와 국무장관 역임—옮긴이)이 캘리포니아 출신라는 점이
엄마의 마음을 움직였다.

그러나 지금 내 시야에 들어오는 건 제리가 아니라 마크,
아니 좀더 정확히 말해서 **나우! 모델—마크 골드 컴퍼니**
라고 적힌 낮은 초록색 건물이다. 회사 이름이 엄청나게 큰
검은 글씨로 건물 정면에 칠해져 있어서 누구든 이 건물의 주
인이 누구인지 확실히 알아볼 수 있을 정도였다. 건물 안은
활기 넘치고 소란스럽다. 이렇게 많은 부커들을 보는 건 처음
이다. 차고 문 스타일의 입구 근처에는 대여섯 명 정도 되는
사람들이 커다란 원형 테이블 두 곳에 흩어져 있다. 그 테이
블 한 가운데에는 안으로 푹 들어간 회전판이 설치돼 있고, 그
위에 에이전시에 속한 모델들의 차트가 보관된 파일홀더가 놓
여 있다. 부커들이 전화 통화를 하고, 회전판은 돌아간다.

"금발이 필요하시다고요? 어떤 타입을… 고전적인 스타일
이요?"

"신시아가 맘에 드셨군요? 그럼 수요일에 1순위, 목요일에
2순위로 예약해 드릴 수 있어요."

"이국풍으로요?"

"크리스티는 한나절 촬영이 2천 달러예요. 시간을 지정하
시겠어요?"

부커들이 옵션을 만들어내고 있다. 이것이 그들이 일하는
방식이다. 이론상으로 모델을 지정하는 첫 클라이언트가 제일

먼저 선택권을 갖는데, 바꿔 말하면 첫 클라이언트가 그날 그 모델을 고용하는 우선권을 갖고, 두 번째로 전화하는 클라이언트가 2순위, 세 번째 클라이언트가 3순위가 되는 식이다. 하지만 실제로는 전화한 순서에 상관없이 특정 클라이언트들에게 2순위, 3순위, 또는 4순위가 주어진다. 가령 K마트가 모델을 지정하기 위해 전화를 하면, 그 모델을 담당하는 부커는 조건이 더 나은 클라이언트가 전화할 경우를 대비해서 K마트에게 2순위나 3순위를 주는 경우가 있다. 그리고 촬영 전날 오후 3시까지 다른 클라이언트로부터 전화가 없으면 그제야 다시 K마트에 전화를 걸어서 1순위를 주고 시간을 확인한 다음, 계약을 성사시킨다.

"네, 테사에게 1순위를 드리죠. 지금 확정하시겠어요?"

하지만 K마트에게 동정표를 던지기 전에 기억할 게 있다. 그들 역시 그렇게 한다는 것이다. 클라이언트들은 보통 한 가지 일에 몇 명의 모델을 선택해 둔다. 그들이 원하는 모델을 고용할 수 없다거나, 브루넷이 아닌 금발이 필요하다거나, 인기 있는 신인 모델이 그날 자신들의 사무실로 들어와서 바로 광고를 찍기만 하면 되는 때를 대비해서다. 그런 다음 막판이 되면 낙선자들을 외면하는데, 이 때문에 선택되지 못한 모델들이 다른 계약을 하기에 너무 늦게 만들기도 한다.

"그러니까 오늘 오후 촬영에는 스베틀라나를 빼고 캐리를 쓰시겠다고요?"

결과적으로는 모델은 마지막 순간까지 자신이 무슨 일을 하게 될지 절대 모른다고 할 수 있다. 모델들을 흥분시키는 동시에 짜증나게 하는 부분이다.

"정말 특별한 새 모델이 있어요. 에밀리라고 하죠."

미지의 클라이언트에게 나를 소개하기 위해, 제러드라고 하는 부커의 입에서 '밤색 머리', '신선한 얼굴', '탄탄한 체격', '고전적 미인'과 같은 단어들이 흘러나온다. 날 무슨 시장에 내놓은 망아지처럼 취급하듯 들리지만, 이렇게 빨리 나를 클라이언트들에게 소개하다니 기분은 좋다. 마크가 나와 계약을 맺는 건 분명 시간문제로 보인다. **내가 유명해지는 거야.**

마크가 나를 자신의 사무실로 안내하고, 그곳에서 우리는 내 포트폴리오 사진을 선별하는 데에, 아니 정확히 말해서 포트폴리오를 비워내는 일에 오전 시간을 다 보냈다.

"도대체 이게 뭐야?"

마크가 희미하게 나온 내 인물 사진─머리에 컬을 넣고 어깨 끈 없는 로라 애슐리를 입고 있는─을 들어올려서 순간 재미있다는 듯 응시하더니, 다른 불합격된 사진들이 놓여 있는 콘크리트 바닥으로 홱 던진다. 대부분 작년에 시카고의 사진작가들이 찍은 것들인데, 루이스와 내가 모델들과 에이전트들만 통하는 약어로 '지붕Rooftop', '아미시Amish(문명의 이기를 거부하고 전통적인 삶을 고수하는 기독교 공동체─옮긴이)', 가장 최근에는 '시골 처녀' 같은 별칭으로 불렀던 사진들이다.

이런 사진들은 테스트라고 부른다. '테스트'는 테스트 포토그래프의 약어로서, 개인적인 용도, 보통 포트폴리오를 위해 전문적인 스타일로 찍은 사진들을 말한다. 테스트 사진을 찍는 이유는 다양하다. 사진작가는 새로운 조명 기법을 시험해보기를 원하고, 메이크업 아티스트는 1940년대의 유행 양식을 재현해보이기를 원하며, 신인 모델은 자신의 포트폴리오에 넣을 사진이 필요하다. '모델이 자신의 사진을 찍기 위해 돈을 내야 한다면, 그건 모델이 아니야'라고 루이스가 지적한 적이 있기 때문에, 나는 테스트 사진을 찍을 때 대개 필름 값과 인화비 일부만을 부담한다. 그렇지만 시간 낭비일 때도 있다. 테스트 사진을 찍고 싶어 하는 사진작가나 메이크업 아티스트, 스타일리스트는 대개 신출내기인 경우가 많다. 특히 사람들이 얘기하듯이, 카메라는 거짓말을 하지 않는다. 이상한 칼라와 흐트러진 머리, 어울리지 않는 립스틱 색이었지만, 촬영은 계속된다. 바닥에 쌓여가는 사진들로 판단하건대, 나 또한 많은 토요일을 허비했던 것 같다. **하지만 달리 무슨 선택을 할 수 있겠어?** 신인 모델들은 그런 사진들을 잡지 화보로 바꿔넣을 때까지 테스트 사진을 찍고 또 찍는다.

마크가 사진 선별을 끝낸 무렵, 스무 장의 내 포트폴리오 사진이 네 장으로 간추려졌다. 40페이지 중에서 단 4페이지만 채워졌다. 새 에이전트를 만날 때마다 이와 비슷한 일들이 벌어진다는 것을 깨닫기에 아직 경험이 부족한 탓에, 나는 이런 결과를 받아들이기 힘들었다. 이건 일종의 '스벤갈리 콤플렉스(이기적이고 사악한 의도로 남을 지배하려는 사람—옮긴이)' 다.

"이 사진들은 왜 빼는 거예요?" 내가 퍼만/휘트먼즈 사진 몇 장을 들어올리며 물었다. 불합격된 사진들 중에서 가장 애착을 느끼는 것들이었다. 고생해서 얻은 사진이기도 했지만 내 모습이 예쁘게 나왔다고 생각했기 때문이다.

"카탈로그잖아." 그가 어깨를 으쓱 추어올리며 말했다. "카탈로그는 포트폴리오에 넣지 않아."

그건 몰랐다.

"루이스는 그렇게 해도 된다고 말했는데."

"음, 시카고라면." 그가 중얼거린다.

"왜 안 되는데요?" 내가 발끈해서 묻는다.

"장삿속이 보이니까."

"하지만 내 클라이언트 대부분이 장사꾼들이잖아요?" 내가 어리둥절해서 물었다. "그리고 어쨌든, 장사라는 건 돈을 뜻하고 돈은 좋은 거잖아요? 그게 내가 유명해지려는 이유이고, 유명해지면 그냥 부자가 되려고 하는 것보다 훨씬 큰돈을 벌 수 있는 거 아니에요?"

마크가 자신의 두피를 마사지하며 말한다.

"에밀리, 모델 일은 이미지를 기반으로 하는 비즈니스야."

마크는 '아우라', '판타지', '뮤즈'라는 단어들과 함께 '이미지' 라는 말을 적어도 열두 번은 더 사용해서 장황하게 설명을 늘어놓았다.

"그러니까 카탈로그 클라이언트는 상상력이 필요 없는, 그러니까 그냥 눈으로 보는 실제 카탈로그 사진 속의 내 모습 보다 오히려 나를 아미시 소년으로 생각하면서 평상복을 입은 모습이 어떨지 상상한다는 말인가요?"

"아미시 소년은 아닐지 모르지만……." 그가 손가락으로 바닥을 가리키며 말한다. "그게 일반적인 개념이야."

어떤 모델은 실제보다 사진이 매우 잘 받기 때문에, 실물을 보게 되면 사실상 실망하는 경우도 있다. 플래시 라이트의 소프트 효과를 주지 않거나, 세 시간에 걸쳐 머리를 손질하거나 메이크업을 하지 않는다면, 창백하고 몹시 지치고 딱딱해 보인다. 하지만 레일라 로디스는 아니었다. 문지방에 서 있는 그녀의 두 눈은 푸른 사파이어색이고, 머리칼은 눈부신 금빛이며, 피부는 최고 수준의 사진작가가 포착할 수 있는 것보다 더 밝게 빛났다. 나는 놀라서 한마디 말도 꺼내지 못하고, 완전히 의기소침해 있는데 누군가 조용하게 문을 두드리고 들어온다.

"에밀리, 누군지 아는 것 같은데?" 내가 입을 다물지 못하고 있는데, 레일라가 안으로 들어오는 사이 마크가 말했다.

"레일라, 여긴 막 우리와 일하게 된 에밀리야." 마크가 현재의 스타에게 곧장 말을 걸며 미래의 스타를 등한시한다.

"안녕." 레일라가 하품을 하고는 마크를 향해 고개를 돌린다. "몇 시 비행기예요?"

"8시."

"잘 됐네요. 쇼핑하고 싶던 참인데."

갑자기 마크가 클래퍼(드라마나 영화 촬영 시 화면과 음향을 일치시키기 위해 카메라 앞에서 탁 소리를 내는 나무판—옮긴이)처럼 손바닥을 세게 마주친다.

"나한테 좋은 생각이 있어! 레일라는 혼자 다니는 걸 싫어하고, 에밀리는 새 옷이 좀 필요하니까, 같이 쇼핑하는 게 어때?"

레일라의 표정은 자신은 혼자 다니는 걸 그다지 싫어하지 않는다고 말하고 있었다.

"재미있을 거야!" 마크가 힘주어 말했다.

나는 숨을 죽였다. 레일라가 나와 마크를 차례로 쳐다본 뒤 자신의 핸드백을 바라본다.

"좋아요. 같이 가죠."

레일라 로디스와 함께 쇼핑을 하다니! 내내 어지럽고 얼떨떨한 기분이었다. 이곳이 로스앤젤레스이거나, 아니면 칼로리 부족에 따른 부작용이 나타나기 시작했기 때문인지도 모른다.

레일라가 문 쪽으로 천천히 걸어간다. 난 비틀대며 뒤따랐다. 밖으로 나왔을 때, 운전기사가 길쭉하고 호화로운 리무진 앞에서 대기하고 있지 않을까 기대했지만, 우리를 기다리고 있는 건 '블루이즈'라는 번호판이 달린 포르쉐 911이었다.

멋져라.

"저거 애칭인가요?"

레일라가 고개를 흔든다.

"내가 아니라 남자 친구. 이건 니키의 차야."

우와. 나는 니키가 누군지 알고 있었다. 부패 경찰과 악독한 마약 카르텔 보스 및 다른 많은 건달 역으로 유명한 영화스타 닉 샤프. 모두가 그를 알고 있다. 레일라와 닉은 서로 문신을 맞춰 새겼고, 곧 닉이 제작하는 영화에 공동 출연한다. 그런데 그런 사실을 아는 척을 해야 할지 말아야 할지 몰라서 그냥 "아"라고 말하고 차에 올라탔다.

레일라가 'L.A 아이웍스 선글라스' – 최신 브랜드인데, 나도 몇 개 장만해야지 – 를 쓰고 출발한다.

"로스앤젤레스에 산 지 오래됐어요?" 내가 물었다.

"2년."

레일라가 테이프 플레이어 버튼을 누르고 볼륨을 높인다.

"본 조비죠?" 내가 외친다.

레일라가 고개를 끄덕인다.

"처음 듣는 노래예요!"

"아직 발표하지 않은 곡이야. 녹음 끝내고 우리한테 먼저 보내줬어."

세상에, 레일라가 본 조비를 알고 있다! 음반이 발표되면 나도 얼른 구입해야지. 배가 너무 고파서 이제 배에서는 야수가 포효하는 듯한 소리가 나지만, 블루이즈 바깥으로 펼쳐지는 풍경을 행복하게 응시한다. 테이프 플레이어가 반대 면으로 바뀔 때 배에서 나는 소리가 절정에 달했다.

"미안해요." 침을 꼴딱 삼키며 내가 수줍게 말했다. "배가 좀 고픈 것 같아요."

"마크가 단식시켰을 테니, 당연해."

"어떻게 알아요?"

레일라가 볼륨을 낮추면서 소리 내어 웃었다.

"마크가 모델들에게 그렇게 시키니까… 나도 포함해서."

"아, 그렇구나." 그건 내가 유난히 살쪘다거나 특별해서가 아니라는 뜻인데, 그렇다고 기분이 좋아야 하는 건지는 잘 모르겠다.

"음……. 이걸 물에 타 먹어 봐."

레일라가 내 등 뒤로 손을 뻗어 에르메스 토트백에서 뭔가를 꺼내 내민다. 특별한 비타민제나 암페타민 같은 어떤 각성제를 기대하며 손을 모아서 받았는데, 메타무실(식이섬유 제품—옮긴이)'이었다.

"항상 가지고 다녀. 그게 내 몸을 채워주지. 보통은 다이어트 콜라에 타서 마셔. 그럼 마시기가 쉽거든. 늘 마시니까 닉이 레일라 칵테일이래."

"재밌네요."

132

레일라가 생긋 웃어 보였다. 그녀는 친구처럼 편하고, 수다스럽기까지 했다. 메타무실 한 봉을 뜯어서 병에 넣고 흔들었다.

"단, 하루에 네다섯 봉지 이상은 안 돼." 그녀가 주의를 준다. "그렇지 않으면 계속 화장실에 가게 되고, 특히 물을 많이 마시면 설사하게 될 거야. 잊지 마."

"네."

나는 레일라 로디스와 함께 있다. 레일라 로디스. 게다가 만난 지 10분도 채 지나지 않아서 함께 장운동에 대해 이야기를 하고 있다니! 아, 우리는 이미 베스트 프렌드다. 닉도 괜찮은 남자일까? 신부 들러리 드레스는 누가 디자인하지? 어쩌면 내게도 유명한 남자 친구가 생길지 몰라!

레일라가 어렵게 두 번 오른쪽으로 차를 돌려서 포르쉐를 주차시켰다. 차에서 내리자 우리 뒤쪽에 하얀 2층짜리 건물이 서 있는 게 눈에 띄었다. 온통 덩굴로 덮여 있고, 빨갛고 파란 글씨로 쓴 '프레드 시갈' 이라는 간판이 걸려 있다. 입구로 걸어 들어갔다.

"안녕, 레일라, 신상품이 들어왔어요."

"레일라, 당신의 열렬한 팬이에요!"

"어머, 레일라, 요즘 어떻게 지내요?"

세상에. 남성복 코너로 들어가는 한 남자를 힐끗 돌아보았다. 나는 레일라의 손가락을 잡아당기며 물었다.

"저 사람 테렌스 트렌트 다비(R&B 뮤지션—옮긴이) 아니에요?"

"맞아."

"멋져요!"

"나도 그렇게는 생각하는데, 머리 스타일은 어떻게 좀 해야
할 거 같아."

나는 큰 소리로 웃으며 레일라를 따라 총총 계단을 올랐다.

"안녕, 레일라!"

"레일라, 이번 토요일 '비스타 델 마 4748'에서 파티를 열
거야. 꼭 와야 돼. 닉도 데려와!"

다시 힐끗 뒤를 돌아봤다.

"누구예요?"

"몰라."

프레드 시갈은 작지만 알찬 숍이었다. 선글라스 매장으로
다가갔다. 갑자기 레일라가 쓰고 있던 선글라스를 벗어서 "줄
까?"하고 물었다. 이미 그녀의 손에는 내가 알지도 못하는 로
고의 새 선글라스가 들려 있다.

"네… 와, 고마워요!" 내 레이벤 선글라스를 케이스에서
얼른 꺼낸 다음, 레일라가 건네준 것을 그 안에 조심스레 담
았다.

다음은 유명 디자이너의 의상 차례였다.

"야, 예뻐요!" 그녀가 회색 베르사체를 집어 올리자 내가
말했다.

"너한테 잘 어울리겠는데." 레일라가 그 옷을 내게 넘기고 금빛 가죽 미니드레스를 집었다. 여점원들이 우리 곁을 맴돌고 있다.

"제가 들어드릴게요." 점원 한 명이 말을 걸었다.

"다이어트 콜라지요?" 또 다른 점원이 말했다.

"레일라 씨, 신상품이에요." 세 번째 점원이 발끝까지 내려오는 검은 드레스를 들어 보이며 말한다. "아제딘 알라이아(튀니지 태생의 디자이너 — 옮긴이)에요. 마음에 드시나요?"

레일라가 새 선글라스를 머리 위로 걸치며 대답했다.

"갖고 있어요. 아제딘한테 받았죠." 그녀가 한숨을 쉬며 고개를 돌린다.

"아, 그럼 다른 색깔로 입어 보세요. 옐로와 네이비블루가 있는데 아주 멋져요!"

"그래요?" 그녀의 눈썹이 올라간다. "네이비블루를 입어 보죠. 옐로는 이쪽 아가씨에게."

레일라가 자기 팔 밑에 대기 중인 쟁반에서 다이어트 콜라를 집어 들며 덧붙였다. 나도 하나를 집었다.

"네, 바로 탈의실에 갖다 놓을 게요."

난 생긋 미소를 지어 보였다. 실은 노란색을 좋아하지는 않지만 어쩌겠는가?

"레일라, 또 다른 다이어트 비법 없어요?" 손가락으로 옷걸이를 훑으며 내가 물었다.

"음, 알칼리 다이어트를 하고 있어. 자, 여기." 레일라가 갈색 가죽 드레스를 내게 건넨다.

"그게 뭔데요?"

"비블로스야."

"아니, 알칼리 다이어트 말이에요."

"아." 레일라가 크림색 가죽바지를 집어 든다. 나도 집어 들었다. "사람의 몸이 pH로 수치화되는 건 알고 있지?"

모르지만.

"네."

레일라가 크림색 가죽재킷을 고른다. 나도 골랐다.

"알칼리 다이어트란 산성 음식을 피하는 거야."

"네… 왜요?"

레일라가 내게는 옅은 핑크색 캐시미어 스웨터를 주고 자신은 흰색을 집는다. 옆에 있던 여점원이 우리가 고른 옷 더미를 받아들었다. 여점원을 따라 탈의실로 갈 때 킥킥 웃는 십대 소녀 둘이 레일라를 멈춰 세우곤《보그》표지에 사인을 해 달라고 부탁했다. 레일라가 표지 위 자신의 뺨 옆에 '사랑을 담아서, 레일라 ♥'라고 썼다.

"산은 체액의 흐름을 방해하고, 신진대사를 더디게 하거든."

"그렇구나."

실제로는 모르겠지만, 미심쩍은 점은 기꺼이 선의로 해석했다. 레일라와 난 각자의 탈의실로 들어갔다. 그녀가 커튼 사이로 손을 내민다.

"자, 이 종이에 소변을 묻혀 봐. 그럼 소변의 pH가 나오는데 푸른색이면 좋은 거야."

레일라가 큰 토트백을 가지고 다니는 데는 다 이유가 있었다.

띠종이를 호주머니에 넣는다. 곧 실행에 옮길 수 있을 것 같다. 친절한 여점원 덕분에 30분 사이 다이어트 코크 두 병과 물 한 잔을 마셨으니까.

"이를테면 토마토 같은 걸 먹지 않는 건가요?"

"아니… 산성 음식이라고 해서 반드시 몸을 산성화시키는 건 아니야." 레일라는 옷을 갈아입느라 목소리 톤이 고르지 못했다. "토마토는 괜찮아. 오렌지도 그렇고. 과일은 모두 좋아. 크랜베리 빼고. 아! 그리고 자두, 자두도 피해야 해."

"알았어요." 앞으로 섭취할 메타무실과 함께 아마도 최고의 음식이 될 듯. 옷을 벗고 회색 베르사체 드레스를 입었다.

"해조류를 섭취해야 해."

"네?" 내가 한쪽 구석으로 레일라가 옷 입는 모습을 살짝 들여다보았다. 알라이아 드레스가 레일라의 귀에 걸려 내려가지 않았다.

"내가 도와줄게요."

"아니야, 됐어!"

"아니, 여기가……."

나는 레일라의 몸을 돌려세웠다. 드레스를 잡아당길 때 그녀의 가슴 언저리에서 15센티미터 정도의 검푸른 멍 자국이 눈에 들어왔다.

"왜 이런 거예요?"

"넘어졌어." 레일라가 말했다.

하지만 몇 년 뒤 나는 그 말이 사실이 아님을 알게 되었다. 레일라는 블루이즈와 사귀는 동안 여기저기 멍이 들고, 여러 차례 쓰러졌다.

멍 자국을 보자 마음이 쓰라렸다.

"그래, 해조류. 해초." 그녀가 계속 말한다. "나한테 그걸 대주는 사람이 있어. 그 사람 연락처를 가르쳐 줄게."

이제 드레스를 다 입었다. 레일라가 한바퀴 돈다. 네이비블루 옷자락이 나풀거리며 그녀의 눈동자 색을 더욱 짙어 보이게 했다. 레일라가 머리카락을 옷깃 밖으로 빼내자, 머리카락이 어깨 밑으로 찰랑거리며 내려앉았다.

"우와……." 내가 작게 속삭였다.

레일라도 어깨를 으쓱해 보였다.

"괜찮지?"

"괜찮고말고요."

탈의실로 다시 들어갔다. 프레드 시갈에는 사실 노란색 알라이아가 입고돼 있지 않았다. 그래서 베르사체 골드 미니를 입어보기로 했다.

"과일과 해조류… 또 뭐가 있어요?"

"땅콩. 아니, 잠깐. 땅콩은 안 좋아. 캐슈도 그렇고. 아몬드와 호두는 괜찮을 거야. 실은 닉이 내 대신 주문해 주기 때문에 확실히는 몰라. 아, 그리고 술도 안 돼. 칼로리는 없지만, 신진대사를 늦추니까. 그렇지만……." 레일라의 목소리가 뭔가 비밀을 말하려는 듯 낮아진다. "난 위스키를 마셔. 그게 닉의 규칙이거든. 난 위스키는 마셔도 돼."

분명 컬럼비아 대학 구내식당으로 위스키 병을 가지고 들어갈 수는 없을 것이다. 음, 얇은 휴대용 술병 하나를 구입해야겠군. 나머지―과일, 해조류, 아몬드―는 물론 만족스럽지는 않지만, 현재 하고 있는 물과 공기 다이어트와 비교했을 때 매우 맛좋은 식단이라는 생각이 들었다. 음식 생각을 하니 다시 배에서 요란하게 꼬르륵 소리가 났다. **옷에만 신경 써서 배고픔을 달랠 수밖에.**

그렇고말고. 레일라와 나는 그곳에 있는 옷을 전부 입어볼 작정이었다. 스타에 매혹된 점원들이 가져다주는 다이어트 콜라 캔을 연료로 마라톤 경주를 벌이는 듯했다. 레일라가 입어보는 옷들마다 마치 그녀를 위해 만들어진 것처럼 보였다. 그녀가 내게 아주 잘 어울린다고 말하는 모든 옷들에 대해 나는 계속 "그래요?"를 연발했다. 쇼핑을 끝낼 무렵 탈의실은 옷으로 산을 이뤘다. 그런데도 레일라가 빈손으로 나타났을 때, 난 깜짝 놀랐다.

"저기… 아무것도 안 사세요?" 나는 레일라가 거의 보이지 않을 정도로 팔에 옷을 한가득 안고 있었다.

"응. 우선 닉이 좋다고 해야 해. 나중에 같이 다시 올 거야." 그녀가 설명했다.

블루이즈는 영화 말고도 해야 할 좋은 일들이 있는 것 같다. 어쩌면 슈퍼모델 여자 친구의 개인적인 패션쇼를 구경할 수 있다는 기대감이 무엇보다 그가 무비 스타가 된 첫 번째 이유인지 모른다.

어쨌든 계산은 나만 해야 했다. 판매원이 나를 보며 환하게 미소 지었다.

"에밀리 씨, 전부해서 2,150달러 나왔네요. 어떻게 계산하시겠어요?"

음, 내 살로도 계산이 되나요? 맙소사, 태어나서 이렇게 많은 돈을 옷을 사는 데에 써 본 적이 없었다. 가방을 뒤지는 데 손이 떨렸다. 엄마, 아빠가 대학 교재 구입을 위해 만들어준 새 신용카드를 내밀었다.

"승인이 안 나네요." 잠시 후 판매원이 말했다.

손바닥에 땀이 배기 시작한다.

"진짜 새 건데……." 내가 더듬더듬 말을 꺼냈다.

"새 카드란 말인가요?"

고개를 끄덕이자, 판매원이 생긋 웃는다.

"그럼 아마 신용한도가 천 달러일 거예요." 그녀가 마치 네 살짜리 아이를 다루듯 부드럽게 말한다. "한도만큼 카드로 결제하고 나머진 현금으로 내면 되겠네요."

"나머지를 낼 돈이 없어요." 가능한 빨리 신용카드를 또 하나 만들어야겠다고 생각하며 대답했다. "골드 미니드레스를 빼는 게 좋겠어요. 그리고 바지도, 스웨터도……."

레일라가 입술을 삐쭉 내밀었다.

"하지만 그 드레스는 너한테 정말 잘 어울려!"

"게다가 골드 색상이라 어떤 옷과도 잘 어울리죠." 판매원이 덧붙인다.

"골드는 유행에 매이지도 않고." 레일라가 고개를 끄덕이며 말했다.

"링 귀걸이처럼." 내가 중얼거렸다.

"그렇지!" 그들이 함께 외친다.

반짝거리는 부드러운 옷감을 손가락으로 만지작거렸다.

레일라가 자신의 신용카드를 꺼냈다.

"내가 계산해 줄게."

"아니에요!" 내가 외친다.

"괜찮아."

"그럼… 꼭 갚을게요."

"물론이지." 레일라가 그렇게 말하며 카드를 건넸다.

"이제 넌 마크와 일하니까 부자가 될 거야!"

제6장
사자獅子의 눈

　레일라가 말한대로, 나는 로스앤젤레스에 도착한 다음날부터 일을 하게 되었다. 에이전시에 전화를 하니, 제러드의 표현대로라면 '짭짤한 현찰 박치기'가 있다고 했다. 독일 카탈로그를 찍는 일이었다. 클라이언트가 할리우드를 배경으로 한 사진을 원하는 바람에 나는 관광객같은 기분으로 로케이션 차량을 타고 할리우드의 주요 장소들을 모두 찾아다녀야 했다. 만스 차이니즈 극장, 로데오 드라이브, 선셋 대로(나처럼 도로 표지판 바로 앞에 차가 설 때만 확인이 가능)······. 현찰로 1,200달러를 받는, 진부하지만 재미있는 일이다.

　촬영은 태양이 바다 위로 낮게 내려앉아 하늘이 붉은 빛으로 변하기 시작할 즈음에 끝났다. 나는 택시를 타고 에이전시로 돌아왔다.

마크가 사무실에 앉아 포테이토칩 봉지 안에 손을 넣으며
말했다.

"세수하지 마. 파티에 참석할 거니까."

"알았어요."

대답을 하고 의자에 막 몸을 파묻는데 탄다가 문을 열고 머
리를 쏙 내밀었다. 탄다는 '나우!'에 가장 돈을 많이 벌어다
주는 모델 중 한 명으로, 캐러멜색 머리에 황갈색 피부를 지
녔다.

"이봐요, 마크. 준비됐어요?"

"잠깐이면 돼."

마크가 대답했다.

"알았어요." 그러고는 문이 닫혔다.

마크가 포테이토칩을 입으로 가져간다. 와삭와삭.

"왜 그래?" 포테이토칩을 씹느라 발음이 이상하다. "피곤
해?"

의자에 깊숙이 몸을 기댄 채 팔걸이 너머로 그를 빤히 쳐다
보았다.

"네, 피곤해요… 배도 좀 고프고."

와삭와삭. 마크가 눈살을 찌푸린다.

"배고파? 확실해? 단식을 하면 에너지가 많이 생기는
데…….' 그의 주름이 깊어진다. "내가 준 리스트에 없는 음

식을 먹지만 않는다면 말이야. 그런 건 아니겠지?"

"네, 물과 푸성귀만 먹었어요. 실은……." 그와 시선을 마주치려고 억지로 몸을 일으켜 세웠다. "그래서 힘든지도 모르겠어요. 몸에서 참치를 원하거든요. 가는 길에 조금만 먹었으면 하는데요?"

와사삭.

"파티 가는 길?" 마크가 물었다.

침을 꿀꺽 삼키며 고개를 끄덕였다. 이런 호소는 하고 싶지 않았다. 언제나 음식과 같은 근본적인 욕구 이상의 것을 추구해 왔지만, 오늘은 생존을 위한 근원적인 욕구가 발동하고 있다. 지금의 나는 로스앤젤레스를 질주하는 수많은 자동차들의 조수석에 앉아 앞발로 허공을 차는 샤페이(중국이 원산지로 온몸에 주름이 잡힌 개의 품종—옮긴이)나 다름없다.

"너한테 참치를 좀 사줄 수도 있어." 마크가 눈썹을 치켜올리고 천천히 과장하면서 말한다. 마치 동물에게 말을 건네는 것처럼.

나는 그 말에 기뻐서 마음이 들떴다.

"그런데……." 와사삭와사삭. "프리스톤이 네 벗은 모습을 보고 싶어 할 거야."

"프리스톤이 누군데요?"

마크가 봉지를 흔들어서 포테이토칩을 꺼낸다.

"《보그》의 부킹 에디터." 와삭와삭. "꽤 영향력 있는 여자야."

"내 벗은 모습을 보고 싶어 할 거라고요?"

"팬티는 남겨둘지도 몰라."

하, 나참.

신경질적으로 몸을 내려다본다. 내 벗은 몸을 하나하나 자
세히 살피는 《보그》 편집자라. 그런 악몽에서는 이미 깨어났
다고 생각했는데.

"언제 만나게 되는데요?"

"다음 주. 뉴욕에서. 널 유명하게 만들겠다고 말했잖아."
포테이토칩 봉지가 이제 다 비었다. 마크가 봉지를 꼬깃꼬깃
뭉쳐서 쓰레기통으로 던지며 화제를 다른 데로 돌렸다.

"단식은 계속 하기로 하고, 이제 내 커미션을 받을 수 있을
까?"

"물론이에요." 칭얼대는 배는 무시하고, 지갑에서 현금을
꺼내 240달러를 센다. 마크가 돈을 받아 재킷 주머니에 찔러
넣었다.

"고마워."

"그리고 이건 레일라에게 주세요." 내가 다시 돈을 건넸다.
그 돈 역시 그의 재킷 주머니 속으로 들어간다.

"알았어, 전해줄게."

내가 수줍게 손톱을 힐끗거린다.

"마크, 이제 당신이 내 에이전트란 뜻인가요?"

"당연하지!"

아, 고마워라.

"그럼 계약서에 서명 같은 걸 해야 하지 않을까요?"

"그래, 어, 에밀리……."

똑똑. 똑똑.

탄다다.

"1분만!"

마크가 소리친 뒤 손가락으로 나를 가리킨다.

"옷 갈아입어."

내가 당황한 표정으로 새로 사서 입고 있는 크림색 가죽 바지와 스웨터를 내려다 봤다.

"왜요?"

"좀더 섹시하게 보여야 하니까."

"하지만 짐이 전부 호텔에 있는데!"

"알고 있어." 마크가 책상 뒤에서 쇼핑백을 하나 들어올려 그 안에서 수건을 한 장을 꺼내 챙긴 다음 내게 건넸다. "그래서 선물을 준비했지."

"고마워요."

하지만 이내 내가 받아든 옷이 너무 작다는 것을 깨달았다.

"그런데… 이게 나한테 맞을지 모르겠는데……." 실망한 목소리로 들리도록 애쓰며 말했다.

"맞을 거야. 여점원이 너 정도 체형이었거든. 너무 크면 핀으로 고정시키고 나중에 손보면 돼."

아장아장 걸음마하던 어릴 때 이후로 테리천(수건처럼 보풀
보풀하게 짠 두꺼운 면직물—옮긴이)을 입어본 적이 없었다. 그
리고 대체 누가 이런 수건 같은 옷을 수선한담?

마크가 화장실을 가리켰다.

"서둘러."

마크에게서 받은 점프슈트(바지에 셔츠 모양의 상의가 한 벌로
붙어 있는 여성복—옮긴이)는 가슴선이 V자형으로 깊게 파여
있다. 스판덱스가 섞인 덕분에 기적적으로 몸에 꼭 맞았다.
프레드릭스 오브 할리우드(란제리 백화점—옮긴이) 스타일이
다. 하지만 어떤 모양의 속옷도 입을 여지가 없어 보인다. **맙
소사.**

화장실 밖으로 나오자, 마크가 탄성을 질렀다.

"완벽해!"

뭐가 완벽하다는 소리인지 원. '여우가 되라'고 아야나가 해준
말이 머릿속에서 울려 퍼진다.

"이 옷을 입고 사람들 앞에 나서진 않을 거예요!" 내가 딱
잘라 말했다.

"에밀리……."

마크가 다가와서 내 허리를 감싼다. 가까이에서 보니 그의
구릿빛 눈동자가 훨씬 더 아름답게 보인다. 붉은색이 많이
섞인 갈색으로 가장자리는 금빛으로 빛났다. 마치 사자獅子

의 눈처럼.

"네 목표가 뭐였는지 기억해?" 그가 물었다.

"네, 하지만……."

"하지만이라는 말은 버려, 에밀리. 여기 할리우드에 '하지만'은 없어."

그 말에는 나도 동의한다.

"톱모델이 되길 원한다면……." 그가 내 허리를 더 바짝 자기 쪽으로 당기고는 목소리를 부드럽게 낮춰 말했다. "레일라처럼 되고 싶다면, 날 믿고 이 옷을 입고, 칩 블리츠가 여는 파티에 가는 거야."

잠깐. "칩 블리츠의 파티에 간다고요?"

"응."

"그러니까 미국에서 가장 유명한 패션 사진작가 칩 블리츠요?"

"나라면 세상에서 가장 유명하다고 말할 거야. 칩은 '패션 사진작가'라는 말보다 '인물 사진작가'나 '유명인사 사진작가'라는 표현을 더 좋아하지만, 어쨌든 그 칩 블리츠야." 마크가 턱을 긁는다. "몰랐어? 말했던 거 같은데… 칩에게 네 얘길 해 뒀어."

헉.

"정말이에요?"

"응. 널 몹시 만나고 싶어 해. 그럼, 이제 갈까?"

148

프리스톤. 칩 블리츠. 몇 분 뒤 우리는 선셋 대로를 달렸고, 나는 차창 밖으로 빠르게 지나가는 광고판들을 차례대로 쳐다 보았다. 그들이 만들었거나 만들려고 하는 광고판들이었다. 갑자기 유명세를 얻는 일이 그리 어렵지 않아 보였다. 그것은 바로 내 손에 닿을 거리에 있으며, 이제 손을 내미는 일만 남아 있다.

* * *

"애론, 새로 온 안내인 이름을 왜 우편번호로 부르는 거야?"

"저기 오네. 저 예쁜 여자 뒤에 있는 남자!"

"아가씨들, 이쪽이야!"

칩 블리츠의 현관 로비는 만원이었다. 디제이가 리믹스하는 강렬하고 규칙적인 비트가 사람들의 만남과 인사, 와글와글 떠들어대는 소리에 뒤섞였다. 마크가 탄다의 손을 꽉 잡았고, 탄다는 내 손을 꽉 잡았다. 탄다는 끈으로 어깨에 걸치는 빨간 드레스를 입었는데 노출이 심했다. 이에 비하면 나는 수녀가 쓰는 베일만 쓰면 곧장 수녀원으로 향해도 될 정도였다. 마크가 우리 둘을 사람들 쪽으로 이끌어 '백설 공주와 골디락스(동화 《골디락스와 곰 세 마리》의 주인공인 금발 소녀─옮긴이)', '질과 사브리나(드라마 〈미녀 삼총사〉에 등장하는 세 여주인공 중

두 사람―옮긴이)', 그럴듯한 표현이 떠오르지 않으면 '아주 매력적인 파티 동반자'로 소개했다. 마치 한 줄로 서서 대기라도 한 듯, 한 명씩 계속해서 인사를 나눈 이 중년의 남자들은 모두 프로듀서들이었다. 나는 그들이 내게 던지는 추파 덕분에 그들의 차림새를 충분히 감상할 수 있었다. 커프스 단추를 달고, 샤베트 색상으로 자신의 이름 이니셜을 새긴 셔츠, 끝이 좁고 주름이 진 바지, 폭이 좁은 옷깃의 리넨 재킷……. 크로킷과 텁스(1980년대 미국의 TV 시리즈물인 〈마이애미 바이스〉에 나왔던 형사 콤비―옮긴이)가 할리우드의 태양 아래서 몇 년간 살갗을 태우고, 나이를 먹고, 머리도 벗겨졌다고 생각하면 된다.

내가 탄다의 손을 세게 잡아끌며 물었다.

"다 이렇게 나이 든 사람뿐이에요?"

"지금은 그래! 나중에 젊은 사람도 만날 거야! 하지만 지금이 연줄을 만들기 좋은 기회니까. 계속 움직이자!" 탄다가 소리쳐 대답했다.

현관 로비에서 넓은 거실로 들어가려는데, 내 앞에 균형 잡힌 몸매를 가진 빨간 머리 여자가 가슴에 손을 대고 있었다.

"세. 상. 에. 재키!"

설마 재키 오(존 F. 케네디의 부인 재클린 케네디 오나시스―옮긴이)?

그건 실제의 재키가 아니라 워홀Andy Warhol의 작품인 〈나인 재키Nine Jackie〉였다. 하지만 나는 너무 놀라서 할 말을

150

잃을 지경이었다. 단지 재키 때문만이 아니라 그곳에 펼쳐진
모든 것 때문에. 이제껏 보아온 팬시 룸은 특별히 흥미로울
것 없는 호텔 로비처럼 하나같이 크리스털 샹들리에와 페르시
아 융단이 깔린, 말하자면 루이 14세나 15세풍으로 꾸며져 있
었다. 그러나 칩의 팬시 룸은 윤이 나는 흑단색 거실 바닥에
하얀 털이 탐스러운 럭rug을 깔아서 연못 위에 떠 있는 나뭇
잎처럼 바닥에 살포시 떠 있는 것처럼 보였으며, 유리 탁자와
루사이트 의자들은 무중력 상태에 있는 듯했다. 원자 구조도
처럼 보이는 하얀 조명들이 머리 위에서 춤추고, 눈부신 그림
과 대담한 석판화들이 마치 벽을 뚫고 나온 것처럼 사방을 장
식하고 있다. 창으로는 풀장의 희미한 윤곽이 보이고 그 너머
로 불빛이 가물거리는 로스앤젤레스 시내가 눈에 들어왔다.
책에서 본 여행지들—발리, 타히티, 생모리츠—처럼 믿을 수 없
을 만큼 이국적이고 매혹적인 광경이었다.

　탄다가 계속 사람들을 만나기 위해 자리를 뜨고 나는 마크
와 함께 남았다. 그때 햇볕에 그을려 살결이 검고 차림새가
단정한 남자가 우리에게 다가왔다. 파스텔 계열의 별로 눈에
띄지 않는 옷을 입고, 매부리코에 가늘고 검은 안경테를 걸친
젊은 남자였다.

　"여기 있었네." 그가 가까이 다가와 말했다.

　마크는 그와 반갑게 포옹을 나누고는 나를 인사시켰다.

　"에밀리, 인사해. 칩이야."

"반가워!"

곧이어 칩은 나에게 의례적인 것들을 물었다. 어디 출신이야? 여긴 처음인가? 마음에 들어? 내가 대답을 할 때마다 그는 미소를 지어 보였지만, 이내 그의 시선은 산만하게 거실 여기저기로 옮겨졌다. 그 모습에 난 조급해지고 긴장되었다.

"에밀리는 하버드 대학에 들어갔어." 알맹이 없는 대화가 끝나갈 때쯤 마크가 말했다.

하버드? 나는 어리둥절해졌다.

"음, 그렇군." 칩이 싱긋 웃더니 시선을 내 점프슈트 곡선을 따라 빠르게 움직여 탄다에게 옮기며 덧붙였다. "그리고 저 애는 로스쿨에 다니고."

두 사람은 그 말이 웃겼던 모양이다. 그들은 레슬링 선수처럼 서로 몸을 비틀며 목덜미를 부여잡고 숨넘어갈 듯 웃어젖혔다.

"그래서……." 껄껄대던 웃음소리가 조금 잠잠해지자 마크가 내 어깨에 손을 올리고 칩에게 물었다. "어떻게 생각해?"

칩은 나를 쳐다보며 눈을 한 번 깜박였다.

"귀여워."

"귀여워? 왜 이래? 귀여운 것 이상이지. 다음 주 네 촬영에 딱이야!"

"《보그》 말하는 거야? 농담하지 마……."

그런 대화를 듣고 있자니 눈물이 나올 것만 같아 눈을 깜박였다. **귀여워? 내가 머리가 텅 빈 애처럼 옷을 입었다고 해서 귀까지 먹었다고 생각하는 거야, 뭐야? 하버드? 그건 또 무슨 뚱딴지같은 소리야? 게다가 농담하지 말라니?** 나는 이곳을 빨리 벗어나야겠다고 생각하며 한 발을 내딛다가 비틀거리고 말았다. **젠장!**

"죄송해요." 황갈색 음료가 흰 양탄자에 쏟아졌고, 나는 그만 숨이 막혔다. "젠장!" 이번에는 큰 소리로 욕설이 터져 나왔다.

나는 양탄자를 닦으려고 몸을 구부렸다. 허리까지 굽혔을 때 누군가 팔을 뻗어 막았다.

"걱정하지 말아요." 남자 목소리였다. "파티잖아요. 그럴수 있어요."

"네… 고마워요."

그래도 나는 어쨌든 몸을 굽혀서 양탄자에 쏟은 음료수를 닦으려 했다. 접객하는 사람 중 한 명이 헝겊과 소다수를 들고 급히 달려왔다. 몸을 일으켰다. 엎질러진 음료수와 남자의 발에 머물렀던 내 시선이 서서히 남자의 몸을 따라 위로 올라갔다. 청바지. 블레이저코트. 티셔츠. 회색빛 도는 턱수염. 윤곽이 뚜렷한 뺨. 회색 브릿지를 넣은 검은 머리. 검은 눈동자. 리처드 기어. 리처드 기어였다.

"안녕."

리처드 기어. 리처드 기어. 리처드 기어……

"리처드예요."

153

그는 내 잔을 빤히 쳐다보았다. 뚫어지게.

"이름이?"

세상에. 뭐라고 말 좀 해.

리처드가 몸을 돌리려고 한다.

어서 말해! 이름을 말해! 네 이름!

"에밀리예요." 나는 잔 속에 들어 있는 얼음 조각을 바라보며 환하게 미소 지었다.

"만나서 반가워요, 에밀리." 웨이터가 리처드에게 새 잔을 가져다준다. 그가 잔을 흔들어 한 모금 마신 뒤 내 눈을 바라보며 말했다. "당신 친구가 하는 말을 들었는데, 하버드 대학에 간다고요?"

나는 입 안에서 혀가 돋아 팽창하는 기분을 느꼈다.

"네~엣!"

"축하해요, 대단하네요!" 리처드가 한 모금 홀짝이고 상체를 앞으로 기울인다. "그 말을 듣기 전엔 하버드 여학생이라고는 전혀 생각하지 못했어요." 그가 농담처럼 중얼거렸다. 우리는 눈이 마주쳤다.

〈Father Figure〉는 그다지 시끄러운 노래가 아니었다. 하지만 나는 목소리를 낼 수 없었다. 겨우 용기를 내어 이야기를 시작했다.

"재미있네요, 왜냐하면……."

"그곳에 당신이 꼭 만나봐야 할 교수가 있어요." 그가 내 말을 듣지 못한 채 계속 얘기를 늘어놓았다. "프레더릭 블라우포드라고 내 친구인데, 고대 티베트 그림에 대해 가장 탁월한 연구를 했어요. 그 친구 논문은 정말 읽어볼 만해요. 전에 프레더릭하고 달라이 라마와 같이 2주일 간 창탕 고원을 여행했어요. 브라마푸트라 강을 따라 가면서 텐트도 같이 썼죠. 위험한 일도 한두 번 겪었는데, 그때 프레더릭이 좋은 친구라는 걸 알았죠. 하하. 강의도 잘 한다고 들었어요. 수업을 꼭 한 번 들어봐요. 이제 신입생이 되는 거 맞죠? 전공은 뭐예요?"

"난 안 가요!" 나도 모르게 고함을 치고 말았다.

리처드 기어가 나를 향해 손을 저었다.

"아, 알았어요! 마음 내키지 않으면 프레더릭의 강의를 듣지 않아도 돼요. 그냥 제안해 본 거니까."

"아니요! 하버드요! 난 하버드에 가지 않아요!" 내가 징징 우는 소리로 대답했다.

그의 이마에 주름이 잡혔다.

"하지만 난 당신이……."

"원서 넣었는데 떨어졌어요."

이런, 입 다물어.

"…실은 컬럼비아에 갈 거예요. 남미 콜롬비아가 아니라 대학이요. 컬럼비아 대학교. 뉴욕 맨해튼에 있는."

입 다물지 못하겠니.

"아, 그렇군요. 거기에 내가 아는……."

"제 하버드 에세이는 좋았어요. 적어도 제 생각에는요. 실제로 국어를 가르치는 슈와브 선생님도 좋다고 말씀하셨어요. 터보건에 관한 글이 진짜 가능성 있다고 말이에요."

입 다물란 말이야. 입 다물어.

"터보건?" 리처드가 천천히 물었다.

"썰매예요."

"그래요, 나는……."

"그런데 수학이 좀 약했어요. 특히 삼각법 문제요. 아시죠? 사인, 코사인 같은 거. 정말 헷갈리더라고요. 그래서 하버드에 안 가요. 떨어졌죠. 그러니까 제 말은……." 나는 킥킥거리며 웃기까지 했다. "하버드 낙방생이에요!"

입 다물어! 입 다물어! 제발 입 다물어!

마침내 얘기를 마쳤을 때, 나는 놀라서 정말로 턱이 아래로 툭 떨어진 리처드의 모습을 보았다.

완벽해. 브라운 대학에도 떨어졌는데 그것도 말해야겠니?

"음, 틀림없이 컬럼비아 대학을 좋아하게 될 거예요. 행운을 빌어요!" 리처드가 팔짱을 굳게 끼고 격려의 말을 던졌다. 이건 내가 자리에 그대로 남아 있겠다면 자기가 먼저 떠나겠다는 의미였다. 나는 손에 든 잔을 내려다 보았다. 그리고 고개를 들었을 때 리처드의 모습은 더는 보이지 않았다.

"이게 뭐람?" 지금 내 곁에 남은 유일한 친구인 술잔 속의 얼음 조각을 향해 중얼거렸다. 슬프게도 이 친구 역시 내 곁에는 오래 머물지 못한다. 칩의 목소리 —"《보그》 말하는 거야?"—를 떠올리자 갑자기 고통이 밀려왔다. 마크는 어디에도 보이지 않았다. 연줄 만들기에 한창인 탄다가 눈에 들어왔다. 샤베트색 의상의 두 남자를 사이에 두고 벽에 기댄 모습이 마치 아이스크림 위에 올려놓은 체리처럼 보였다. 나는 사람들이 줄을 선 바로 갔다. 가까이에서 한 남자가 자신의 칵테일 잔을 들어올리며 말했다.

"난 테리예요."

"에밀리예요."

테리는 선글라스를 〈매그넘 PI〉(톰 셀렉 주연의 TV 드라마—옮긴이)의 주인공처럼 목에 걸었다.

"배우예요?" 그가 묻는다.

"아니, 모델이에요."

그가 히죽 웃으며 말했다.

"모델은 다 배우가 되고 싶어하지 않나요?"

"음, 저는 아니……."

"…어쩌면 내가 감독이라 그렇게 생각하는지도 모르죠."

그가 하던 말을 끝내고 짧게 깎은 머리를 긁적이며 나를 바라보았다. 내 외모를 평가하려는 듯한 시선이었다.

"알리 쉬디(1962년생. 연극·영화배우. 〈Breakfast Club〉과 〈St. Elmo's Fire〉가 대표작—옮긴이)와 닮았다는 말을 들어본 적 있어요? 정말 닮았어요. 신기하네요. 얼마 전에 촬영을 마쳤거든요."

우아… 알리 쉬디? 그녀는 내가 좋아하는 배우다. 알리 쉬디의 영화를 찍었나? 가슴이 두근거렸다. 나는 그에게 고맙다는 인사를 하고, 촬영한 영화 제목을 물어보았다.

"〈브랙퍼스트 클럽〉." 그가 대답했다.

"〈브랙퍼스트 클럽〉?" 잠시 말을 멈췄다. "그건 3년 전에 개봉한 영화 아닌가요? 그리고… 존 휴즈가 감독하지 않았어요?"

테리가 데님 셔츠의 칼라를 잡아당기며 말했다.

"아, 사실 난 그 영화에서 촬영 조수를 했지만, 곧 단편 영화를 하나 찍을 거예요. 주인공 역에 당신이 딱 맞을 것 같은데 대본 한 번 읽어볼래요? 제목은 〈스트립……〉."

그러나 내가 그 정도로 궁한 상태는 아니었다. 이내 마크를 찾아 파티장을 돌아다녔다. 영화배우 줄리안 샌즈와 찰리 쉰도 보았지만, 마크는 찾지 못했다. 나는 위층으로 올라가 긴 복도를 따라 걸었다. 두 짝으로 된 여닫이문 사이에서 남자와 여자가 서로 껴안고 키스하고 있고, 다른 문 앞에서는 두 여자가 논쟁을 벌였다. 내가 막 돌아서는데, 논쟁하던 한 여자가 내 옆을 쌩하니 지나갔고 다른 한 명은 방 문을 밀어서 열었다. 그때 방 안의 광경이 보였다.

어두운 방 안, 텔레비전에서 흘러나오는 푸르스름한 빛이 침대에 누워 있는 한 여자를 비추었다. 침대에 축 늘어진 듯 보였다. 바람에 날리는 검고 긴 머리카락. 길고 어두운 드레스에 달린 유리 파편 모양의 장신구들. 그리고 희미한 불빛과 함께 마크의 크림색 맨몸뚱이도 보였다. 마크는 코카인을 들이키고 있었다.

문을 잡고 있던 여자가 성마르게 몸을 움직이며 말했다.

"들어올 거예요, 말 거예요?"

난 들어가고 싶지 않았다. 바람을 쐬고 싶었다. 부리나케 계단을 내려가 거실을 통과한 뒤, 유리문을 열고 밖으로 나갔다. 풀장과 정원을 지나서 잔디밭 끄트머리에 멈춰 섰다. 그곳에서 매끄럽게 뻗은 철제 난간에 손을 올려놓고 앞을 바라보았다. 발밑으로 어둡고 향기로운 협곡이 펼쳐져 있고, 그 너머로 로스앤젤레스의 불빛들이 깜박인다. 이틀 전 내가 본 광경이 거울에 비춰진 것처럼 마냥 낯익었다. 지금 나를 혼란스럽게 하는 건 내 앞에 펼쳐진 풍경이 아니라 그 안에서 살아가는 사람들이다. **마크가 나와 계약을 할까? 이게 파티일까, 아니면 오디션일까? 아니, 나는 왜 여기에 있는 거지?**

"여기 있었네! 에밀리!"

고개를 돌리니 마크가 서 있었다. 그의 뒤쪽으로 좌우로 길게 뻗은 풀장이 불빛을 받아 반짝이는 푸른 가지들이 가리고 있었다.

"네, 여기 있었어요." 중얼거리듯 대답했다.

마크가 입술을 삐죽 내밀며 물었다.

"무슨 일 있어?"

코카인은 무시하고 다른 문제에 초점을 맞추기로 했다.

"내가 오디션에 떨어진 거 맞죠? 나한테 아무 흥미도 없는 거죠?"

"무슨 소리야?" 마크가 못 알아듣겠다는 듯 고개를 흔들었다. "에밀리, 말했잖아. 난 네 에이전트가 될 거라고!"

"그게 아니라, 이 파티 말이에요. 칩을 만났잖아요."

"이건 오디션이 아니야!"

"마크……."

"잘못 생각한 거야." 그가 재빨리 말한다. "칩이 널 맘에 들어 했으니까."

"《보그》에는 맞지 않잖아요."

마크는 여전히 나와 한 걸음 정도 거리를 둔 채, 슬레이트가 깔린 길 위에 서 있었다. 자신의 하얀 리넨 바지를 더럽히지 않기 위해서였다. 그는 머릿속으로 몇 가지 대답을 생각해 내려 애쓰는 듯했다.

"아니야." 마침내 그가 입을 열었다. "아직은 아니야. 하지만 칩이 원래 좀 그렇게 별스러워. 가끔은 먼저 모델을 알 필요가 있지. 칩을 설득해서 저녁 식사를 함께 하고, 네 테스트 사진을 찍게 할 거야. 그렇게 할 테니까, 두고 봐."

"하지만 어떻게요? 언제요? 칩은 여기에 살잖아요. 난 다음 주면 뉴욕에 있어요."

"여기 있어야 해."

나는 넓게 깔린 잔디밭 저편을 바라보았다. 그곳에 찰리 쉰이 서 있었다. 그가 옆에 있는 여자에게 고개를 돌렸다. 그 모습이 마치 마크의 귀에 대고 무언가를 속삭이는 것처럼 보인다.

"대학은 어떡하고요?"

"내년에 가."

"내가 뉴욕에 있어도 당신이 로스앤젤레스에서 내 에이전트가 돼 줄 수 있잖아요."

마크가 고개를 저었다.

"그건 힘들어. 난 24시간 네가 여기 있는 걸 원해. 그래야 널 지켜보고 가르칠 수 있으니까. 네 선생이 되고, 카운슬러가 되고, 트레이너가 돼야 하니까."

그렇군, 트레이닝이 더 필요하군!

"넌 잘할 수 있을 거야." 그가 계속 말을 잇는다. "너와 내가 함께 말이야. 내가 바로 널 톱모델로 만들 거야."

미풍이 불다가 잦아든다. 말없이 땅바닥을 내려다보고 있는데 마크가 바지 아랫단을 걷어 올리고는 재빠르게 걸어왔다. 그의 발자국이 무성하게 자란 잔디밭에 은빛 우물을 만들어냈다. 우리는 함께 탁 트인 전망을 바라보았다.

"저거 보여?" 그가 물었다. 그가 내 손을 감싸 쥐더니 로스앤젤레스의 불빛을 가리키고 곧이어 하늘을 가리켰다. "난 널

저 별들 중 하나로 만들 수 있어. 한 명의 스타." 그가 숨을 들이쉬었다 내쉰다. "레일라처럼."

하늘을 올려다봤다. 나는 우주의 크기만큼이나 유명해진다는 게 어떤 것일까 궁금해졌다. 별 몇 개가 이에 대답하는 듯 반짝거렸다.

"난 레일라만큼 아름답지 않아요." 내가 중얼거리듯 말했다. 이것만큼은 사실이었다.

"난 네가 레일라만큼 아름답다고 생각하는데."

이것은 그가 내게 해줄 수 있는 유일한 말일 것이다. 그는 내 손을 계속 꽉 잡고 있었다.

"에밀리, 넌 훌륭한 모델이 될 거야. 하지만 지금 시작해야 해."

"지금이요?" 그 말을 되뇌었다.

"그래, 지금. 올해."

나는 그의 손을 뿌리쳤다.

"대학을 졸업해도 스물한 살이에요."

"스물한 살은 너무 많아. 그것도 아주 많은 나이지. 그 정도는 너도 알잖아, 에밀리." 마크가 대답한다. "지금 해야 해."

이제껏 스물한 살을 많다고 느낀 적이 한 번도 없었다. 로스앤젤레스 쪽을 바라보았다. 너무 멀게 느껴졌다. 너무나도 멀게. 지평선을 찾아보지만 형체조차 보이지 않는다.

"에밀리……." 마크가 미끄러지듯 움직이며 내 뒤에 섰다.

"나한테 유명해지고 싶다고 말했잖아. 너의 꿈이 이곳에 있어. 바로 여기에. 여기에 머물면서 해내는 거야."

눈을 감았다. 그러고는 유명해진다는 게 어떤 느낌일지 상상해 본다. 따뜻하지만 너무 뜨겁지는 않은, 내 체온과 같은 폭포수……

"이곳에 머물지 않으면요?"

"그럼 난 네 에이전트가 될 수 없어. 그건 불가능해."

눈을 뜨자 협곡이 내 시야를 가득 메웠다.

"칩에게 왜 내가 하버드 대학에 들어갔다고 말한 거죠?"

"더 좋은 학교니까. 내가 한 말을 잊지 마, 에밀리. 모든 게 마케팅이고, 셀프 프로모션이야. 차차 이해하게 될 거야."

마크의 체온이 느껴지고 그의 손이 내 팔을 따라 아래로 미끄러진 후, 내 손을 붙든다.

"나만이 널 가르칠 사람이 될 테니까." 그가 그렇게 속삭이며 자신의 코로 내 귀를 부드럽게 애무하며 내 몸을 힘주어 끌어당긴다. "어때? 저 별들을 잡아 보는 거야?"

누구를 신뢰할 수 있는지 어떻게 알 수 있을까? 그건 어려운 질문이다. 지금까지 내가 살던 세계는 대부분 아는 사람들이 모인 안식처같은 곳이었다. 그건 호숫가에서 8,311명의 사람들과 함께일 때 할 수 있는 말이다. 하지만 어느 순간 나는 비행기에 올랐고, 지금은 마크 골드와 함께 여기 절벽 위에 서 있다. 눈을 감았다. 눈을 감은 채 그대로 있었다. 그대로 서서 모든 것을 맡겼다. 마크는 내게 키스했다.

한동안 우리는 키스를 했다. 그가 날 난간에 세우곤 점프슈트 곡선을 따라 내 몸을 더듬으며 아래로 미끄러져 내려갔다. 바로 그 순간, 뭐라고 말하기 힘든 이상한 느낌이 들어서 주위를 둘러보았다.

탄다였다. 탄다가 풀장 옆에서 우리를 빤히 쳐다보고 있었다. 나와 눈이 마주치자 그녀가 고개를 돌렸다.

"신경 쓸 거 없어." 마크가 말했다. "탄다는 아무것도 아니야. 천박한 창녀야."

"하지만 당신은 탄다하고 했잖아요."

"했다고 말하긴 힘든데……."

순간 몸이 뻣뻣하게 굳었다.

"이런, 질투하는 거야? 그럴 필요 없다니까! 네가 내 애인이야. 나의 스타!"

가끔은 누구를 신뢰할 수 있는지, 그 대답을 그냥 알게 되는 경우도 있다. 마크의 손을 내 몸에서 떼어내고 그곳에서 벗어났다. 그리고 컬럼비아 대학에 가기로 결심했다. 그게 내가 원하는 일이었다. 내가 해야 할 옳은 일이기도 했다.

게다가 컬럼비아는 뉴욕에 있었다. 뉴욕에서도 난 부자가 되고 유명해질 수 있다고 믿었다.

제7장
드디어 여우가 되다

스냅	프랜시네스
엘리트	빌헬미나
포드	위민
리퀴드	졸리
팩토리	클릭

나는 루이스가 냅킨 위에 막 적어 준 리스트를 내려다보았다.

"그러니까 이 열 곳이 뉴욕에서 알아주는 에이전시들이란 말이죠?"

"현재는 그래."

"나머지는 어떤데요?"

루이스가 달걀을 한 입 물고, 다 씹은 다음에야 포크를 접시에 내려놓는다.

"나머지는 모델이라는 정의를 느슨하게 사용해. 아주 느슨하게. 말하자면… 다른 곳에서는 모델이라는 직업을 설명할 때 '웨이트리스'라는 단어를 덧붙이는 편이 나을 거야. 사실상 그런 류의 일을 하게 될 뿐이니까."

나는 축축한 기내용 냅킨을 받친 물 잔을 들어 한 모금 홀짝 마셨다. 럭셔리한 의상과 적지 않은 신용카드 대금 말고는 로스앤젤레스에서 빈손으로 돌아왔기에, 두 번째 계획을 실행에 옮겨야 했다. 나에게는 뉴욕에서 활동하는 에이전시가 필요하다. 하지만 어느 에이전시를 선택해야 하고, 또 어떻게 찾아낸다는 말인가? 루이스가 도우러 올 때까지 안절부절못했다. 루이스는 휴양지인 도어 카운티(삶은 생선과 체리 파이로 유명한 위스콘신 주의 관광 휴양지)로 8월 말에 휴가를 떠나는 대신 뉴욕에 가서 에이전트 찾는 일을 도와주겠다고 말했다.

"그건 그렇고, 쿠키(귀여운 소녀라는 뜻의 애칭 – 옮긴이)." 그가 웃음을 띠며 말했다. "이건 '시카고 컴퍼니'를 패션계의 지도에 올리게 할 모델을 위해 내가 할 수 있는 최소한의 일이야."

'쿠키'만 빼고(마크의 굶기기 다이어트 요법으로 54킬로그램이 된 이후 나는 그 애칭이 싫어졌다) 나는 그 말에 감격했다. 내 편이 되어줄 지원군이 생긴 것이다! 나는 루이스를 숨도 못 쉴

만큼 힘껏 두 팔로 껴안아 주었다. 루이스와 뉴욕에 간다면 부모님이 화를 내고 섭섭하게 생각하리라 걱정했는데(나를 뉴욕까지 데려다주기로 하셨다), 하늘이 도왔다. 토미 오빠의 시즌 개막 시합이 내일 열리는 바람에 부모님이 그곳에 참석하게 된 거다. 그래서 지금 나는 여기 9천 미터 상공에서 나의 마더 에이전트와 함께 우리의 임무를 달성하기 위한 최선의 전략을 짜고 있는 중이다.

"열 곳의 에이전시에 모델들이 전부 몇 명이나 돼요?"

"음, 어디 보자. 포드하고 엘리트가 가장 큰데 각각 200명 정도가 될 거야. 나머진… 대략 40에서 80명 정도의 모델을 데리고 있는 중소 에이전시니까, 뉴욕시에 있는 진짜 패션모델은 전부 합쳐봐야 천 명이 좀 안 된다는 뜻이지." 루이스가 그렇게 추산했다.

"천 명이요? 정말 많네!"

"그게 많은 거야?" 루이스가 커피 잔을 돌리며 홀짝인다. "기억해, 에밀리. 개네들은 뉴욕이나 미국에서 온 애들이 아니라 전세계에서 모인 모델들이야."

"무슨 뜻이에요? 파리도 있잖아요?"

루이스의 코에 주름이 진다.

"파리? 파리는 잊어. 파리는 하이패션에 적합해. 돈은 흘러넘치지만 실제로 옷을 구입하는 감각은 한참 떨어지는 텍사스 숙녀들을 위한 곳이지. 이 지구상에 패션 중심지는 딱 한

167

곳밖에 없는데, 거기가 바로 뉴욕이야. 톱모델이거나 그에 가깝다면 스페인 사람이건, 스웨덴 사람이건, 혹은 라트비아 사람이라고 해도 모두 뉴욕에서 활동해. 뉴욕은 모든 일이 벌어지는 곳이니까. 그렇게 본다면 천 명은 큰 숫자가 아니라 오히려 아주 적은 거지. 사실……." 그가 손가락으로 내 책을 톡톡 친다. "여기 들어가는 일보다 더 어렵지."

루이스의 손가락이 내 손으로 가려진 〈대학 신입생들을 위한 컬럼비아 안내서〉의 '대' 자를 가리키고 있다. 내가 픽 코웃음을 쳤다.

"그래요? 워킹 방법에 대해 에세이라도 써야 하나 보죠? 라거펠드(1938년생, 패션 디자이너 – 옮긴이)와의 인터뷰에서 A라도 받아야 해요?"

짓궂은 대답이 돌아온다.

"그래, 지원서 같은 걸 작성하는 일은 없겠지만, 경쟁률로 말한다면 뉴욕의 에이전시 눈에 드는 게 더 어려워. 훨씬 더."

내 코웃음은 날아가 버렸다. 구토용 봉투의 위치를 확인해 둔다. 이유는 모르겠다. 난데없이 초조해지고, 속이 메스꺼우면서 어지럽다.

이어진 세부적인 이야기도 내 신경을 가라앉히는 데 별반 도움이 되지 못했다. 수십 개의 에이전시가 있지만 우선 손에 꼽히는 곳은 열 군데뿐이며, 들어가는 방법도 두 가지밖에 없다. 초대를 받거나(우리처럼 뉴욕 에이전트들이 여러 매체를 통해 내 얼굴을 보고 '시카고 컴퍼니'로 연락한 경우), 무작정 찾아가거나. 후자는 진짜 악몽처럼 들린다. 공개 캐스팅을 하는 에이전시는 거의 없으며, 한다고 해도 일주일에 두어 시간뿐이고 90여 분간 줄을 서서 기다리다가 사진과 연락처를 제출하는 게 전부다. 하지만 제출한 사진—전화박스에 '얼굴 사진 전문, 단돈 150달러(필름값과 현상비 별도)'라고 광고를 낸 사진가가 찍은 조악한 흑백사진이 대부분—은 쓰레기통으로 직행하고, 실제 심사는 지원자들이 기다리는 동안 일어난다. 심사라고 해야 에이전트 한 명이 괜찮은 모델감이 있는지 한 번 휙 둘러보는 게 전부다.

"일 년에 한 명 정도 그렇게 뽑힐지도 모르지, 어쩌면." 루이스가 고개를 절레절레 흔들며 자신의 말을 강조한다. "세계 곳곳에서 에이전시들이 모델 스카우트를 하고 다니니 숨은 미인의 시대는 끝났다고 봐야지. 미인들이 스스로 잠적해버리지 않는다면 말이야."

마시던 물이 입에서 식사용 받침대를 향해 터져 나왔다. "콘테스트도 있잖아요? 콘테스트를 통해서 에이전시 눈에 들 수 있지 않아요?"

"오, 쿠키." 루이스가 내 머리를 쓰다듬으려 하는데, 비행기가 흔들려서 그의 손도 자체 비행을 한다. "그런 콘테스트는 마케팅 술책이야. 에이전시가 현금 맛을 좀 보게 되는 프로모션 행사이지, 그 이상은 아니야. 우선 콘테스트를 주최하는 에이전시는 참가비, 촬영비 같은 적지 않은 비용을 참가한 애들에게 부담시키지. 둘째, 콘테스트에 참가하는 사람들은 누굴까? 참가자 대부분은 소속된 에이전시가 있는데, 대개는 그 콘테스트를 여는 곳이야. 그리고 내 말 믿어. 만약 훌륭한 모델감이 있다면, 바꿔 말해서 뉴욕에서 돈을 벌어다줄 만한 재목이라면, 어떤 에이전트도 그 애가 라트비아의 쇼핑몰을 수영복 차림으로 뛰어다니게 그냥 내버려두지 않을 거야."

다시 라트비아 얘기가 나왔고, 그곳 사정이 그다지 좋지 않은 것처럼 들린다.

"하지만 콘테스트에서 이기면 가령 25만 달러짜리의 계약을 하게 되잖아요. 그런데 어떻게 못생길 수가 있어요?"

"걔네를 못생겼다고 할 수는 없지만 그렇다고 슈퍼스타도 아니야. 모든 게 사기지. 이렇게 말하는 게 유감이긴 한데, 우리 에이전트들은 말이 좋아 에이전트이지 브로커일 뿐이야. 물론 모델이 성공하는 데 아주 중요한 부분이기는 하지만 어디까지나 브로커에 지나지 않아. 모델을 클라이언트에게 소개한 다음 소득의 20퍼센트를 받고, 문제가 생길 경우를 대비해서 20퍼센트를 추가로 청구하면 그것으로 끝이야. 어떤 에이전트도 손해 보는 장사는 절대 안 해! 25만 달러 계약서의 세부 조항을 읽어보면, 장담하는데… 우승자가 25만 달러를 버는 동안 에이전시에게 대표권을 위임한다고 적혀 있을 거야. 25만 달러를 번다면 말이야. 한 푼도 벌지 못하면 손가락이나

170

빨아야 하는 거지. 게다가 우승자의 저주도 있어."

이 말을 듣자 보석으로 머리 장식을 한 콘테스트 참가자들의 목을 샤넬 체인으로 조르는 연쇄 살인범의 이미지가 머릿속을 가득 채웠다.

"우승자의 저주라니, 그게 뭔데요?"

"우승자는 절대로 성공하지 못한다는 거야. 절대로. 잘 들어. 만약 《보그》가 어떤 모델이 그런 콘테스트에서 우승했다는 소리를 들으면 부킹은커녕, 만나고 싶어 하지도 않을 거야. 지나치게 상업적인 외모를 갖고 있기 때문에 진짜 스타가 될 수 없다는 걸 알고 있거든. 《마드모아젤》, 삭스 피프스 애비뉴, 로레알도 마찬가지야. 제이시 페니와 계약한다면 운이 좋은 거지. 그건 그렇고… 우리가 왜 이런 얘기까지 하고 있는 거야? 너와는 상관없는 얘기잖아. 넌 지금 가장 바람직한 길로 나아가고 있으니까. 말하자면 정면 돌파지."

루이스의 잔에 꽂힌 오렌지 조각을 들어올리며 내가 씩 웃어 보인다. 루이스는 저돌적인 일급 협상가는 아닐지 모르지만, 패션모델 업계의 안팎을 꿰고 있다. **그가 나를 돕기 위해 여기 있다니, 아! 고마워라.**

기장의 목소리가 스피커를 타고 울린다.

"여러분, 라과디아 공항의 항공 교통이 상당히 혼잡한 것으로 보입니다." 그가 여느 조종사처럼 카우보이식 화법으로 넉살좋게 말한다. "좋은 소식은, 우리가 빅애플(뉴욕시의 별칭―

옮긴이) 바로 위를 선회하면서 착륙대기를 하고 있는 중입니다."

루이스가 투덜거리며 시계를 본다. 나도 그의 어깨 너머로 창밖을 바라봤다. 비행기 날개 끝 쪽으로 뉴욕시가 보였다.

작년에 나는 '동부 해안 투어(렌터카로 사흘간 여덟 군데의 학교를 돌아보는)'의 관문이 되는 이 도시에 부모님과 함께 왔었다. 하지만 이렇게 하늘에서 내려다보는 건 처음이다. 이렇게 가까이. 빌딩들이 은빛으로 반짝였다.

아!

루이스가 웃는 눈으로 나를 본다.

"자리 바꿔 줄까?"

창가 좌석에 앉자마자 말 그대로 창유리에 코를 박았다. 루이스가 현재 위치를 알려준다. 우리는 곧장 허드슨 강으로 향하는, 섬의 남쪽 끝에 다가가고 있다. 제일 먼저 눈에 들어오는 건 물. 물바다였다! 바람은 많이 부는 것 같지 않다. 표면이 롤러 자동차로 민 것처럼 편평하기 때문이다. 밝은 햇살을 받으며 비눗방울이나 주석 그릇의 밑바닥처럼 자줏빛 혹은 무지개색으로 빛난다.

"자유의 여신상 보여?" 루이스가 말한다.

처음에는 보이지 않았지만, 아, 잠시, 저기 있어! 바지선과 여객선들 속에서 작은 형체가 불쑥 떠오른다. 마치 욕조 안에서 자기 마음대로 헤엄쳐 돌아다니는 아이들 장난감처럼.

172

소리 내어 웃다가 눈을 가늘게 뜨고 보고, 다시 소리 내어 웃는다. **뭘 그렇게 두려워한 거지?** 내가 앉아 있는 곳에서 맨해튼은 정말 작아보였다. 정말 작다. 자그마한 유원지. 난 소인국에 온 거인이었다. **월스트리트?** 내 허리 정도밖에 안 오는 높이. **크라이슬러 빌딩?** 창문을 통해 안을 들여다보고, 빌딩 지붕을 들어내어 안을 엿볼 수 있는 정도. **센트럴 파크?** 손가락으로 나무 우듬지를 털어내고, 연못에 발가락을 살짝 담글 수 있는 정도. 아, 그 뉴욕이 바로 여기에 있다! 내가 뛰어놀 운동장. 어서 빨리 그 안으로 뛰어들고 싶다.

잠시 후 비행기가 착륙했다. 짐을 찾은 우리는 택시를 잡아 타고 미드타운 터널을 통과했다. 라과디아 공항의 교통 체증으로 예정보다 늦게 도착했기 때문에 로얄톤 호텔에 있는 공공 휴게실—세면기와 커다란 안락의자가 있는—에 짐을 보관하고 잠시 한숨 돌린 뒤 곧장 우리의 첫 목적지로 향했다.

우리가 탄 택시는 미풍보다 느린 속도로 거의 기어가다시피 하며 매디슨가街를 따라가고 있었다. 나는 너무 더워 창문을 내린다. 택시 뒤쪽 스피커에서는 액슬 로즈(하드록밴드 건즈 앤 로지스의 보컬—옮긴이)가 부르는 〈Sweet Child O' Mine〉이 크게 울려 퍼진다. 하지만 우리 왼편에서 한 남자가 땅을 파는 소형 착암기 소리와 오른편에서 논쟁인지 토론인지를 벌이는 두 운전사의 소음을 잠재우지는 못했다. 한 건물을 등에 지고 밤색 턱시도를 입은 남자가 놀랄 만한 최신 음향 시스템으로 큰 마이크에 〈I'll take Manhattan〉(토니 베넷의 곡―옮긴이)을 부르고 있다. 그러나 그에게 시선을 주는 이는 거의 없다.

"저것 봐요, 셸 게임(뒤섞인 작은 컵들 중 어느 컵 속에 물건이 들어 있는지 알아맞히는 놀이―옮긴이)이에요!" 내가 놀라서 소리친다. "저기 브레이크댄서들도 보여요?"

"저 사람 코빈 번슨(1954년생, 배우―옮긴이) 아니야?" 루이스가 묻는다.

"어디요?"

"저쪽에 물 빠진 재킷 입고 있는 남자."

나는 창문 밖으로 고개를 내밀고 혼잡한 57번가에서 그 유명한 배우를 찾으려 했지만, 티파니 가방을 든 일본인 관광객들만 보였다.

"우와, 자기가 직접 만든 외바퀴 자전거예요!"

"버나드 괴츠(1984년 뉴욕 지하철에서 자신에게 돈을 갈취하려던 네 명의 흑인 십대 소년을 사살한 인물―옮긴이)를 석방하라! 버나드 괴츠를 석방하라!" 시위자들이 외친다.

"버나드 괴츠가 누구예요?"

"몰라." 루이스가 대답했다.

"지금 가는 프랜시네스는 어떤 곳이에요?" 마침내 내가 창밖에 두었던 시선을 파일로팩스 다이어리(시스템 다이어리 상표―옮긴이)로 옮기며 물었다. 파일로팩스를 올려놓은 오른쪽 허벅지가 땀으로 흥건했다

몇 블록을 더 지나자, 커다란 사무실 빌딩들은 사라지고, 세련된 상가들이 눈에 띄었다. 루이스는 자신이 알고 있는 것들을 말해주었다. 프랜시네가 프랜시네스의 사장이고, 루이스는 그녀와 한두 번 전화로 나에 관한 일을 이야기했다. 또 그녀가 뉴욕에 에이전시를 열기 전 파리에서 모델 생활한 경험이 있어서 모델이 겪는 고충을 잘 이해한다고 했다. 그녀는 에이전시 말고도 집처럼 편안한 느낌의 작은 부티크를 함께 운영하고 있고, '나 같은' 자연 미인을 선호하는 것으로 유명하다고 루이스는 말했다.

　택시가 신호등 앞에서 멈췄다. 왼쪽을 바라봤다. 부티크의 창유리에 비친 내 모습이 비쳤다. 창유리 양쪽으로는 특대 사이즈의 하운드투스 체크무늬 스웨터와 검은색 고리 레깅스, 챙이 넓은 검은색 모자를 뽐내며 마네킹 둘이 서 있었다. **'자연 미인?' 무슨 뜻이지? 운이 좋으면 두 시간 반 만에 촬영 준비가 끝나는 자연스러움? 아니면 샤워를 막 마친 듯한 자연스러움? 립글로스로 윤기 흐르는 입술과 마스카라를 한 겹 칠한 눈 그리고 얼굴에 땀을 흡수하는 파우더를 듬뿍 바른 난 그 중간쯤에나 속하지 않을까?**

　그때 한 여자가 햇살이 드는 보도 위를 산책하는 모습이 눈에 들어왔다. 그녀는 파스텔색의 얇은 천이 몇 겹이나 겹쳐진 의상에 모조 진주 목걸이를 걸고, 커다란 장미송이가 박힌 챙 넓은 플로피햇을 쓰고 있었다. 오른손에는 핑크색 고양이 목줄을 붙들고 있는데, 그 옆으로 주위의 소음에도 아랑곳하지 않고 아비시니안 고양이가 나긋나긋하게 주인을 따르고 있었다.

"세상에."

루이스가 힐끗 쳐다보고는 손을 내저었다.

"저건 아무것도 아니야. 이곳에서 난 흰 담비, 뱀, 도가머리 앵무새를 데리고 걷는 사람들을 본 적이 있으니까."

"새랑 같이 걷는단 말이에요?"

"그렇지."

"새를 걷게 한다고요?"

루이스가 낄낄댔다.

"너 바보구나? 어깨 위에 올려놓고 말이야!"

"그럼 그렇지. 잠깐이지만 이상하다고 생각했어요."

"장담하는데, 에밀리. 이 도시에 일 년 정도 머물다보면 정상적인 게 뭔지 알 수 없게 될 걸? 어쩌면 네가 이상한 짓들을 하게 될지도 모르지!"

나는 엄지손가락으로 재빨리 고양이를 가리키며 말했다.

"저건 그 정도로 이상하진 않은데요."

"여긴 뉴욕이야. 무슨 일이든 벌어질 수 있어." 루이스는 자신만만하게 대답했다.

＊　　＊　　＊

아늑한 분위기의 프랜시네스는 뉴욕의 또 다른 놀라운 모습을 보여준다. 천장이 낮은 좁은 로비는 짙은 황록색으로 칠해져 있고, 구석에 놓인 피커스와 고무나무가 분위기를 온화하게 만들어준다. 리셉션 데스크는 나이테가 많이 보이는 소나무로 짰고, 낡은 버터천Butter churn(버터를 만들기 위해 크림 우유를 섞는 양철통이나 유리통─옮긴이)을 램프로 사용했다. 소파 위로는 액자에 담은 퀼트 작품이 걸려 있다. 여기가 모델 에이전시 현관이라는 표시는 작은 탁자 위에 흩어진 여러 나라의 패션 잡지들뿐이다.

호의적으로 보이는 리셉션 데스크의 40대 여성이 우리 이름을 듣고는 환하게 웃어보인다. 그녀는 짧은 갈색 머리에 흰 티셔츠, 담갈색 스웨터 조끼를 입고 있다.

"에밀리! 루이스! 프랜시네가 기다리고 있어요! 어서 들어와요."

우리는 시키는 대로 했다. 부킹 룸 역시 작았다. 로비와 같은 녹색 벽에 소나무로 만든 가구들이 들어서 있었는데, 왠지 활기가 넘쳐 보였다. 전화가 계속 울렸고, 라디오에선 조지 마이클 노래가 흘러나왔다. 에이전트 두 명이 커다란 벽장문을 활짝 열고 그 앞에 무릎을 굽히고 앉아 포트폴리오를 분류하고 정리했다. 나머지 에이전트들은 둥근 탁자에 둘러앉아 계속해서 울려대는 전화기를 들고, 회전판을 돌려 차트를 꺼낸다. 모델 프로모션이 한창이었다.

"딱 한 명이요? 확실하죠? 왜냐하면 아주 멋진 새 스웨

177

덴……."

"열아홉 살이에요. 맹세해요."

"빨간 눈이요? 농담하시는 거죠? 그 말 들으면 카챠가 가만 안 있을 거에요."

"그래요? 틀림없이 만족시킬……."

"오, 맥주 모델이요? 유럽 전역으로요? 네, 좋아요. 스물다섯 살인데, 잠깐만요. 얘들아! 여기 푹푹 찐다. 좀 비켜줄래?"

이 말에 깜짝 놀란 난 그 에이전트—짙은 감색의 리넨 옷을 입고 머리에 젤을 잔뜩 바른 이십대 남자—에게서 눈을 돌려 방의 반대편 쪽을 바라보았다. 둘 다 브루넷인 모델 둘이 에어컨 앞에 나란히 서 있다. 머리칼도 휘날리고 검은색 스커트도 마치 깃발처럼 펄럭이고 있다. 그중 한 명이 머리를 쓸어 올려 둥근 빵처럼 만 다음, 다시 찰랑하고 내려뜨린다. 얼굴을 보지 않아도 그 둘이 소리 내어 웃고 있음을 알 수 있다. 좀더 가까이 걸어갔다.

"물론 금발이죠, 스웨덴 출신이구요!" 내 또래로 보이는 두 번째 에이전트가 내 쪽을 바라보며 미소를 짓는다. "귀걸이가 멋져요" 그녀가 입 모양으로 말했다.

"고마워요."

나는 손가락으로 특대 사이즈의 파란색 링 귀걸이를 만지작거리며 대답했다. 그녀는 오른쪽 귓불에만 큰 진주를 달고 있었는데, 올봄 《보그》에서 크리스티 털링턴(캘빈 클라인 향수 광고로 유명한 슈퍼모델─옮긴이)이 총 8페이지에 걸쳐 선보인 외귀걸이에 감동을 받은 때문인지, 아니면 왼쪽 귓불이 수화기에 가려 안 보이기 때문인지 이유는 잘 모르겠다.

"비즈니스석이요? 설마!"

"얘들아!"

"캐서린, 정말 미안한데 잠깐 전화 끊지 말고 기다려 줄래요?" 머리에 은빛 줄무늬가 있는 세 번째 에이전트가 연필 끝으로 대기 버튼을 누르고 침착하게 말한다. "올리비에, 쟤네들이 네 목소리를 못 들나 봐. 에어컨 앞에서 비켜나게 하려면 직접 가서 말하든가."

"알았어요, 알았어. 푸파." 올리비에가 투덜거리며 내 다리를 훑어보는가 싶더니 그냥 무시하고 나를 지나간다. "얘들아!"

"흠흠, 에밀라!"

루이스가 대형 벽장 반대편에서 내게 손을 흔들었다. 가까이 가보니, 루이스는 두 개의 철제 선반 사이에 서서 액자에 담긴 사진들을 빤히 쳐다보고 있었다.

"이 모델들 좀 봐!" 그가 중얼거리듯 말했다.

그래. 한 번 봐 주지. 자연 미인인지는 모르겠지만 확실히 아름다웠다. 프랑스판과 미국판 《엘르》, 《하퍼스 바자》와 《하퍼스 앤 퀸》, 《마드모아젤》과 《마담 피가로》, 《모다》와 《미라벨

라》, 《쉬》와 《레이》의 표지들마다 모델들이 가장 찍고 싶어
하는 광고 화보들이 여기저기 수놓아져 있다. 노스 비치 레
더, 크리스천 라크루와, 앤 클라인, 캐시, 레이벤, 프린세스
마르셸라 보르헤스, 레브론스 언포게터블 위민, 지오르지오
비벌리 힐즈…….

"볼만 해?"

나는 사진에 푹 빠져서 우리가 누구를 만나러 왔는지도 잊
어버리고 있었다. 하지만 누군가의 목소리를 듣고 돌아선 순
간, 나와 얼굴을 마주한 여자가 프랜시네라는 확신이 들었다.
큼직한 아몬드형의 눈매와 놀랄 만큼 도톰한 입술이 아름다웠
지만 나이를 속일 수는 없었다. 마흔이 넘은 나이에도 태연하
게 하얀 레깅스를 입을 수 있는 건 전직 발레리나와 모델뿐일
것이다.

프랜시네는 푸파와 프란체스카, 올리비에를 소개하고 에이
전시를 빠르게 한 바퀴 보여준 뒤, 자신의 사무실로 우리를
안내했다. 그녀의 책상 앞에 의자 두 개가 놓여 있다. 나는 의
자 앞으로 걸어가서 가방을 내려놓으며 앉으려고 했다.

"일어서, 아멜리에! 어디 한 번 볼까!"

아멜리에, 한—버—언— 보—올—까! 프랜시네는 뉴욕에서 여
러 해를 보냈음에도 여전히 크림치즈를 세 겹 쌓아올린 것 같
은 프랑스식 발음이었다. 나는 빙그르르 돌아보였다. 프랜시
네는 문을 닫은 후에도 계속해서 손잡이를 붙들고 있었다.

"재킷 좀 벗어 볼래?"

하지만 그녀도 뉴요커들의 거리낌 없는 직선적인 태도는 몸에 익힌 것 같다. **좋지요, 좋아.** 요구에 따라 단추를 끄르는 사이, 프랜시네가 내 몸을 위로 훑다가, 다시 아래로 훑더니 마침내 시선을 위로 올린다. 거리낌 없이 직선적으로 행동하는 동네, 맨해튼의 에이전트는 이렇다.

루이스가 내 재킷을 받아들었다. 시카고의 쇼핑가인 매그니피슨트 마일을 돌며 폐점 직전에 고른, 도나 카란(DKNY를 설립한 패션 디자이너-옮긴이)의 흰색 더블 브레스티드 자켓이었다(로스앤젤레스에서 구입한 옷을 루이스가 탐탁지 않게 여겼기 때문에). 그러고 나서 어깨끈이 없는, 네이비블루와 흰색 줄무늬 미니드레스를 벗었다.

프랜시네가 문에 등을 기대고 턱을 올린 채, 눈을 가늘게 떴다. 시선을 어디에 두어야 할지 몰라 난 그녀의 발을 응시했다. 종아리 중간 부분이 종이 봉지처럼 살짝 구겨진 부츠를 신었는데, 카펫과 같은 베이지색이었다. 밝은 진보라색이라는 것만 빼고 내가 신은 부츠와 똑같았다.

"신발이 정말 멋있어요!" 내가 감탄사를 터뜨렸다. 마침내 발견한 공통점! 잠시 불편하고 거북했던 느낌이 사라졌다.

"농Non('아니다'를 뜻하는 프랑스어-옮긴이)." 프랜시네가 대답했다.

그녀는 신발에 대해 말하는 게 아니었다.

"농. 내가 기대했던 모습과 많이 다르군요." 프랜시네가 이제 루이스만 쳐다보며 말을 이었다. 그리고 자신의 책상 앞으로 걸어간다. "실은 똑 닮아 보이는 모델이 있어요. 이본 벨라몬트라고 하는데, 알아요?"

나는 모르지만 루이스는 아는 듯했다.

"닮았다니요." 루이스가 재빨리 말했다. "완전히 다르죠."

"그렇게 생각해요?" 프랜시네가 '당신이 틀렸다'는 어조로 되묻고는 수화기를 들었다. "올리비에, 이본 카드를 하나 가져와. 이 사람들에게 이본이 어떻게 생겼는지 보여주고 싶으니까."

이 사람들이라니? 내가 루이스를 바라보자 그가 내 손을 꼭 잡는다.

"잘 나온 걸로." 프랜시네가 그렇게 말하며 수화기를 내려놓는다.

이어지는 침묵. 책상 왼편으로 사진과 초대장으로 빈틈없이 채워진 알림판이 눈에 들어왔다. 두꺼운 검은색과 은색 종이 위에 '켈리와 캘빈 클라인이 초대합니다…' 같은 화려한 핑크색 서체들이 보이고, 그 위에 〈해리가 샐리를 만났을 때〉의 뉴욕 영화 상영…'이 겹쳐있고, 또 그 위에 프랜시네가 카치 뉴욕시장과 포옹하고 있는 사진이 있다.

문이 열리고 사람이 들어왔다. 올리비에가 아니었다.

"여기 오네! 아멜리에, 루이스, 이쪽은 이본 벨라몬트. 어때, 너희 둘 닮았지? 위oui('맞아' , '그래' 를 뜻하는 프랑스어—옮긴이)! 위! 이본, 아멜리 옆에 서 봐."

나는 니만마커스 백화점과 《마드모아젤》 그리고 바로 좀 전에 에어컨 앞에서 이본을 본 적이 있다는 사실을 깨달았다. 이본은 아름다웠다. 하지만 나는 우리 둘을 대변해서, 이본과 내가 그렇게 많이 닮지 않았다고(농!) 확신할 수 있다. **좋아, 설령 홍채를 제외하고 모두 비슷하다고 치자. 그게 어쨌다는 거지? 이 도시에는 우리 둘이 할 만한 일이 충분하지 않다는 말인가?**

"옆으로 돌아." 프랜시네가 지시했다.

우리는 서로의 얼굴을 마주 보게 되었다. 이본이 키득키득 웃는다.

"보여요? 재들 코와 뺨을 봐요. 아주 비슷해." 프랜시네가 말했다.

"얼굴형이 다르잖아요." 루이스가 반박했다. "에밀리가 정사각형이라면 이본은 달걀형에 더 가까워요."

"하트형이에요." 이본이 그렇게 대꾸한 다음 다시 키득거렸다.

아, 지금 이건 그녀에겐 재미있는 놀이에 불과했다. 왜 아니겠는가? 자신에게는 이미 에이전트가 있는 것을. 나는 이본의 발을 내려다보며 발가락 하나를 꾹 밟아줄까 고민했다.

"키도 같고……."

이본이 좀더 큰 소리로 킥킥 소리 내어 웃더니 이내 하품을 하고 말했다.

"프랜시네, 저 이제 가도 돼요? 20분 후에 마크 히스파드와 약속이 있어요."

"마크?《엘르》말이야? 비테vite('빨리' 를 뜻하는 프랑스어 — 옮긴이)! 비테!"

프랜시네가 이본을 강아지 내쫓듯 문밖으로 내몰았다. 하지만 거기엔 애정이 담겨 있었다. 그런 다음 다시 문 앞에 서서 말했다.

"아멜리에, 내 딜레마를 이해하지? 넌 어떻게 생각해? 너무 비슷하게 생겼지?"

이때 프랜시네의 두툼한 입술 전체가 콜라겐 덩어리로 보였다. 나는 그녀가 마음에 들지 않았고 아무 대답도 하지 않았다.

"전혀 그렇지 않아요!" 루이스가 강하게 부정했다. "이본은 굉장히 예뻐요. 하지만 프랜시네, 잘 봐요. 피부, 에밀리의 피부를 봐요! 모공이 아주 작고, 흠잡을 데가 없어요!"

프랜시네가 고개를 뒤로 젖히며 느끼하게 말했다.

"어디 한—버—언— 보—올—까!"

* * *

"자신을 좀더 좋은 상품으로 내세웠어야지! 어떻게 꿈쩍도 하지 않아?"

184

루이스와 내가 각자의 손에 라지 사이즈의 아이스커피 컵을 들고 델리 밖으로 나왔다. 내 손에 든 커피는 내가 보도 위를 쿵쿵 걷자 쏟아질 듯 출렁거렸다.

"내가 왜 그래야 해요? 나대신 아주 잘 하고 있잖아요!" 내가 비꼬듯이 대답했다.

피부 검사를 받은 후 우리는 프랜시네의 사무실에서 10분간 더 머물렀는데, 루이스는 '자신에게는 이미 에밀리 우즈가 있다'고 말하는 프랜시네와 계속 입씨름을 했다.

"그건 네가 할 일이야, 에밀리!"

"내가 왜 날 받아달라고 구걸해야 하는데요?"

프랜시네는 우리를 보내주지도 않았다. 자신의 사무실 문 앞을 지키고 서서, 마침내 진짜 에밀리 우즈가 참을 수 없을 때까지 눈을 가늘게 뜨고 보며 신경을 곤두서게 했다. 결국 나는 루이스의 손을 낚아채고 다음 약속에 늦었다고 둘러대며 도망치듯 그자리에서 나왔다. 정말로 자존심이 상했다.

"그게 프랜시네가 원하는 거니까!" 루이스가 소리쳤다. 그 통에 손에 들려 있던 컵이 흔들려서 커피가 쏟아졌지만 다행히 루이스의 셔츠는 젖지 않았다.

"구걸하라는 게 아니야. 내가 언제 그러라고 했어? 너 스스로가 자신을 홍보하고, 네 자질과 가치를 보이라는 말이잖아!"

"난 가게에서 파는 식칼 세트가 아니란 말이에요!"

"알아, 그런 말이 아니라……."

"그 여자가 싫어요! 아주 불쾌했단 말이에요!" 눈물이 솟구쳤다.

"그래… 알았어."

루이스가 공원을 둘러친 콘크리트 난간 쪽으로 날 데리고 갔다. 뉴욕시에 있는 공원이라면 어디서나 그런 난간을 볼 수 있다. 공원에는 쓰레기가 여기저기 널려있고, 나무들이 들쭉날쭉 자라고 있다. 우리는 조심스럽게 자리를 잡고 앉았다.

"괜찮아, 에밀리." 루이스가 나를 달래주었다. 그의 목소리는 차분했지만, 눈은 찡그린 채였다. 그가 일어서서 자신의 머리를 가볍게 두드리며 말했다. "다른 에이전시하고도 약속을 잡아놨으니까, 일단 가 보자."

그래, 그게 우리가 할 일이야. 우리는 리퀴드와 팩토리 그리고 스냅을 찾아갔다. 이에 대해 자세하게 말하고 싶지만, 기억이 모두 뒤섞여버렸다.

에이전시들에 대해 들었을 때 나는 샘 구디(영국에서 먼저 생기고 이후 미국으로 진출한 음악, 엔터테인먼트 전문 숍―옮긴이)의 진열대처럼 저마다 다양하고 독특한 분위기를 띄고 있을 거라고 생각했다. 자연 미인들의 근거지인 프랜시네스는 전원풍―풍성하게 늘어진 긴 머리와 흙색 톤의 드레스를 입은 주근깨 낀 얼굴의 모델―일 거야. 뉴욕의 전위적인 에이전시 리퀴드는 펑크풍―소름끼치도록 깡마르고 눈 화장을 짙게 한 모델―일 거야. 어

느 하나에 치우치지 않고 절충적인 스냅은 인디풍—다양한 색
조와 외양의 이국적인 미인—일 거야.

하지만 내 생각과는 달랐다. 물론 스냅은 내실없는 유명 모
델 또는 유명 모델들의 장점들을 섞어놓은 자신들의 추종자들
을 거느리고 있었지만, 방문한 모든 에이전시에는 놀랄 만큼
일치하는 모델 선호도가 있었다. 대부분이 백인이며, 치렁치
렁한 금발에 큰 키, 마른 몸매, 이목구비가 뚜렷한 얼굴이었
던 것이다. 게다가 당시는 킴 알렉시스(1960년생, 미국의 슈퍼
모델이자 배우—옮긴이)와 크리스티 브링클리가 패션계를 지배
하고, 메이크업 아티스트들이 신디 크로퍼드의 검은 점을 컨
실러로 발라 감춘 지 2년밖에 지나지 않은 1988년이다. 이국
적인 모델은 사실상 없었다. 내가 좋아하는 아프리카의 갈라
고 원숭이, 아야나조차 이국적이라고 말하기 힘들다. 오똑한
코, 얇은 입술, 부드럽고 긴 머리. 결국 아야나에게 금발 가
발을 씌우고 푸른 콘택트렌즈를 끼우면, 햇볕에 피부를 잘 태
운 켈리 엠버그로 보이니 말이다.

비슷한 건 모델만이 아니었다. 에이전시 역시 비슷했다. 프
랜시네스처럼 어퍼 이스트사이드(맨해튼의 북동 지구—옮긴이)
에 위치해 있으면 방들은 작고, 바닥에는 보통 부드러운 파스
텔 색조의 카펫이 깔려 있었다. 플랫아이언 디스트릭트(비교
적 먼 남쪽)이라면 에이전시는 건물의 '맨 위층'이나 '로 스페
이스(내장 공사를 하지 않고 그대로 사용하는 건물 공간—옮긴이)'

에 위치하고, 바닥은 단단한 나무로 깔려있다. 어느 경우든 실내 장식은 전형적인 크롬과 검은색 가죽, 조명 기구가 깔린 통로, 또는 카페 스타일이었다. 그것들은 아주 멋지다고 말할 수는 없으며, 모델들의 사진이 붙어 있는 벽에서 굳이 시선을 돌리게 할 만한 것들도 별달리 없었다. 부커에 대해 말하자면 모든 에이전시마다 푸파, 프란체스카, 올리비에와 같은 사람들이 꼭 있었다. 물론 그들의 나이와 성별은 다르겠지만 본질적인 유형은 똑같았다. 내 생각을 루이스에게 말하자, 그가 소리내어 웃었다.

"그건 에이전트들이 어머니처럼 널 돌보려 하거나, 혹은 네가 되려고 하거나, 아니면 너와 자고 싶어하기 때문이야."

잠시 후 내가 대답했다.

"고마워요, 엄마."

"천만에." 루이스가 웃음을 터뜨렸다.

결론적으로 모델과 인테리어와 부커는 그렇게 다르지 않다는 말이다. 이제 남은 건 에이전시 사장들에 대한 얘기다.

에이전시 사장들과의 만남은 일종의 비즈니스 미팅이었지만, 아무래도 데이트 같이 느껴졌다. 상대편 남자가 내 모공을 거리낌 없이 들여다보고, 몸을 아래로 확 굽혀서 다리를 검사하고, 노골적으로 가슴 사이즈를 확인한다는 의미에서의 데이트. 나는 그들과 눈을 마주치고 "커미션으로 몇 퍼센트를 떼시죠?", "향후 2년간 모델로서 제 전망이 어떻다고 보세요?"와 같은 어려운 질문을 던지려고 하지만, 모두 수포로 돌아가는 데이트. 어쩌면 이런 게 뉴욕에서의 진짜 데이트일지도 모르겠다.

에이전시 대표들과의 만남은 제각각 몹시 불쾌했다. 팩토리 사장인 패트릭은 나와 계약을 맺는데 적극적이었다. 단, 포트폴리오를 채우기 위해 2년 동안 유럽에 가 있겠다고 동의했다면 말이다. 그러나 이런 제안은 내 결심과 다르기 때문에 정중히 거절했다. 우리와 악수를 하려고 하기보다는, 작은 물티슈로 계속해서 책상 여기저기를(내 포트폴리오를 포함해서) 닦아대는 패트릭의 행동 또한 수월하게 그런 결정을 내리게 했다.

스냅 에이전시 사장인 메리는 꽤나 까다로운 여자였다. 나는 그녀가 끈으로 한껏 졸라맨 부츠에서 나이프를 꺼내들고 내 에이전트가 되겠노라 제안하는 모습을 쉽게 상상할 수 있었다. 그녀는 중대한 이미지 변신을 요구했다.

"칠흑 같이 새까만 머리를 해봐. 가죽과 쇠사슬도 잘 어울릴거야. 넌 네 안에 숨어 있는 악마를 찾아내야 해." 메리는 이 말을 계속 되풀이했다. 디바가 아니라 악마라니! 여기도 아니군.

리퀴드의 마틴과 줄리는 나에게 열광했고, 하는 말마다 칭찬 일색이었다.

"너한테는 시대를 초월한 특색이 있어. 현대가 요구하는,

고전적이지만 그렇다고 진부하지도 않아. 다면적이야." 무슨
정당 연설문의 핵심이라도 읽듯 마틴이 짤막짤막하게 외쳤다.
"내 눈엔 네가 《보그》를 촬영하는 게 보여. 이번 달 잡지에 모
델 3명을 실었어. 내가 얘기 했던가? 《바자》. 《바자》는 풀만
이나 듀란하고만 일해. 《엘르》. 사실 넌 《엘르》에 맞지 않지
만 타이엔이 널 맘에 들어 할 거야. 《글래머》. 《글래머》는 이
따금 지나치게 중년 부인 취향이라 우리가 꼼꼼히 골라야 해.
《마드모아젤》은……."

쏟아내는 모든 말들이 근사하게 들렸다. 하지만 마틴이 화
장실을 들락거리며 코를 훌쩍이는 불결한 모습을 보여주었고,
줄리는 갑자기 의자에서 일어났다 앉으며 연방 넘어질 듯 비
틀거렸다. 그리고 점심 때 자신들이 주문한 요리를 기억하지
못했다. 게다가 주 요리는 이상했는데, 칠리 고추를 우려낸
스프? 검게 태운 케이준? 그리고 대관절 마히마히(닭고기처럼
육질이 담백하고 부드러운 열대생선─옮긴이)는 뭐지? 선택할 수
있는 요리도 네 가지밖에 없었다. 게다가 그들은 매일 그 자
리에서 식사를 했다. 마틴과 줄리는 임상학적으로 미쳤거나
제정신이 아니었다. 리퀴드도 탈락.

이리하여 결론적으로 네 군데 중 어느 한 곳과도 계약하지
못하고 게임의 막판인 지금에 이르렀다.

우리는 택시에 올라탔다. 내가 먼저 말을 꺼냈다.

"루이스, 이제 호텔로 돌아가야 할 것 같아요. 곧 캠퍼스로

가야 하니까."

"이번엔 오래 걸리지 않을 거야. 약속해." 루이스가 건물들을 유심히 살피며 말했다. "4번지… 12번지… 22번지… 그래… 좋아… 여기야, 그래, 세워요. 차 세워요!"

택시 운전사가 루이스의 말을 무시하고 있거나, 아니면 데비 깁슨의 감미로운 목소리에 흠뻑 취해 있는 게 분명했다. 기사는 목적지를 지나 18번가를 계속 달리다가 〈Foolish Beat〉가 최고조에 이를 때 루이스와 내가 목청껏 소리치며 아크릴 창문을 두드린 후에야 다음 블록 중간쯤에서 내려주었다.

"하여간 이놈의 도시는……." 루이스가 벌컥 화를 내는 게 지금이 처음은 아니었다. 길을 되돌아가면서 루이스가 다섯 번째 에이전시인 쉬크에 대해 말하기 시작했다.

"쉬크는 리스트에 없었잖아요." 내가 물었다.

"쉬크는 이제 막 시작한 곳이야. 게다가 바이런이 우리를 만날 시간이 있는지도 몰랐고. 그런데 점심 때 전화해봤더니 관심을 많이 보이더라고……."

검은색 쇼핑백 몇 개를 들고 가는 여자에게 살짝 길을 내주었다. 쇼핑백에는 바니즈라고 적혀 있었다.

"바니즈가 뭐예요?"

"바로 요 아래에 있는 백화점."

아, 그렇구나. 기억해야지.

"바이런은요?"

루이스가 리스트를 툭 쳐 보이면서 대답했다.

"쉬크 사장. 몇 년 동안 엘리트에서 부커로 일했어. 부모님 중 한 분이 사모아 사람이고, 게이야. 키도 크고 아주 잘생겼지. 모델 출신이야.

내가 얼굴을 찡그렸다.

"프랜시네와 달라." 그가 서둘러 덧붙였다. "바이런은 내가 잘 알아. 사람 좋고, 들리는 말에 의하면 검증된 모델만 만난대. 지원자는 받지 않는 거지. 아주 전문적이라고 할 수 있어. 사람들 대부분이 쉬크를 가장 유망한 에이전시로 보고 있어."

"나우! 모델이 제일 유망한 에이전시인 줄 알았는데?"

루이스가 고개를 흔든다. "나우!는 지금 잘나가는 에이전시야. 일 년 후엔 쉬크가 그렇게 될 거고."

루이스는 왜 내가 대학 2학년생이 되기도 전에 없어질 에이전시와 계약하기를 원하는 거지? 나는 궁금했지만 묻지 않았다. 출입구는 델리와 복사가게 사이에 샌드위치처럼 끼어 있었다. 또 다시 불안감이 엄습했지만, 한숨을 한 번 짓고 중얼거리듯 말했다.

"좋아요, 하지만 가능한 빨리 끝내자구요."

*　*　*

설사 바이런이 정말로 갈색 피부에 키가 크고 잘생겼다고 해도, 그걸 바로 알아차리지는 못했을 것이다. 그가 머리에 쓰고 있는 티아라(미스 유니버스 등이 쓰는 왕관—옮긴이)—숱이 많고 검은 곱슬머리 위에 반짝이는 각종 금속과 모조 다이아몬드가 박힌—에서 눈을 뗄 수 없었기에.

"아, 에밀리, 깜빡 잊고 말 못했는데……." 머리 장식물을 쓴 남자가 우리 쪽으로 다가오는 순간 루이스가 낮은 소리로 속삭였다. "넌 로스앤젤레스에 한 번도 가 본 적이 없는 거야."

이건 또 무슨?

"왜요?"

"아무튼 절대 안 간 걸로……."

"루이스! 에밀리! 어서 와!"

그는 뉴욕 첼시를 거친 동양식 인사법으로 눈꺼풀을 떨며 손을 모으고 머리를 숙인 다음, 양 볼에 키스를 하기 위해 상체를 굽힌다. 그의 머리가 마치 카메라의 줌 기능처럼 내 쪽으로 갑자기 돌진해 들어왔을 때, 티아라에 크리스털 펜던트가 달려 있다는 것을 알았다. 그것이 바로 내 눈 앞에서 좌우로 흔들리고 있었기 때문이다.

으윽! 나는 상체를 아래로 수그리고 말았다.

"오, 미안, 미안! 오, 내 크리스털!"

바이런이 계속 그렇게 외쳤다. 무거운 펜던트가 이리저리 흔들리는 것으로 보건대 그도 정말 깜짝 놀란 것 같다. '친구가 되자'는 그의 포옹을 받아들이기가 거의 모험에 가까운 일이었기에, 그의 팔에서 벗어나자마자 살짝 뒷걸음질 쳤다. 그리고 간절한 눈빛으로 출구를 응시했다. **여기서 날 좀 내보내 줘요.**

우리는 시야가 탁 트인 방을 가로질렀다. 그런데 천장에는 카페식 조명 대신 벌거벗은 전구가 끼워져 있고, 마호가니로 깐 바닥은 음료수를 엎질러서 생긴 얼룩이 여기저기 져 있다. 가구들은—테이블 두 개와 의자 여섯 개―는 전부 접이식이다. 벽에는 모델 사진이 네 장 붙어 있는데, 잡지 표지는 하나도 없다. 부커들의 외모도 별났다. 페이즐리 셔츠에 8각테 안경을 쓴 존은 안색이 창백한 중년 남성인데, 이 사람에 대해서는 곧 자세히 알게 된다. 저스틴은 키가 작고 몸이 옆으로 퍼진 여자로, 머리끝을 초록색으로 염색했는데 장거리 트럭 운전기사처럼 지친 얼굴로 거들먹거리며 다녔다.

날 여기서 내보내줘요.

응접실에 이르자 그만 나는 의자에 털썩 주저앉았다.

"괜찮아?" 루이스의 물음에 나는 얼굴을 잔뜩 찌푸려 보였다.

"뭐 좀 갖다 줄까, 에밀리?" 바이런이 물었다.

대체 뭘 갖다 준다는 거야? 아무것도 없는 주제에.

"아니, 됐어요."

바이런이 내 옆에 앉아서 손을 탁자 위에 올려놓고 손바닥을 쫙 편다. 길고 매끄러워 보이는 손가락에는 무드링mood ring(끼고 있는 사람의 기분에 따라 색이 변한다는 반지—옮긴이)으로 보이는 반지가 끼여져 있다. 그것이 '센서티브 크리스털 sensitive crystal'이라는 것을 곧 알게 되었다. 그는 소매가 헐렁한 검은색 튜닉을 걸치고 캐러멜색 피부와 짙은 벨벳 브라운 눈동자를 지녔다. 긴 속눈썹에 진한 눈썹, 웨이브진 머리, 두툼한 입술, 넓은 턱……. 잘 생겼지만 딱히 이렇다 할 만한 특징이 없는 얼굴이었다. 하지만 내 말을 액면 그대로 받아들여선 안 된다. 말이란 하다 보면 지나치기도 한 법이니까.

"에밀리, 오늘 하루가 길었을 거야." 바이런이 나긋하게 말한다. "그래서 말인데, 곧장 요점으로 들어가지. 쉬크가 아직 좀 구려 보인다는 거 잘 알고 있어. 데리고 있는 모델도 많지 않고. 분명히 네가 왜 여기에 있는지 이해가 안 될 거야."

바로 맞혔다.

"괜찮다면 몇 가지 얘기를 들려주고 싶어. 지난 10년 동안 나는 주로 뉴욕과 밀라노에서 모델 생활을 했어. 그러고서 엘리트에서 부커로 일했지. 처음엔 남자 모델을, 그 다음엔 여자 모델을 관리했어. 알다시피 존 카사블랑카스(1942년생. 1972년 파리에 엘리트 모델 에이전시, 1987년 전세계에서 가장 큰 모델 학교를 세움—옮긴이)는 모델 비즈니스에 혁명을 가져왔어. 그가 있기 전에 에이전시는 사교계 진출을 위한 교양 학교에 지나지 않았고, 모델들은 푼돈을 만지는 예쁜 아가씨들에 불과했으니까. 하지만 지금 너희는 계약을 맺고 큰돈을 벌어들이는 프로 모델이야. 나는 그 차이를 잘 알고 있어. 그리고 네 가치를 최대화하고, 상품으로 시장에 내놓는 방법을 알고 있어. 장담해."

나는 여성의 쉼터에서 일하는 엄마의 직장 동료가 엄마에게 보내준 《뉴욕》이라는 잡지에서 존 카사블랑카스라는 인물의 기사를 읽은 적이 있다. 그 기사에서 마흔다섯 살 된 모델 에이전트는 열여섯 살의 스테파니 세이무어와의 파경에 대해 "내가 그녀를 키웠다… 그녀는 새로운 기회를 찾아 나섰다…" 같은 말들을 하면서 해명한 것으로 기억난다.

"저런 남자와 옷깃만 스쳐도, 넌 이곳의 전문대학이나 들어가게 될 걸?" 엄마는 내게 그렇게 경고했다.

상체를 앞으로 기울였다. 바이런이 부드럽고 나직한 그리고 섹시한 목소리로 계속 말을 잇는다.

"나는 계속해서 일거리를 물어오고, 그들이 네 포트폴리오를 한 페이지 한 페이지 눈여겨보게 만들 거야. 나는 언제나 모델이 된다는 게 무엇인지 고민하고 노력에 대한 보상이 제대로 이루어질지 걱정하는 너를 절대 잊지 않을 거야. 보상이 언제 어떻게 이루어져야 하는지도 잘 알고 있어. 모델은 불안한 직업이야. 결국 모델들은 다른 모델들에 의해 자리가 바뀔 뿐이니까. 넌 이제 막 너를 관리해주고 짧은 시간 안에 가장 돈을 많이 벌게 해 줄 사람을 찾고 있어. 그래서 난 코치가 프로 운동선수에게 하는 방식으로 모델들을 관리하지. 스포츠 에이전트라는 말이 아니라, 코치란 말이야. 왜냐하면 에밀리, 너와 나, 우린 같은 팀이니까. 적어도 그게 내가 바라는 거야."

바이런이 손가락으로 탁자를 지그시 누른다. 그리고 침착하게 내 눈을 바라보았다.

"에밀리 우즈, 난 네 에이전트가 되겠답시고, 사진 따위를 요구하지 않아. 이미 확신이 느껴지니까. 그리고 약속할게. 나한테 기회를 준다면, 네 커리어를 높이는 데 내 모든 시간과 에너지를 쏟아 부을 거야. 포트폴리오를 다시 손보는 일부터 첫 계약을 따내는 일까지 모든 단계에서 네 파트너가 될 거야. 그게 우리 둘 다 성공할 수 있는 유일한 방법이야." 그가 잔잔한 미소를 지으며 손바닥을 마주 대고 머리를 숙였다.

"자, 어때? 우리 이제 한 번 해보는 건가?"

나는 눈을 몇 번 깜박이다 의자에 똑바로 앉았다. 힌두교 지도자 같은 바이런의 행동을 보면 우리 둘은 전혀 어울리지 않을 것 같다. 하지만 그렇다고 해도 그가 하는 말은 꽤 합리적으로 들린다. 실은 근사하게 들린다. 이곳에 발을 들이고 나서 처음으로 씩 웃어보였다. 바이런의 제안이 마음에 든다. 그가 마음에 든다.

몇 분 뒤 바이런이 내 포트폴리오를 훑어볼 때, 우리가 이미 협력하고 있다는 느낌이 들었다. 그가 내게 학교에 대해

물을 때에도 정말로 관심 있어 한다는 것을 느낄 수 있었다.

"오늘밤에 신입생 환영회가 있어요." 이제는 오히려 내가 주저리주저리 떠들어 댄다.

"그 전에 두 사람한테 저녁을 대접하고 싶은데."

"안 돼요. 환영 파티가 일찍 시작되거든요. 몇 시냐 하면……."

파티 시간이 적힌 종이쪽지를 찾기 위해 뒤죽박죽인 가방 안을 뒤지는 터에 물건들이 탁자 위로 쏟아졌다. 파일로팩스 다이어리, 35밀리 카메라, 시카고에 새로 문을 연 하드록 카페에서 구입한 컵 받침, 에비앙 생수, 선글라스 케이스…….

"멋진데." 바이런이 케이스를 열어 선글라스를 꺼내 들며 말했다.

"레일라 로디스가 준 거예요." 나는 입이 근질거리는 것을 참지 못하고 말했다.

선글라스가 떨어지며 탁자에 쨍그랑 소리를 냈다.

맙소사.

"에밀리를 마크 골드에게 데려갔던 거야?"

바이런이 벌떡 일어나 루이스에게 손가락질하며 소리쳤다.

"서부 쪽을 맡길 에이전트가 필요했을 뿐이야, 바이런. 개인적인 감정은 전혀 없어."

루이스는 그렇게 부드럽게 말했지만, 목덜미가 오싹해지는 그의 따가운 시선을 느껴졌다.

"헛소리 하지마!" 바이런이 홱 돌아섰다. 티아라에 달린 크리스털이 이리저리 흔들린다. "로스앤젤레스 시장을 찾기 위한 짧은 방문이었다고 말하지도 마. 로스앤젤레스 시장 따윈 없어. 이건 패션 산업이야! 도대체 무슨 거지같은 생각으로 그 성욕 과잉에 코카인 중독인 이성애자 잡종 놈한테 에밀리를 보낸 거야?"

바이런의 말을 듣고 나 역시 이유를 알고 싶어졌다.

"이제 좀 진정해!" 루이스가 우리 둘을 향해 말했다.

"아니, 너나 진정해! 믿을 수가 없어! 몇 달 동안이나 에밀리에 대해서 너하고 통화했잖아."

몇 달 동안?

"그런데 날 엿 먹여? 이… 이 창녀 같은 놈!"

"그렇게 부르지 마!" 루이스가 소리쳤다. 급기야 루이스도 자리를 박차고 일어났다. "넌 지금 '성욕 과잉에 코카인 중독인 이성애자 잡종 놈'이 레일라의 에이전트라는 데 화가 나는 것뿐이야. 레일라를 빼앗겼으니까… 이제 그만 잊어!"

두 사람은 얼굴을 마주대고 서로 계속 으르렁 댔다.

"저기, 이제 그만하죠. 상황이 이렇게 엉망진창이 되는 걸 원하는 건 아니잖아요?" 내가 무슨 나이 많은 중재인이라도 되는 듯한 착각에 빠져서 말했다.

두 사람이 고개를 돌려 나를 보았다.

"중요한 건 지금 내가 여기 있다는 거잖아요……."

사실 중요한 건 그들이 싸우려 한다는 점이다.

"어쨌든 난 정말이지 마크와 맞지 않았어요. 그가 아주……." 아주, 뭐? 뭐? "추잡한 사람이라는 걸 알게 됐으니까요."

손사래를 치며 말을 마쳤다. 마크뿐 아니라 뻔뻔스러운 모든 이성애자 남성들을 향해.

바이런이 입술을 깨물고 그의 '센서티브 크리스털'을 부루퉁한 얼굴로 내려다보았다. 크리스털이 이제 빛바랜 오렌지색으로 빛나고 있었다.

"그리고 음… 난 지금 동부에 있어요. 그러니까 어쨌든 여기 사람이 필요해요."

"…또 난 뉴욕이 정말 좋아요!" 나는 이 말이 반드시 먹힐 거라 확신했다.

하지만 계속 이어지는 침묵. 시계는 똑딱똑딱 소리를 내면서 잘도 갔다. 내가 막 천천히 자리에서 일어나려는 찰나였다. 여전히 분노로 끓는 나직한 목소리로 바이런이 말한다.

"진짜 이유는 레일라와는 아무 상관없고, 모두 네 몫이 얼마인가잖아?"

"그렇지 않아!" 루이스가 외쳤다.

"그렇지 않긴. 말해두지만 루이스, 네 몫은 5야."

"7!"

"5!"

"치……."

"그만!" 내가 찢어지는 목소리로 소리 지른 다음, 바이런에게 말했다. "바이런? 잠깐 실례할게요." 루이스의 팔뚝을 잡고 방을 가로질러 천장 높이까지 올린 창가로 그를 끌었다. "대체 무슨 말을 하고 있는 거예요? 5라니 무슨 소리에요?"

루이스가 손바닥과 이마를 창유리에 댔다. 보도를 지나다니는 사람들이 보기에는 6층에서 어떤 사람이 "조심해, 나 뛰어내릴 거야"라고 말하고 있다고 해석할지도 모를 보디랭귀지였다.

"5가 아니라 7이야." 그가 콧방귀를 뀌며 말했다.

"7은 또 뭐에요?"

"마더 에이전트 수수료. 난 에이전시 소득의 7퍼센트를 받아, 5퍼센트가 아니라. 바이런 저 놈은 좀팽이야!" 루이스가 내 손을 꽉 잡는다. "에밀리, 가자. 널 여기 데려오는 게 아니었는데. 이 빌어먹을 녀석한테!"

그가 바이런을 매섭게 쏘아보며 말하지만, 정작 바이런은 무슨 일이 있었냐는 듯 부킹 테이블에서 열심히 전화를 받고 있었다.

"루이스, 잠깐만요. 그럼 지금의 이야기가 당신 몫에 대해서만 협상한 거예요?"

"물론이지."

물론이라고? 루이스가 도어 카운티 휴양지를 포기한 것도 당연하

다. 내가 바보 멍청이일 뿐.

"그럼 내 몫은요?"

루이스가 다시 한 번 콧방귀를 뀐 다음, 습관적으로 내 옷
깃에서 흘러내린 머리카락을 떼어내기 시작했다.

"말했잖아. 그건 고정된 거야. 협상의 여지가 없어. 그날
수입의 80퍼센트."

내 몫은 협상의 여지가 없고, 루이스의 중개 수수료만 가능하다?
이 새로운 정보를 가지고 오늘 하루 있었던 일을 돌아보았다.
우리가 누구를 만났는지, 우리가 그들을 만난 순서와 그곳에
얼마나 머물렀는지를.

"루이스, 또 누가 당신한테 7퍼센트 준다고 했어요?"

루이스가 다시 이마를 창문에 갖다 댔다. 나는 그의 어깨를
꾹 누르며 다시 물었다.

"말해 봐요. 마크 골드하고 또 누가 있어요?"

"없어. 프랜시네가 그렇게 하겠다고 말했지만……." 그가
말끝을 흐린다. "에밀리, 어쨌든 난 쉬크가 너한테 맞는 에이
전시라고 생각하지 않아. 여기서 나가자. 가방을 찾아 호텔에
체크인 할 거야. 그리고 내일 포드와 엘리트, 어디든 우리가
결정하는 곳으로 찾아가는 거야."

엘리트는 루이스가 제외시킨 대형 에이전시였다. 중소 에
이전시는 주류에서 약간 벗어났지만, 그만큼 전문적이고 우수
한 모델과 부커가 황금비율로 이루고 있기 때문에 나 같은 대

학생에게 적합하다고 말한 사람 역시 루이스였다. 그리고 나와 함께 여기에 오는 게 시카고 컴퍼니를 패션계의 지도에 올려놓을 모델을 위해 자신이 할 수 있는 최소한의 일이라고 말했다. 그러니 어느 누가 무엇이 진실인 줄 가려낼 수 있을까? 난 루이스를 믿을 수 없었다.

"당신은 거짓말쟁이에요!" 내가 소리쳤다.

루이스가 화들짝 놀랐다.

"오, 쿠키!"

그가 뻗는 손을 홱 피해서, 이를 꽉 다물고 주먹을 움켜쥔 채 응접실을 배회하기 시작했다. **비즈니스 세계에서는 모두가 자신의 이익을 위해 일한다. 모두 다! 로라가 내게 해 준 말 아니었나? 아냐 나도? 물론 충분하진 않지만 나는 이 교훈을 얻기 위해 수업료를 낸 적도 있다. 그러나 다시 배울 필요는 없다! 강철처럼 단단하고 터프해질 거니까. 여우가 될 테니까! 그래, 난 여우야.**

갑자기 무엇을 해야 할 지 깨달았다. 나는 배회하던 발걸음을 멈추고 접이식 의자를 손으로 꼭 붙든 채 미소를 지어 보였다.

"당신 말이 맞네요, 루이스. 가요."

루이스는 마치 주지사에게 사면이라도 받은 듯한 표정을 지었다.

"잘 생각했어!" 그가 살짝 껑충 뛰면서 소리친다. "우선 목부터 축이고 샤워 좀 해야겠어. 그런 다음 저녁을 먹자. 프랑스 음식으로 말이야. 아주 근사한 곳이……."

"이런!" 터져 나오려하는 웃음을 누르려고 재빨리 가슴 위에 손을 얹었다. **바보, 루이스.** "당신과 함께 갈 생각은 없어요!"

루이스의 얼굴에서 미소가 사라졌다.

"함께 안 가겠다니? 아니, 왜?"

"나한테는 이게 있으니까……." 초대장을 집어서 루이스에게 건넸다. 루이스가 그걸 창유리에 갖다 댔다.

막막한 느낌이라고요?
만남의 장으로 컬럼비아 대학 신입생 여러분을 초대합니다.
오후 5 ~ 7시, 파티의 첫 식순 바로 전 '카르멘 홀' 안마당에서.

"어머나!" 나는 밀워키 모델 시절처럼 손목을 들어올려 시계를 눈여겨 보는 시늉을 했다. "벌써 5시네. 여긴 컬럼비아에서 한참 떨어져 있으니 부리나케 가야 해요!"

소지품들을 다시 가방 안에 던져 넣기 시작한다. 파일로팩스, 카메라…….

루이스가 내 쪽으로 걸어온다.

"하지만 아직 에이전트를 구하지 못했잖아!"

컵 받침, 에비앙 생수…….

"아, 그건 괜찮아요." 내가 씩씩하게 말한다. "나중에 구할 거니까!"

"나, 나중에?"

"네." 선글라스를 케이스에 집어넣고 찰칵 소리 나게 닫는다. "뭐 그렇게 서두를 필요 있나요? 난 지금 뉴욕에 있고, 당신 덕분에 훌륭한 에이전시 리스트를 갖게 됐으니까, 어디를 찾아가야 하는지도 차차 알게 되겠죠."

배낭의 지퍼를 닫고 멜빵을 양 어깨에 건 후, 등 가운데로 배낭을 제대로 지기 위해 엉덩이춤을 추듯 약간 몸을 흔들었다.

"하지만……."

"잘 있어요, 루이스!" 그의 양쪽 볼에 키스를 하고 돌아선다. "이런, 내 정신 좀 봐!" 그리고 다시 몸을 돌린다. "이걸 잊었네." 루이스의 손에서 종이쪽지를 낚아챈다. "시카고까지 좋은 비행 되세요!"

"에밀리!"

문을 향해 걷기 시작했다. **한 걸음, 두 걸음.**

바이런이 수화기를 내려놓은 뒤 부킹 테이블에서 휙 일어난다.

"에밀리! 루이스, 무슨 일이야? 에밀리, 지금 어디 가는 거야?"

"말했잖아요. 신입생 환영회가 있다고!"

세 걸음, 네 걸음, 다섯 걸음.

"뭐?" 그가 외친다.

"환영 파티요! 학교에서!" **여섯, 일곱, 여덟.** "만나서 반가웠어요, 바이런. 또 봐요. 안녕!"

아홉, 열.

몸을 돌려 손을 흔드는 순간, 바이런과 루이스가 방 한가운데로 따라 나와 나란히 서 있는 모습이 보였다. 앞으로 쏟아질 듯 휘둥그레진 눈에 입을 딱 벌린 얼굴이었다. 바꿔 말하면, 내가 바라던 모습 그대로다.

나는 손가락을 볼에 대고 한마디 던졌다.

"음… 바이런이 15퍼센트를 고려한다면."

"15퍼센트? 그건 안 돼!" 그가 소리쳤다. "이제 막 에이전시 문을 열었어!"

"난 대학생이에요. 학비를 내야하죠."

"하지만……." 바이런이 팔꿈치로 루이스를 가리킨다. "이쪽에서 7을 원해!"

내가 어깨를 으쓱해 보였다.

"그럼 할 수 없죠, 뭐!" 그리고 다시 180도 회전한다. **열하나, 열둘, 열셋.** "잘 있어요, 바이런. 사업 번창하길 빌게요!" 이제 문 앞이다. 손잡이를 돌려 문을 홱 연다. 바람이 휙하니 밀려온다.

"18퍼센트!" 바이런이 소리친다.

눈을 감고 숨을 깊이 들이마셨다.

"아니요, 15퍼센트! 바이바이!" 내 뒤로 문이 닫힌다. 앞으로 껑충 뛰어 엘리베이터 버튼을 누르고, 홀 앤 오츠의 노래를 흥얼거리기 시작했다.

'그녀는 여우……'

엘리베이터가 절거덕 소리를 내며 빠르게 통로를 내려온다.

'…해도 너무하지……'

아무 일도 일어나지 않았다.

맙소사. 지나쳤나? 해도 너무한 건가? 덜컹덜컹 엘리베이터가 올라오는 소리가 점점 더 커진다. 초록색 불빛이 꺼진다. 엘리베이터가 몸서리를 친 다음 정지한다. 천천히, 신음 소리를 내며 문이 열렸다. 오토바이 배달원이 좁은 공간 안쪽에서 있다. 귀에 꽂은 이어폰에서 금속성 비트가 흘러나왔다.

그가 이어폰 하나를 빼고 말했다.

"탈 거에요?"

"음……."

"타요, 안 타요?"

해도 너무했다. 문이 닫히기 시작한다. 발을 불쑥 내밀자 문이 다시 열린다. 안으로 들어갔다.

"젠장!" 나는 주먹으로 벽을 연거푸 두드렸다. "젠장, 젠장, 젠장!"

"내려갑니다."

그가 다시 이어폰을 꽂았다. 트레이시 채프먼의 목소리가

들린다. 목구멍 깊은 곳이 오그라드는 느낌을 애써 무시하며
닫힘 버튼을 누르려고 손을 뻗는 순간 바이런이 외쳤다.

"15퍼센트, 1년 후 재협상. 그게 내 최종 제안이야!"

그래, 바로 이거야! 내가 생긋 웃으며 주먹 쥔 손을 위아래로
흔들었다. 오토바이 배달원이 손을 들었다. 그와 하이파이브
를 한 뒤 엘리베이터에서 내렸다.

"좋아요." 내가 차분하게 말을 건넸다.

"어디에 사인할까요?"

제8장

안녕! 내 이름은 백치 미인이야

나는 에이전시 입구 밖으로 뛰어나와 하늘로 껑충 뛰어올랐다. **내가 해냈어! 세상에서 가장 까다로운 모델 시장인 뉴욕시에서 에이전트를 구한 거야!**

세상에서 가장 까다로운 모델 시장… 루이스는 그렇게 말했어. 나는 또 다시 찌를 듯한 배신의 아픔을 느꼈다. 어쩌면 내 자신의 어리석음을 깨달은 데서 오는 고통일지도 모른다. 루이스가 나를 이용해 마더 에이전트라는 명목으로 중개 수수료를 받고 있다고는 한 번도 생각해 보지 않았다. **정말 멍청하기도 하지. 그가 사진 잘 받는 모델에게 좋은 에이전트를 소개해 주는 패션계의 자선사업가라도 된다고 생각했던 걸까?** 하지만 난 그에게 제대로 보여주었다. 내게는 15퍼센트의 최저 커미션을 받는 에이전트가 필요하다는 사실을!

나는 정신없이 들떠 있었다. 반대편에서 걸어오는 사람들과 계속해서 부딪쳤다. **이크!** 소매가 짧은 세로줄무늬 셔츠를 입고 불룩한 서류 가방을 든 남자, 닥스훈트 입에 물병을 물리고 있는 사람, 이젤을 나르고 있는 두 소녀. 나는 사람들에게 계속 미안하단 말을 하며 걸었다.

하지만 이제 정신을 차려야 했다. 학교에 늦었으니까.

18번 거리와 6번가가 교차하는 블록 끝에서 표시등을 켜고 (탑승이 가능하다는 뜻임을 루이스에게서 배웠다) 서서히 속도를 올리며 달려오는 택시를 향해 손을 들었다.

부우웅.

그러나 택시는 나를 지나갔다. 좋아. **저 멀리서 또 다른 택시가 오고 있으니까.**

부우웅.

이번에도 소용없었다.

이때 한 여자가 쓰레기통과 채소배달 화물차 사이로 날쎄게 돌진하며 "택—시이!"하고 외쳤다. 그 여자는 놀랍게도 식료품 봉지 두 개와 핸드백, 어린이용 노란 배낭을 들고, 한 아이의 손을 붙잡고 있었다. 여자의 오른편 멀리서 택시 한 대가 차도를 대각선으로 가로질러 그녀 앞에 끼익하고 멈춰 선다. 여자와 아이는 택시를 타고 금세 사라진다.

흠, 좋아. 더 크게, 더 가까이서 부를 것. 나는 좀전의 여자가 했던 대로 차도 위에 발을 내디뎠다. **어마나.** 자동차들이 스칠 듯 내 옆을 지나갔다. 나는 팔을 들어 손을 쫙 펴고, 맨해튼에서의 첫 함성을 질렀다.

"택—씨이커커커커컥!!!"

갑자기 뭔가가 내 엉덩이를 매우 세게 쳤다. 나는 몸이 앞으로 밀리는 것을 느끼며 고꾸라졌다. 정신을 차려보니 손바닥과 뺨이 납작하게 눌린 채 채소배달 화물차 보닛 위로 엎어져 있었다. 아마도 볼썽사납고 덩치만 큰 보닛 장식물처럼 보였을 것이다. 곧이어 누군가 소리를 질렀다.

"아주 나빠 당신! 당신 아주 나빠!"

으윽. 머리를 돌리자 화가 잔뜩 난 중국인 남자가 코앞에서 노려보고 있다.

"당신 내 앞에 왔어. 그래서 나 당신 쳤어!" 그는 나와 코를 맞대면서 계속 고함을 쳤다. "당신 아주 나빠!"

"미안… 미안해요." 나는 더듬더듬 말했다. **이 사람은 대체 어디서 나타난 거지? 어떻게 못 볼 수가 있담?** 손으로 바닥을 짚고 몸을 일어나려는데 움직일 수가 없었다. 고개를 내려 보니 자전거 타이어와 비틀린 금속 덩어리가 보였다. 김이 모락모락 나는 음식 덩어리들이 길거리에 흩어져 있고, 갈색의 끈적한 물질이 내 허벅지 아래로 흘러내렸다.

"아주 나빠." 중국인 남자가 다시 말했다.

길을 가던 한 여자는 깜짝 놀라 비명을 질렀다. 사람들의 관심은 참으로 감동적이었다. 나는 자전거와 뒤범벅이 된 음식물을 피하려고 조심하며 일어났다. 사람들은 가던 길을 멈추고서는 구경한다. 그중에 머리가 곱슬곱슬한 여자가 다른 물건을 사고 공짜로 받은 것처럼 보이는 조잡한 토트백을 흔들며 중국인 남자에게 날카롭게 소리쳤다. 조금 전에 비명 소리를 낸 여자였다.

"당신이 길을 잘못 가고 있었잖아요! 게다가 지금 이 아가씨는 제너럴 조 치킨을 뒤집어쓰고 있어요!"

치킨? 이게 어떻게 치킨으로 보이지? 그리고 제너럴 조는 또 누구야? 나는 모두 이해할 수 없었다. 잠시 후 중국인 배달부는 등을 돌린 채 보도를 따라 자전거를 끌고 움직이기 시작했다. 그 모습이 안쓰러워 보였다. 어쨌든 내가 조심해야 했다.

"미안해요!" 내가 마지막으로 힘껏 소리쳤다. "정말 미안해요!"

그는 나를 돌아보며 여전히 오만상을 찌푸리며 말했다.

"당신 아주 나빠!"

마침내 나는 택시를 불러 세웠다. 차에 올라타 차문을 탕하고 닫자마자 택시는 속도를 내며 출발했다. 타이어에 밟혀 엉망이 된 음식물들을 뒤로 하고, 택시는 북쪽으로 향한다.

* * *

내가 컬럼비아 대학을 택한 건 바로 두 가지 장점 때문이었다. 아이비리그에 속하고, 뉴욕시에 위치해 있다는 것. 하지만 엄밀히 말하자면 이건 사실이 아니다. 로스앤젤레스에서 무심코 말했듯이, 나는 하버드 대학과 브라운 대학에도 지원했지만 떨어졌다. 하지만 그 얇은 불합격 통지서를 받고도 전혀 걱정하지 않았다. 오히려 안도했다. 뉴잉글랜드(뉴욕시 북쪽의 코네티컷, 메인, 매사추세츠, 뉴햄프셔, 로드아일랜드, 버몬트 지역을 의미—옮긴이) 위쪽은 너무 춥고 멀어서 내게는 맞지 않았던 것이다. 나는 가까운 지역에 있는 다른 대학에 가는 게 더 좋을 거라고 스스로 합리화했다.

나는 천 명이 약간 넘는 1992년의 컬럼비아 대학생들 속에 나는 서 있었다. 택시에서 내려 116번가와 브로드웨이의 인도에 들어서자 온통 주위에 컬럼비아대생들이 있는 듯했다. 그들은 가방에 책을 잔뜩 넣고, 피자나 우유 상자, 매트리스 또는 할로겐램프를 옮기는 중이었다.

한쪽에서는 사진찍고, 포옹하고, 부모와 작별 인사를 나누며 눈물을 글썽이는 학생들의 모습이 보였다. 그린피스에서부터 폴로까지 다양한 셔츠에 반바지나 군복 바지를 매치시켜 입은 대학생들.

올즈모바일 커틀라스(제너럴 모터스의 자동차—옮긴이)의 창유리에 내 모습을 살짝 비춰보았다. **아, 이런.** 오전 6시에 헤어 스프레이 4분의 1통을 사용해 한껏 세워 부풀린 머리는 기만 약간 죽었을 뿐, 곧장 스튜디오 54로 촬영을 하러 가도 될 정도였다. 라인스톤이 박힌 커다란 파란색 링 귀걸이를 여전히 걸고, 입술을 두툼해 보이게 하려 칠한 립 라인과 립글로스를 포함해서 메이크업 대부분이 그대로였다. 게다가 갈색 얼룩이 진 흰 린넨 블레이저코트를 벗고 나니, 어깨와 허벅지가 다 드러나는 줄무늬 미니드레스에 스택 힐(빛깔이 다른 층을 겹쳐 만든 구두 힐―옮긴이)로 된 청색 부츠를 신고 있다. 말하자면 바비 인형의 꼴사나운 쌍둥이 같은 모습이다.

젠장. 심장이 세차게 뛰고, 체한 것처럼 속이 불편했다. 또다시 주변 사람과는 다른 별종, 과거의 치즈 커드보다도 싸구려로 보이는 별종이 되고 말았다. **무슨 생각으로 온 거지? 그렇게 안 늦으려고 했어도 결국 이렇게 늦게 될 것을! 왜 로얄톤 호텔에 들러서 옷을 갈아입지 않았을까? 왜? 왜?**

젠장. 젠장. 젠장. 캠퍼스 쪽으로 몸을 돌리는 순간, 닳아 해진 짧은 데님 바지에 듀카 키스 '88 티셔츠(1988년 민주당 대선 후보 마이클 듀카키스, 이 선거에서 공화당 조지 부시가 대통령으로 당선―옮긴이)를 입고 있는 여학생의 모습이 보였다. 그녀는 이미 다른 광고지들로 뒤덮인 가로등 기둥에 그 민주당 후보의 뉴욕시 방문을 알리는 전단지를 붙이고 있다. 그녀가 내 다리를 힐끗 보고는 비웃는 것만 같다.

아니, 비웃었다. 틀림없이. 나는 시계를 봤다. 신입생 행사는 45분 전에 시작됐고, 2시간 예정이므로, 시내로 50블록 넘어갔다가 다시 돌아온다는 것은… 무의미했다.

바트 심슨 티셔츠를 입은 남학생이 내 다리를 훔쳐본다. 홀치기염색을 한 옷을 입은 여학생이 내 청색 부츠를 흘겨본다. 심장 박동이 계속 빨라진다. **진정해, 에밀리. 진정해. 그저 옷차림 때문이니 겁먹지 마. 기숙사 열쇠를 받아서 곧장 내 방으로 가는 거야. 어쩌면 집에서 보낸 짐이 도착했을지 몰라. 룸메이트나… 같은 층에 있는 사람한테 운동복을 빌릴 수도 있어. 괜찮아질 거야. 정말로.**

현수막 밑으로 살금살금 몸을 피한 후, 화살표를 따라 흰색 대형 천막을 친 곳에 이르렀다. 신입생들이 이름 순으로 줄을 서 있었다. 나는 이름이 M에서 Z로 시작하는 신입생들 줄에 섰다. 그리고 5분 뒤에는 벙 열쇠를 받기 위해 케이트라는 여자와 마주하게 되었다.

"안녕하세요, 저는…."

케이트가 조용히 하라는 신호로 입술에 손가락을 대고 천막 한쪽을 들어올렸다. 이따금 윙 하고 마이크가 울려댔고 수많은 사람들이 그 소리를 들으며 서 있었다.

"자, 그럼 다음은 누구를 만나볼까요?" 중저음의 목소리를 지닌 사회자는 의기양양하게 말했다.

"성이 뭐야?" 케이트가 물었다.

그녀의 티셔츠에 흰 글씨로 '셔우드 고등학교 우등생'이라는 글자가 흐릿하게 쓰여 있다.

"우즈, 에밀리 우즈."

나는 대답했다. 그녀는 "1015B…"라고 중얼거리며 내 이름에 표시를 한 뒤, 서류꽂이 쪽으로 의자를 돌렸다.

"포킵시에서. 온 켈리였습니다!"

밖에서는 사람들이 박수를 쳤다. 나는 천막 밖으로 목을 빼고 그 광경을 내다보았다.

"이상하네." 케이트가 다시 중얼거렸다.

나는 고개를 다시 케이트쪽으로 돌렸다.

"무슨 일이에요?"

"열쇠가 없어."

"열쇠가요?"

"쉬!"

1015라고 표시된 얇은 황갈색 서류철은 이미 뒤집어져 있었다. 케이트는 서류철을 이리저리 살펴더니 맨 앞부분을 자세히 본다.

"1015A 세레나 베커멜, 체크. 1015B 모히니 싱, 체크. 음… 열쇠가 두 개밖에 없었나? 내가 실수로 네 열쇠를 둘 중 한 명에게 준 거 아닌지 모르겠다. 확실하진 않지만." 그녀가 밝은 목소리로 말을 이었다. "룸메이트한테 오늘밤만 들여보내달라고 해. 내일 경비실에 가서 네 학생증을 보여주면 열쇠를 복사해 줄 거야."

이런, 안 돼, 안 돼……

"이봐요, 난 지금 내 방에 가야 해요." 나는 단호한 목소리로 말했다. "이건 아주 중요한 일이라고요."

"그럼 이따 데려다 줄게. 신입생 소개가 거의 끝나가니까……."

"언제요?"

나는 몸을 앞으로 내밀었다. 케이트는 도망가듯 뒤로 몸을 젖혔다.

"알았어. 도나가 도와줄 거야." 그녀가 졌다는 듯 탁자 위에 두 손을 올리며 말했다. "도나! 도나! 에밀리 우즈야, 1015B에 데려다 줘."

천막 주위에 서 있는 여학생은 계속 못 알아듣고 귀에 손을 갖다 댔다.

나는 도나에게 걸어가 직접 내 이름을 이야기했다. 그녀는 천천히 명단을 훑고는 나를 데리고 천막 밖으로 나왔다. 비로소 주변 상황이 어떻게 돌아가는지 알 수 있었다. 적어도 200명은 되어 보이는 학생들이 아담한 안마당에 모여 마이크를 잡고 있는 남자에게 주의를 집중하고 있었다.

"여러분, 418호의 아주 멋진 4인조를 소개합니다. 브래드, 주안, 아니루다, 랜디!" 작은 박수 소리가 이어졌다.

"사회자 괜찮지 않아? 제드는 우리 학교 라디오 방송국 디

제이야." 도나가 감탄하며 말했다. "아, 1015라고 했지? 이
런 제길! 벌써 다 왔네."

"제길." 나도 따라하며 빨리 방으로 들어가고 싶다고 말했다.

도나는 빈 이름표를 하나 꺼내서 에밀리 W.라고 큼직하게
적었다.

"어디 앉아 있어." 그녀가 이름표를 건네며 말했다. "1분
있으면 들어갈 수 있을 거야."

"정말요?"

"물론이지."

나는 기뻐서 그녀를 꼭 껴안다시피 했다.

"저기 앉아 있으면 되겠네. 곧 알려 줄게."

도나는 잔디밭의 빈자리를 가리켰다. 뒤쪽은 아니지만…
어쨌든 비어 있는 자리였다. 학생들 사이를 미끄러지듯 지나
그쪽으로 살금살금 다가갔다. 모든 이들이 나를 의심스럽게
쳐다보는 것 같다. 나는 잔디밭에 주저앉으며 안도의 한숨을
내쉬었다. **나는 지금 노이로제에 걸려 있는 거야. 다 잘 될 거야.**

박수 소리가 터져 나왔다.

"고마워요, 아니루다!" 제드가 말한다. "자, 여러분! 소개
를 모두 마쳤으니, 이제 인사를 나눌 차례죠? 소다수를 포함
해 여러 가지 음료수가 마련되어 있습니다. 뒤쪽에는 컬럼비
아가 자랑하는 킬러 비지스가 대기하고 있고요. 부모님에겐
비밀로 하는 것 잊지마세요. 시그마 뉴(미국과 캐나다에 지부를

둔 남자 대학생 클럽―옮긴이)에서 후원한 케그Keg(맥주 공급에 쓰이는 20~40리터짜리 캔―옮긴이)도 준비…….”

“잠깐만!” 도나가 손을 들고 큰 소리로 말했다. “한 명 더 있어요!”

안 돼.

제드가 손을 들어올린다.

“잠깐만요, 여러분. 한 사람이 더 있답니다.”

학생들이 불만을 터뜨리더니 한 목소리로 외쳤다.

“케그! 케그! 케그! 케…….”

“에밀리 우즈! 1015!” 도나가 소리친다.

안 돼. 이건 꿈이야!

“케그! 케그! 케그! 케…….”

“잠시만 조용히 해 주세요! 지각생 에밀리 우즈, 어디 있죠?”

“여기에요!” 도나가 외친다.

영화를 보다보면 화면이 느려지면서 흐려지고, 뭔가가 지나가듯 쉭쉭거리는 잡음과 마치 자바더헛(《스타워즈》 시리즈 〈제다이의 귀환〉에서 범죄의 제왕으로 등장하는 뚱뚱한 외계인―옮긴이)의 말처럼 알아들을 수 없는 소리 말고는 아무 말도 들리지 않는 때가 있다. 그러나 안타깝게도 현실에서는 모든 게 크리스털처럼 투명할 뿐이다. 제드의 바보 같은 멘트에 2백여 명의 사람들이 일제히 원망하는 눈빛을 보내며, 어서 끝내라고 재촉하고 있었다. 그래야 파티를 즐길 수 있을테니까. 도나가 나를 일으켜 세우려고 몸을 숙였다.

그녀가 내 손목을 잡아 끌었는데, 이 때문에 가방끈에 발이 걸려 앞으로 엎어질 뻔했다. 몸이 앞으로 쏠리자 미니드레스가 위로 치켜 올라갔다. 나는 얼른 드레스 자락을 잡고 아래로 끌어내렸다. **아무도 못 봤을 거야.**

"봤어? 화요일이라고 씌어 있어!"

"엉덩이를 왜 보이는 거야?"

맙소사. 맙소사. 얼굴이 달아올라 화끈거린다. 옷단을 다시 한 번 아래로 잡아끈다. **안에 뭘 입었지? 크리스티나가 장난삼아 내게 준, 요일 팬티? 그런가?**

"금요일이야!" 누군가 소리친다.

맞구나.

"금요일! 금요일! 금요일!……."

아, 차라리 죽는 게 나아.

"조용히 하세요, 여러분! 여기 1015호의 에밀리를 소개합니다!" 제드가 큰 소리로 말하고 내게 마이크를 넘겼다.

나는 떨리는 손으로 마이크를 받아들었다.

"에밀리 우즈예요. 제 고향은……."

"금요일! 금요일! 금요일!……."

"오클라호마!" 부분적으로 머리를 민 여자애가 그렇게 외쳤다. 몇몇 학생들이 낄낄 웃으며 손뼉을 친다.

"위스콘신에서 왔어요." 그렇게 말하곤 무대에서 내려가기 위해 급히 걸음을 내딛었다.

"워워, 잠시만요!" 제드가 나를 홱 잡아끈다. "그렇게 서두르지 말아요, 친구! 적어도 한 가지 얘기는 해주고 가야죠. 올여름 어떻게 지내고 있어요?"

수많은 사람들이 호기심 어린 눈으로 나를 보고 있었다. 나는 차마 눈썹을 뽑고, 다이어트를 하고, 스틸레토 힐을 신은 채 여름을 보내고 있다는 이야기를 할 수는 없었다.

"패, 패션 쪽 일을 하고 있어요." 겨우 대답을 했다.

"그래서 그런 부츠를 신고 있군요. 고마워요, 에밀리. 자, 여러분, 이제 모두 기다리던 시간이 왔습니다!"

사람들은 환영 파티 장소로 미친 듯이 달려갔다. 한동안 나는 그 자리에 멍하게 서 있다가 앉아 있던 곳으로 돌아갔다. 나는 그들에게 별종 동기생이었다. 첫인상을 바꿀 두 번째 기회는 결코 오지 않을 것이다. 그것만큼은 확실히 알고 있다. **완벽해, 에밀리.** 가방에서 에비앙 생수를 꺼내 벌컥벌컥 들이켰다.

"더 센 게 필요할 텐데?" 누군가 끈적끈적하고 느린 목소리로 말했다.

깜짝 놀라 내 입은 O자 모양이 되었다. 180센티미터 키에 90킬로그램 가까이 돼 보이는 덩치가 백금색 머리를 하고 있었다. 자홍색 옷깃 안으로는 대담한 오렌지색 실크 스카프가

보인다. 빨강, 초록, 파랑 크리스털로 장식된 핑크색 샌들을
신고 나오는 비교가 안 될 만큼 짙은 화장을 했다. 몸에 뿌린
지오르지오 비벌리힐스 향수는 비벌리힐스에 거주하는 시민
들 모두가 맡을 수 있을 것만 같았다. 그녀는 나중에 자신을
머리가 금발인 것만 빼면 델타 버크(1956년생, 미국 배우—옮긴
이)라고 평했지만, 그녀를 표현하기에 그것만으론 부족하다.

"난 조든이야. 917B. 아래층이지." 그녀가 작은 와일드터
키 위스키 병을 건네며 말했다.

"에밀리라고 해. 1015B."

"그렇게 들었어."

나는 위스키 병을 받아들었다.

"아직 내 방에 못 들어갔어." 뚜껑을 돌려 따면서 말했다.
"지금 들어갈 거야." 하지만 나는 자리에서 일어날 생각을 않
고 있다.

"뭐 하러 지금 방에 가?"

나는 위스키를 길게 쭉 들이켠 다음, 손가락으로 나를 가리
켜보였다.

조든은 콧방귀를 뀠다.

"뭐야, 그 작달막한 펑크걸이 오클라호마 출신이라고 한 말
때문에? 자기는 머리 한쪽을 뾰족하게 세워놓고 다른 사람
패션을 흠잡는 건 말이 안 되지. 내 눈엔 네가 근사해 보이는
데!"

"고마워."

아이스캔디 상자에서 색감의 힌트를 얻는 사람이라면 믿을 만한 패션 비평가가 될 수 없다. 대개는 말이다. 하지만 그런 사람이라도 내 편을 들어주면 기분은 좋다.

"게다가 그 옷으로 인상 하나는 확실히 심어놨잖아. 이제 와서 갈아입을 필요가 뭐있어?" 그녀가 덧붙인다.

나는 잠시 놀란 표정을 하다가 소리 내어 웃었다. 조든도 따라 웃었다.

"917B라고 했지?"

나는 다시 한 번 물었다.

"응. 까먹지 마, 엠마 리." 조든이 씩 웃으며 대답했다. "내가 너의 유일한 친구일지 모르니까."

*　*　*

룸 미팅
토요일 오후 5시
늦지 말 것!!!

"좋아, 얘들아!" 세레나가 노란 메모장에서 눈을 떼고 모히니와 나를 정확히 1.5초 동안 차례대로 바라본다. "시간을 지켜줘서 기뻐."

223

"우리 방이잖아." 모히니가 지적한다.

"기숙사 생활의 첫 주가 지나고 있어." 세레나가 침착하게 말을 이었다. "빨리 우리 방 인테리어에 대해 상의해야 하지 않을까? 좀더 편리하게 사용하는 쪽으로 말이야."

내 룸메이트들은 고등학교 졸업식에서 고별 연설을 맡은 대표들이었다. 게다가 세레나는 반에서 반장이었기에 조직생활이 자연스럽게 몸에 배어 있다. 우리 세 사람은 방을 함께 꾸미기로 하고 세레나의 기증품을 구경했다. 베르사유에서 직접 수송된 것처럼 보이는 금색과 옅은 푸른색의 베르제르 의자(팔걸이와 시트 사이에 천을 댄 안락의자ㅡ옮긴이) 한 쌍이었다. 실제로는 롱아일랜드(뉴욕주 남동부의 섬ㅡ옮긴이) 사우스햄튼의 별장에서 가져왔는데, 세레나의 어머니가 고용한 실내 장식가가 제외시켜 이곳으로 오게 되었다. 모히니도 진한 황록색 빈백 의자(스티로폼 알갱이로 속을 채운 커다란 공 모양의 의자ㅡ옮긴이) 한 쌍을 가져왔다. 그렇다면 내 기증품은? 없다. 비행기에 싣고 올 만한 게 아무것도 없었고, 배편으로 부치는 건 너무 비쌌다.

"그러니까 베르제르냐, 빈백이냐가 문제인 거네." 세레나가 중얼거렸다.

우리들은 티셔츠만 맞춰 입지 않았다 뿐이지 캠퍼스를 서로 꼭 붙어 돌아다니며 단체정신을 드러내는 다른 신입생 룸메이트들과는 전혀 달랐다. 말하자면 삼각형의 세 꼭짓점만큼 서로 멀리 떨어져 있는 사이라고나 할까?

1015B의 룸메이트 모히니 싱부터 이야기를 시작하자. 모히니는 케이프 커내버럴(플로리다 반도 동쪽 연안의 곶. 항공우주국 기지, 미사일 실험장 위치—옮긴이)에서 왔다. 그녀의 아버지는 열여섯 살이라는 '성숙한' 나이에 편자브(인도 북부와 파키스탄 중북부 지역—옮긴이) 대학을 졸업하고, 곧이어 미항공우주국 NASA에서 일하기 시작했다. 부전여전이라고, 모히나는 기숙사에 들어오자마자 《핀치Pinch 테크놀로지의 이해》와 《현대 열역학》 같은 자신이 즐겨 읽는 서적들로 책장을 금세 빼곡히 채워버렸다. 나는 그중에서 《간단한 편도함수》가 마음에 들었다.

내가 책상위에 펼쳐진 책 제목을 보고 어떻게 이런 어려운 책을 읽냐고 묻자, 그 애는 "실제로는 정말 쉬워" 하고 대답했다. 모히니는 광부들이 이마에 쓰는 헤드램프를 쓰고 그 책을 새벽까지 탐독하고 말했다.

"편도함수는 쉽게 말해서 하나의 독립 변수를 갖는 도함수야. n차원 미적분학에 편리하지."

그렇군.

공동 이용 공간 건너편에 세레나 베커멜의 방이 있다. 그로턴(코네티컷 주 남동부의 도시—옮긴이) 고등학교 동창들은 그녀를 픽시(장난을 좋아하는 작은 요정을 뜻함—옮긴이)라고 부른다. 아마도 세레나가 자그마한 몸집에 장난꾸러기 같은 기질을 보이기 때문인 것 같다. 기숙사에서 세레나와는 마주 칠 기회는 거의 없었다. 일주일 내내 자신의 방으로 쪼르르 들어가서는 유명 디자이너의 신발로 갈아 신고, 다시 휘리릭 문 밖으로 나가는 일만 되풀이했기 때문이다. 세레나는 맨해튼 출신이다.

"그래서 말인데……." 세레나가 우리와 눈을 맞추기 위해 검고 윤기 흐르는 단발머리를 귀 뒤로 넘긴다. "둘 중에 하나를 선택하자, 어때?"

"난 빈백이 좋아." 모히니가 빈백 의자에 퐁당 뛰어들며 말했다.

세레나의 이마에 아주 미세한 주름이 번졌다.

"그래? 유감이네. 베르제르가 공간을 덜 차지하고, 허리를 훨씬 더 편하게 받쳐주는데 말이야."

내가 손으로 베르제르의 나뭇결을 쓸어내리며 말했다.

"예뻐……."

"그렇지? 엄마가 거실에 걸어놓은 오뷔(화려한 태피스트리 벽걸이—옮긴이)와 무늬를 맞춘 거야. 그것도 가져오려고 했는데 알베르토가……."

그때 갑자기 누군가 문을 탕탕 두드렸다. 세레나가 마음을 가라앉히고 문을 열었다. 보나마나 고등학교 기숙사 생활이 얼마나 더 좋았는지 늘어놓으려는 세레나의 동창일 거다. 가만, 그런데 목소리가 굵고 탁하다. 남자다.

"여기가 에밀리 방인가요?"

"에……."

세레나의 당황한 얼굴 뒤로, 네 남자의 얼굴이 불쑥 나타난다. 모두 안을 들여다보기 위해 목을 길게 빼고 있다.

나는 문 쪽으로 걸어가 말했다.

"내가 에밀린데요."

"난 케빈이야." 앞장 선 남학생이 말한다. "학교생활은 어때?"

"좋아요."

대답을 하기는 하지만, 사실 어리둥절하기만 했다. 케빈 뒤에 있는 세 남학생을 홀끗 쳐다보았다. 계단과 층계참에는 더 많은 남학생들이 북적거리며 서 있었다.

케빈이 두툼한 손을 내밀었다.

"네 오빠 토미의 친구야. 이번 여름에 미식축구 캠프에서 만났지. 난 컬럼비아 미식축구팀에서 수비 태클을 맡고 있어."

"멋지네요." 내가 조심조심 대답했다. **하지만 여전히 이해가 안 된다. 그 말을 하려고 모든 선수들을 데리고 오지는 않았을 텐데.**

"그런데 에밀리……." 케빈이 문을 발로 막고 선다. "토미 말이 네가 모델이라고 하던데."

이어지는 침묵.

신입생 행사 이후 나는 유명 디자이너 의상들을 양장 커버

속에 고이 접어 모셔두고, 갭과 베네통 숍에 들렀다. 메이크
업도 하지 않고, 머리는 뒤로 질끈 묶었다. 어떤 패션 일을 하
고 있는지 질문을 받으면, '여기저기 돌아다니는 인턴사원'이
라고 대답했다. 말하자면, 팬티에 적힌 요일로 불리는 여학생
으로서 스스로를 구원하기 위해 모든 노력을 기울이고 있는
중이었다. 내가 모델이라는 사실은, 구차하지만 나만이 알고
있어야 하는 작은 비밀이라고 확신했는데……. 이젠 틀렸다.

"그게 사실이야?" 케빈이 다시 물었다.

나는 고개를 끄덕였다. 이 대답에 케빈이 정신을 차리는 데
에 약간의 시간이 걸렸다. 케빈은 내가 《스포츠 일러스트레이
티드》를 장식한 수영복 표지 모델이라도 되는 것처럼 내 벗은
몸을 상상하느라 바빴다.

"대단한데. 포트폴리오를 좀 볼 수 있을까?" 마침내 그가
말한다.

내 포트폴리오?

"여기에 없어요." 거짓말을 한다.

"그럼 다른 모델 사진이라도."

"없어요."

"한 장도?"

"네."

"폴라로이드 사진 한 장도?"

"네."

"명함은?"

명함? 내 명함은 가져다 뭐하려고?

"없어요."

"그러면… 혹시 나중에라도?"

재키 오나 그레이스 켈리 같은 고상한 미인이라면 미식축구 선수들의 요구를 부드럽게 교태 섞인 태도로 거절하리라. 고개를 끄덕이며 자리를 뜨면서 "에밀리 재, 정말 최고야"라고 말할 수 있도록 말이다. 그들이라면 미식축구 시합에서도 팬이 되어 소리 내어 응원하며 손을 흔들겠지만, 나는 특별히 예약된 좌석에 앉아 미소만 지을 것이다.

나는 그런 고상한 미인은 못 된다.

"나중에도 없을 거예요." 대답을 마치고 재빨리 문을 탕하고 소리 나게 닫았다.

한동안 이어지던 침묵을 깬 사람은 세레나다.

"그러니까 네가 모델이란 말이야?"

"패션모델?" 이번엔 모히니가 묻는다.

나는 미식축구에 대해 떠들기 시작했다. 44연패라는 기록을 수립한 팀이 무엇보다 집중해서 들여다봐야 하는 책이 어째서 플레이북(공격과 수비 포메이션을 수록한 책―옮긴이)인지에 대해서. 하지만 컬럼비아 선수진과 부상당한 타이트엔드 선수들에 대한 이야기 그리고 여기 오기 전 오빠에게서 귀에 못이 박힐 정도로 들은 다른 이야기로 주의를 돌리려 했지만,

룸메이트들은 내 모델 일에 관해 이야기하고 싶어 했다. 결국 내가 항복했다.

"좋아, 물어 봐."

"사진이야, 런웨이야?" 세레나가 물었다.

"둘 다. 그런데 미국 중서부에는 런웨이에 설 기회가 그렇게 많지 않아. 여기선 어떻게 될지 모르겠지만."

"그 옷들로 다 뭘 해?" 모히니가 묻는다.

"옷을 가질 수는 없어."

그걸 비극이라고 할 수는 없다. 한 사람에게 파스텔 색상의 트레이닝복이 얼마나 많이 필요할까?

모히니가 얼굴을 찡그렸다.

"하나도 못 갖는단 말이야?"

그렇기는 하지만 사실 특전이 상당하다. 범블 앤 범블, 프레더릭 페카이 같은 살롱에서 커트와 부분 염색이나 탈색을 팁 가격으로 할 수 있고, 일급 헬스클럽은 입회비 면제에 월 이용료를 할인해 주며, 유명 디자이너 부티크에서 10~15퍼센트 상시 할인, 최신 유행 레스토랑에서는 무료 음식과 음료를 제공받는다.

"몇 가지 대우를 받긴 해." 나는 짧게 대답했다.

"그리고 시내 나이트클럽은 다른 사람들처럼 길게 줄 서지 않고 바로 입장하고 말이지?" 세레나가 오래전부터 그런 일을 목격해 온 뉴요커 마냥 내 말에 길게 호응한다. 아직 나는 그런 경험을 하지 못했다.

"다이어트 해야 해?"

모히니가 호기심 어린 눈을 크게 뜨며 묻는다. 매일 밤늦도록 공부하면서 밤참을 먹어 치우는데도, 이 신동 룸메이트는 두꺼운 올빼미 안경을 쓰고서도 45킬로그램이 채 나가지 않는다.

"안타깝지만."

말이 나오기가 무섭게 인테리어 문제에 관해 열띤 토론을 벌였으니 지금 당장 뭘 좀 먹어야 한다는 데 서로 의견이 일치했다. 우리는 피자를 주문했다. 어슬렁거리던 조든도 피자 파티에 끼어들었다. 내 룸메이트들이 그녀에게 내가 모델이라고 말해주었다.

"에밀리, 우린 미식축구 선수들이 아니잖아." 조든이 말했다. "네 포트폴리오, 보여줄 수 없어?"

"안 돼."

"그럼 포즈라도 취해 봐."

"포트폴리오를 보여주는 관계가 아니라면 포즈 또한 취하지 않는 법이야."

"나도 전에 모델을 한 적이 있어. 우리 엄마 여름 자선 행사에서……." 세레나가 먹다 남긴 피자 조각을 던지고 냅킨을 돌돌 뭉쳐 쥐며 말했다.

"내가 맞춰볼게, 리나. 사우샘프턴이지?" 불쑥 끼어든 조든의 말에 세레나가 놀라서 외쳤다.

"세상에, 실례잖아!"

우리는 순간 얼어붙은 것처럼 꼼짝 하지 못했다.

"날 리나라고 부르는 사람 본 적 있어? 세레나라고도 안 불러! 내 얼굴이 말처럼 그렇게 길어? 부탁이야, 앞으로는 나를 꼭 픽시라고 불러줘! 아, 그건 그렇고, 우리 엄마는 런웨이 전문가를 고용해서 내게 걷는 법을 가르치게 했어. 이렇게……."

픽시가 갑자기 벌떡 일어나는 바람에 피자 상자가 뒤집어졌다. 그녀는 미끄러지듯 뽐내며 걷다가 한 바퀴 빙그르르 돌았다. 진지한 표정과 쏙 집어넣은 뺨을 보고 우리 셋은 폭소를 터뜨렸다.

"웃지 마! 나도 키가 작다는 거 알아."

그녀는 우리가 웃는 진짜 이유를 알지 못했다.

"그래도 힐을 신으면 훨씬 나아. 정말로 높은 걸로 말이야. 잠깐만."

픽시가 방으로 달려가더니 하이힐 한 켤레를 들고 돌아왔다. 곧이어 다른 물건들이 더해졌는데, 자신의 액세서리함—벽장이나 서랍장 같은 것으로는 턱없이 부족해서—에서 가지고 온 몇 개의 가발과 선글라스를 하이힐 옆에 내려놓았다. 조든은 와일드터키 병을 가져온 후 메이크업을 했다. 모히니가 광부 헬멧을 썼기에, 우리는 모히니에게 내게 있는 흰 프레드릭스

오브 할리우드 점프슈트를 입히기로 결정했다. 돌리 파튼(미
국의 컨트리 가수, 큰 가슴으로 유명하다―옮긴이)의 가슴처럼 보
이도록 안도 채웠다. 우리는 모두 무대에 나설 준비를 마치
고, 모델이 되어 홀을 가로질렀다. 우리가 카르멘 홀에서 처
음으로 연 떠들썩한 파티였다.

"이거 정말 대단한데!"

밤 10시, 픽시가 소리쳤다. 픽시가 빈백 의자 위에서 껑충
껑충 뛰는 바람에 스티로폼 알갱이들이 터져 나와 온 바닥을
휘덮은 것은 물론, 우리 모두의 음료수 잔에까지 들어갔다.

"대단해!"

밤 12시, 조든이 고래고래 고함쳤다. 무지개색 광대가발을
한쪽으로 비스듬히 쓰고는 두 남자 아이들과 함께 흐르는 음
악에 몸을 맡겼다. 남자애들은 자신들이 준비한 블랙 라이트
(어두운 공간을 야광물체처럼 비추는 조명―옮긴이) 속에서, 몸에
착 달라붙는 흰색 사각 팬티만 입고 〈레드, 레드 와인Red Red
Wine(UB40의 곡―옮긴이)〉의 리듬을 따라 위 아래로 머리를
흔들어댔다.

"대단해!"

새벽 4시, 모히니가 절규했다. 점프슈트 차림에 머리엔 헤
드램프, 해골바가지 해적 마크 귀걸이까지 달고 있다. 픽시가
터진 빈백 의자에 알갱이들을 주워 넣는 동안 모히니는 쓰레
기통에 토했다. 그 광경을 보고 나도 토했다. 나중에는 우리

모두가 토했다.

* * *

미식축구 선수들 덕분에 내 비밀은 새어나갔다. **그래, 난 모
델이야. 그게 어쨌다는 거지?** 나는 머리 깨나 쓴다는 아이들로
가득한 캠퍼스에서 누군가 그 사실을 알아주기를 기대하기는
커녕 신경 쓰지도 않았다. 하지만 그로 인해 일어나는 일은
놀라웠다.

누군가 전화번호를 붙인 꽃다발을 현관 앞에 놓아두거나,
얼굴이 발그스레한 합창대원들이 안마당과 구내식당에서 세
레나데를 불러주는 일이 일어났다. 어느 날 저녁에는 버틀러
도서관 열람실까지 찾아와 낭패를 본 적도 있다. 또 한 번은
두 곳의 남학생 사교 클럽에서 전화가 걸려와 무슨 행사인지
도 모르는 로즈 행사에 참석해 줄 수 있겠냐고 물었다. 데이
트 신청과 초대를 거절하고 합창대원들을 피해다녔지만, 완벽
하게 도망칠 수는 없었다.

교정을 벗어나도 상황은 마찬가지였다.

매주 금요일에는 수업이 없기 때문에 모델 일과 관련된 약
속을 잡는다. 10월의 어느 아침, 잡지사《세븐틴》을 찾아가는
데, 한 남자가 나를 따라왔다. 그의 팔에는 신문지에 둘둘 만
장미가 한 아름 안겨 있었다. 빨간 신호등 앞에서 그가 꽃다

발을 내밀며 말했다.

"받아줘……." 그의 나이는 오십대 후반 정도로 보이는데, 머리는 반백이고 얼굴에는 주름이 져 있었다. 입고 있는 양복도 한 번도 옷장에 제대로 넣은 적이 없는지 꼬깃꼬깃했다.

"…제발."

그는 다시 한 번 꽃다발을 들이밀었다.

모든 사람이 이 광경을 지켜보고 있었다. 얼굴이 화끈 달아올랐다. 장미 가시는 아프게 내 턱을 찔러대고 있었다. 나는 뒤로 물러나, 미소를 지어 보이며 꽃다발을 받았다.

"고마워요."

세레나데, 꽃다발. 인기 아닌 인기. 하지만 그게 전부는 아니었다. 언젠가는 인류학을 전공하는 선배라는 사람으로부터 전화가 걸려와 모델 산업에 관한 인터뷰를 하게 되었다. 대화가 시작된 지 몇 분도 채 안 되어 주제가 명백해졌다. 현 패션산업과 19세기 영국에서 벌어진 아동 노동 착취 사이에 '놀라운 유사점'이 존재한다는 것. 내가 그런 견해에 동의하지 않는다고 말한 다음, 오히려 큰 차이점으로 생각되는 부분을 지적하자(나는 성인이며, 돈도 많이 번다), 그는 벌컥 짜증을 내며 내가 '착취 순환구조'의 한 부분에 속해 있다고 말하고는 전화를 끊어 버렸다. 그리고 또 한 번은 파티장에서 난생 처음보는 여학생이 술에 취해 내게 다가와서는, 자기 남자 친구가나를 매력적이라고 생각하기 때문에 내가 몹시 싫다고 고백했다. 그것도 두 번씩이나.

이 얘기는 그만두고 아까의 약속 얘기로 돌아가자. 난 뉴욕의 거리가 어떤 곳이고 그곳에서 벌어지는 일들에 어떻게 대처해야 하는지를 그간 어디서도 배우지 못했다. 지금 난 월스트리트나 42번가 같은 유명한 거리들을 말하는 게 아니라, 좀 더 좁은 거리, 그러니까 인적이 드물고 남자들이 서슴없이 말을 거는 거리를 말한다.

이따금 듣기 좋은 말도 있지만, 대부분 입에 발린 소리들이다. "어이, 예쁜이!", "나 지금 천국에 있는 게 분명해!", "너 때문에 심장마비가!" 더 자주 듣는 말은 내가 화를 내며 반응할 때까지 하는 명령조의 말. "웃어봐!", "아는 척 좀 해!" 아무 대꾸도 하지 않으면, "못된 계집!" 그렇지만 가장 기분 나쁜 건 계속 나를 뒤따라와서 자신들이 내게 하고 싶을 것을 말하는 남자들이다. '언제부터 우리가 그렇고 그런 사이였나'라고 생각하게 만들 정도로 감미롭고 나직한 목소리로 말이다.

그런 남자조차 손에는 장미를 들고 있다. 내가 장미를 받아주기라도 하면 금세 생글거리며, 주위에 있는 한두 사람이 박수를 보낸다. 신호등이 파란불로 바뀌어서 움직이려고 하면, 손을 뻗어 내 블라우스 언저리를 잡아챈다. 옷 끝이 그의 손가락에서 빠져나가면 "못된 계집"이라고 내뱉는다.

아, 피곤한 인기. 이곳에 오기 전, 나는 두 세계를 분리시켜 잘 관리해 나갈 수 있다고 생각했다. 모델 에밀리 우즈와 대학생 에밀리 우즈. 매력적인 사진 촬영을 하다가 아이비리그 강의를 듣기 위해 지하철 승차권과 파일로팩스 다이어리, 교재가 든 가방을 메고 학생으로 변신하는 원더우먼을.

하지만 실제의 삶은 흑과 백으로 나뉘지 않고 위스콘신의 겨울 하늘처럼 회색을 띠고 있다. 그런 나는 '모델 스튜던트'. 모델과 스튜던트 사이에 하이픈은 필요 없다. 말 그대로 '모델 스튜던트'. 그게 현실이다.

제9장
가짜 공주

사람들의 관심을 받지 못하는 유일한 장소는 스튜디오였다. 내가 가장 중요하게 생각하는 그곳에서 아무도 내 포트폴리오에 관심을 갖지 않았다. 아무도.

"아, 그러니까 경력이 없네?" 그들은 이렇게 말했다. "중서부 출신이고, 좋아… 좀더 경험을 쌓은 다음에 다시 찾아와요, 알았죠?"

시카고 같이 작은 시장에서 찍은 테스트 사진을 가지고는 패션의 중심지를 파고들 수 없다. 문제는 그들이 요구하는 기준을 만족시킬 수 있느냐였다. 돌파구는 외국으로 나가는 것. 밀라노와 시드니, 파리 같은 도시들은 모델 한 명당 패션 잡지의 수가 뉴욕보다 훨씬 많다. 따라서 이곳에서 계약하는 모델은 팩토리의 패트릭이 내게 제안한 것처럼 이곳을 떠나야 한다. 1년이나 혹은 2년 정도 머물면서 적당한 곳을 배경으로 사진을 찍어 포트폴리오를 채운다. 벽돌이 깔린 거리에서 에스프레소를 홀짝이는 사진, 파리의 거리를 폼 잡고 걷는 사진, 헝클어진 머리의 연인에게 코를 부비는 사진. 이제 돈 좀 벌고 국제적으로 노는 이국적인 느낌의 멋쟁이가 되어 서둘러 뉴욕으로 돌아온다. 그리고 인생에서 가장 많은 돈을 끌어 모으는 제3의 경력을 시작하게 된다. 알다시피 뉴욕은 포트폴리오를 채우는 곳이 아니라 과시하는 곳이다.

하지만 나는 외국에 나가는 대신 앞으로 4년 동안 컬럼비아 대학에 다니기로 합의했다. 그래서 난 걱정스러운데 바이런은 태평했다.

"우리에겐 작지만 기회라는 창이 있어." 지난 9월 그가 엄지와 검지로 2센티미터 간격을 그려 보이며 말했다. "아직 넌 신인이고, 새로운 얼굴은 사랑받게 마련이야. 게다가 사람들은 자신들이 새 얼굴을 발견했다고 생각하기를 좋아하지. 그런 사람들에게 에밀리 우즈가 뉴욕에서 가장 각광받는 신선한 얼굴이라고 생각하게 만들어야 해. 그러면 모두 맛들이 가서 너한테 달려오게 돼있어."

그 말은 꽤 그럴듯했다.

"그렇게 되지 않으면요?"

바이런이 양 입술에 힘을 주어 대답한다.

"긍정적인 생각!"

"미안해요."

그게 두 달 전 일이다. 그리고 내 별들이 일직선상에 놓여 있지 않다는 결론에 이를 즈음 모든 게 변하기 시작했다. 11월 초 어느 화창한 아침, 나는 쉬크 사무실 안으로 걸어 들어갔다.

무거운 문을 닫자 바이런이 의자에서 벌떡 일어난다.

"에밀리, 인디언 부족의 이름을 대 봐! 위네바고족 밖에 생각이 안나. 근데 그건 아니거든!"

"음, 어디 보자……." 나는 재킷의 지퍼를 내리며 대답했다. 머릿속에서 6학년 사회 교과서가 펼쳐진다. "호피Hopi족… 수Sioux족."

"아니, 아니야."

바이런이 발뒤꿈치를 축으로 삼아 한 바퀴 휙 돌더니 서성대기 시작한다. 그가 걸을 때마다 흰색 포이츠 셔츠(가슴에 레이스가 달리고 소매가 펑퍼짐한 셔츠-옮긴이)가 파도처럼 물결쳤다. 평소에 하는 장신구들과 길고 풍성하게 늘어진 머리칼이 더해져 '할리퀸 로맨스'의 남자 주인공처럼 보였다.

"치페와족? 체로키족?"

"체로키. 체로키가 좋겠어." 그가 만족한 듯 체로키를 되뇌었다. 저스틴과 존도 동의한다는 듯 고개를 끄덕였다. 바이런이 다시 서성대며 말한다. "좋아, 그 다음은 이름."

나는 소파에 소지품을 던져두고 부킹 테이블 쪽으로 갔다. 예전에는 접이식 가구밖에 없던 곳이었는데 그새 많이 변했다. 짙은 갈색 가죽 소파 세트를 마치 카라라 대리석(이탈리아 카라라 근교에서 나는 대리석이다. 청색을 띤 백색이거나 푸른 줄이 들어 있는 백색이며 중세 때부터 세계 각지로 수출되었다─옮긴이)으로 둘러친 것처럼 흰색이 들어간 철회색 벽이 둘러쌌다. 천장에는 감청색 스포트라이트 전구를 일렬로 천장에 달았는데, 전구마다 연결한 전기선을 공이 튀어가는 형태처럼 반원형으로 매달았다. 바닥에는 플러시(벨벳의 일종─옮긴이) 럭이 깔려 있다. 푸른빛이 도는 회색 바탕에 검고 흰 삼각형과 구불구불한 곡선 무늬들. 그리고 바로 맞은편에 바이런이 명명한 '트로피의 벽'이 있다. 이제 시작 단계라 일곱 명밖에 안 되는 모델 일곱 명중 두 명을 주인공으로 하는 액자 사진이 걸려 있는데, 하나는 잡지 표지, 다른 하나는 광고 화보였다.

나는 앉은 채로 의자를 끌어서 슬그머니 존 옆으로 가서 물었다.

"무슨 일이에요?"

"쉿!" 바이런이 두 팔을 천장으로 들어올리곤 계속해서 "프린세스, 프린세스……"라고 읊조린다.

"로터스 블라섬(연꽃─옮긴이)!" 저스틴이 제안했다.

바이런이 고개를 젓는다.

"너무 태국 냄새가 나."

"타이거릴리!"

"무슨 권법 해?"

"러닝워터!" 존이 외쳤다. 저스틴과 바이런의 고개가 그 쪽
으로 돌아갔다.

"아니면… 폴링워터 어때요?"

바이런이 몇 번 크게 걸음을 옮기며 곰곰이 생각한다.

"좋아, 폴링워터. 마음에 들어! 귀에 낯익고… 안성맞춤이
야."

저스틴이 고개를 끄덕인다.

"문제는……." 바이런이 손으로 턱을 만지작거리며 그렇게
말하는데, 마치 염주가 달린 것처럼 보인다.

"문제는 공주처럼 보여야 하는데… 그렇게 보일까?"

세 사람 모두 브로드웨이 무대에 서 있는 합창단처럼 동시
에 고개를 돌리더니 나를 빤히 쳐다봤다.

"왜 그래요?" 나는 걱정이 돼서 물었다.

"브론저(피부를 태운 것처럼 보이게 하는 화장품—옮긴이)가 필
요해요." 저스틴이 말했다.

"브론저, 그래 맞아." 존이 맞장구를 쳤다.

나는 두리번 거리던 시선을 거두고 탁자를 내려다보았다.
내가 쉬크에 합류한 지 얼마되지 않았을 때 바이런은 더 좋은
사진을 얻겠다고 값비싼 합성 사진 카드—일반적으로 앞면에 얼
굴 사진 하나와 뒷면에 한 장에서 네 장까지 모두 컬러로 들어가는—

에 돈을 낭비하지 말자고 제안했다. 돈을 내는 건 에이전시가 아니라 모델이기 때문에 나도 동의했다. 그 결과 내 카드는 복사기에서 나오기 시작했고, 존이 자신의 달필로 그 싸구려 품질을 어느 정도는 메웠다. 탁자에는 복사기에서 갓 나온 카드 수십 장이 부채 모양으로 펼쳐져 있다. 자세히 보니 얼굴 사진 밑에 이름이 쓰여있지 않다. 그러니까 이 사람들이 지금 내 이름을 짓고 있는 중이었다.

바이런이 내 뒤에 서서는 손으로 내 머리칼을 쓸어내렸다.

"이걸 검게 해야 할까?"

"음, 소프트 블랙?" 저스틴이다.

"아니면 초콜릿브라운?" 존이다.

알겠어, 이제 그만. 바이런의 손을 치우게 하고 세 사람과 대면했다.

"지금 뭐하는 거예요?" 나는 매우 용감한 질문이라고 생각하며 물었다. 만약 내가 새로 나온 디즈니 캐릭터가 아니라면 분명 당황스러운 대답이 나올 것이다.

바이런이 환하게 미소 지으며 말했다.

"아주 좋은 소식이야, 에밀리! 프랭클린 파클린 스포츠의 탐 브레너와 일하게 될지도 몰라. 광고판과 신문, 잡지에 실리는 전국 광고야."

뭐라고요? 탐 브레너는 전설적인 인물이다. 그의 사막 시리즈가 도나 카란을 유명하게 만들었고, 지금은 미국 패션계에

서 새롭게 떠오르고 있으며 《엘르》에서 '제2의 캘빈 클라인'
이라고 부르는 프랭클린 파클린과 작업하고 있다.

"우아, 대단해요!"

바이런도 그렇게 생각하는 것 같았다.

"이거야, 에밀리! 이게 바로 우리가 그동안 기다려온 거
야."

"6만 달러짜리 계약이야." 저스틴이 거들었다.

나는 천천히 그 숫자를 되내었다. **6, 만, 달, 러.** 거의 3
년 치의 학비와 생활비에 해당했다. 게다가 내가 잡지와 광고
판에 나오게 된다니. 내가! 광고판에! 나도 이름을 얻고 스타
가 되는 거다.

바이런이 다시 내 머리를 만지작거렸다.

"그러니까… 소프트 블랙이나 초콜릿브라운으로?"

나는 흥분한 채로 고개를 뒤로 젖혀 물었다.

"그런데 머리는 왜 염색해야 하는데요?"

"널 인디언이라고 생각하니까." 바이런이 말한다. "어쨌거
나 무슨 색이 좋을까?"

"인디언이요?"

"그래, 아메리칸 인디언."

"아메리칸 인디언이라. 왜 나를 아메리칸 인디언으로 생각
하는데요?" 내가 천천히 물었다. "내 이름은 에밀리 우즈예
요."

244

"한쪽만 인디언." 바이런이 고쳐 말한다. "네 어머니 쪽으로."

"한쪽만 인디언이라면 공주가 되긴 어렵지 않을까?" 저스틴이 물었다.

무슨 말들을 하고 있는지 아직 완전히 이해가 되지 않았다.

"저기요, 바이런… 그 사람들한테 우리 엄마가 인디언이라고 말했단 말이에요?"

"그렇겠습니다!" 존이 외쳤다.

"바이런?"

바이런이 창문 쪽으로 성큼성큼 걸어갔다. 난 존의 모습을 유심히 살펴보았다. 그는 이마에 주름을 지어가며 새 카드 위에 글씨를 써넣고 있다. 내 테스트 사진이 눈에 들어왔다. 흰 민소매 블라우스를 입고, 멋있게 눌러쓴 해군 장교 모자챙에 체리 빛깔 손끝을 대고 있는 사진. 장교 모자에 수놓인 닻 모양에서 5센티미터 떨어진 곳에 폴링워터라는 글자가 우아한 필체로 쓰여있었다. 글씨를 다 쓰고 나서 존이 입을 삐죽 내밀었다.

"프린세스를 빼니까 밋밋하네."

"그래, 너무 밋밋해." 바이런이 못마땅한 듯 창밖의 스카이라인을 획 둘러보더니 우리 쪽으로 고개를 돌렸다. "어쩌면 우리가 프린세스라는 인디언 말을 모르기 때문일지도 몰라." 그는 나를 바라보며 물었다. "에밀리, 대학에서 그런 건 공부

안 해?"

한숨이 나왔다. 대학 생활을 시작한 후로 내가 가르쳐준 유용한 정보(예를 들어 라메L.Amé에 해당하는 프랑스 말)에도 불구하고, 바이런은 몇몇 영역에 대해서 깜짝 놀랄 만한 무지를 드러내곤 했다. 실크의 역사, 땅콩 일곱 개 반의 칼로리, 헤어드레서 오리베(남자)와 메이크업 아티스트 바비 브라운(여자)의 정확한 성별. 그리고 이젠 체로키.

"네, 프린세스를 뭐라고 하는지는 모르겠네요."

"컬럼비아." 바이런이 그렇게 중얼대곤, 학비로 몇 천 달러를 그냥 날린다는 생각인지 혀를 찼다.

"아니면 왕족의 전통이나 유산에 대해 얘기하면 되지 않을까? 대화중에 자연스럽게 말이에요." 존이 주장했다.

"좋은 생각이야!" 바이런이 앞으로 성큼 다가와 말했다. "그게 좋겠어!"

"무슨 왕족의 유산이요? 대화라니? 누구와요?"

저스틴이 하품을 하며 말했다.

"탐, 프랭클린 파클린 사람들, 광고 에이전시. 뻔한 거 아니야?"

잠깐, 뭐라고?

"그러니까 방 하나를 가득 채운 사람들 앞에서 내가 반은 체로키족이라고 말하라는 거예요?" 나는 심장 박동이 빨라지면서 놀라움으로 온몸이 차가워지는 극도의 흥분 상태에 빠졌다.

"그래." 바이런이 어깨를 으쓱 추어올렸다. "그게 뭐 어때서?"

그게 뭐 어떻다니? 왜냐하면… 왜냐하면… 옳은 일이 아니니까. 하지만 이 말이 너무 촌스럽게 들릴까봐 입 밖에 내지는 못했다. 그건 바이런이 지방 축적물로 주름진 넓적다리를 그대로 내보이는 사이클용 라이크라 반바지를 입고 자전거를 타는 것과 똑같은 실수이다. 하지만 다른 대답을 찾는 동안 내 머리 한쪽에서는 바이런의 편을 들기 시작한다. **그래, 그게 뭐 어때서? 누가 알겠어? 글로 써서 맹세 해야 하는 것도 아니잖아? 게다가… 난 유명해질 거야.**

"에밀리, 그냥 네 어머니에 대해 말하는 거야……."

엄마는 확실히 기이한 전통을 갖고 있다.

"…인디언 보호 거주지에서의 생활……."

집에는 카누도 있다.

"…체로키족의 습관……." 존이 덧붙인다.

베틀도 있다…….

"배우처럼 연기 좀 하는 거지." 바이런이 말한다.

"그래, 연기!" 존이 맞장구쳤다.

그 말에 정신이 돌아왔다. 살아오면서 많은 잘못과 실수를 저질렀지만 배우 노릇은 한 번도 해 본 적이 없다. 특별한 의상을 걸치고 펼치는 연극은 말할 것도 없고, 악의 없는 거짓말도 꺼내본 적 없다.

"그렇게 좋은 생각 같지는 않은데요." 마침내 내가 말을 꺼냈다. "그러니까, 물론 그 사람들을 만나러 가기는 하겠지만, 내가 그냥 에밀리인 게 더 나을 것 같아요."

바이런의 목이 축 늘어진 것처럼 보였다.

"하지만 정말 좋은 기회야!"

"더구나 에밀리는 인디언처럼 보여요." 저스틴이 덧붙였다.

"프린세스가 아닌 걸로 하면 어떨까?" 바이런이 말했다.

"그럼 4분의 1은 어때요? 누구든 4분의 1은 체로키족일 수 있잖아요." 존이 주장했다.

나는 그들을 죽 둘러보았다. 눈썹을 치켜세우고 턱을 위로 들어올린 채 절대로 꿈을 버리지 않겠다고 말하는 세 에이전트.

과연 내가 할 수 있을까?

"좋아요, 4분의 1만 체로키족. 대화를 하다가 우연히 그 말이 나왔을 때 얘기예요?"

바이런이 껑충 뛰어 다가왔다.

"당연히 말이 나올 거야!" 그런 다음 내 어깨를 꽉 누르며 다시 한 번 말했다. "확신해!"

존이 카드에 쓰기 시작했다. '프… 린……'

"하지만 프린세스는 아니에요."

바이런이 존에게 눈짓을 하자, 존이 카드를 구깃구깃 뭉쳤다.

"알았어."

                  * * *

"체로키족 공주? 지금 농담하는 거지?" 캠퍼스를 가로지르며 조든이 말했다.

"체로키족이야, 공주는 아니고."

"그러는 이유가 뭐야? 난 모델업계 사람들이 너한테 우스꽝스런 옷을 차려 입히는 게 전부라고 생각했어. 만약 프랭클린 파클린이 네가 그 일에 딱 맞는 모델이라고 생각한다면 그냥 너로서 만족하잖아. 체로키족이든 체로키족이 아니든." 조든이 내 편을 들며 말을 이었다.

"그렇게 프랭클린에게 말할게." 내가 대답했다.

문제를 가볍게 생각하려고 애쓰는 중이었다. 하지만 〈현대문명〉 강좌 강의실에 자리를 잡고서부터는 계속 속이 메스꺼웠다. 조든이 흘끗 곁눈질을 하더니 깜짝 놀란다.

"머리가 어떻게 된 거야?"

사실 난 어젯밤에 짙은 세이블 브라운색으로 염색을 했다.

머리에 자꾸 신경이 쓰이고(실은 이건 원래 내 머리색에 가깝다), 곧 일어날 일이 나를 몹시 흥분시키고 있다. 프랭클린 파클린과의 약속은 두 번 연기됐고 그사이 추수 감사절이 지나갔다. 하지만 드디어 오늘 오후 4시로 약속이 잡혔다. 계약 옵션에 따르면, 광고는 1월 초에 촬영될 예정이다. 겨울 방학기간과 정확히 일치한다. 긍정적인 생각을 가지고 말하자면,

나는 전설적인 사진작가와 햇볕 드는 멕시코 목장에서 2주 동안 광고 사진을 찍는 대가로 6만 달러를 받고, 1분도 수업을 빼먹지 않을 수 있게 된다.

나는 정말로 이 계약을 원한다.

갑자기 바람이 세차게 불어왔다. 조든이 솜털을 부풀리는 새처럼 가볍게 몸을 흔들더니 훅하니 숨을 내쉰다.

"으아, 추워라." 버틀러 도서관으로 들어가고 나오는 학생들 무리 속에 섞이면서 그녀가 불평했다. "이런 날씨는 정말 싫다니까."

조든은 앨라배마 주 데모폴리스에서 왔는데 그곳에서는 예수님이 학교 내의 인기 인물이고, 미인 대회 여왕이 최고의 영향력을 떨치며, 많은 사람의 뜨거운 관심을 받는 클럽은 로터리Rotary(사회봉사와 세계 평화를 목적으로 하는 전문 직업인들의 국제적인 사교 단체─옮긴이)이다. 실제로 조든이 컬럼비아를 다닐 수 있도록 장학금을 준 곳도 로터리 클럽이었다.

"네가 생각하는 그런 이유 때문이 아니야." 어느날 밤 조든이 말했다. "날 쫓아내려는 목적에서였지."

내가 나머지 설명을 들을 때까지 그건 분명 억지스러운 주장 같았다. 조든은 고등학교 졸업반 때 10대를 대상으로 하는 지역 라디오 방송에서 토크 쇼를 진행했다. '키스 마크'와 '사랑의 포로가 되다'는 이중의 뜻이 담긴 〈러브 바이츠〉는 데이트와 남녀 관계에 초점을 맞추는 프로그램이었다. 단 '섹스'에 관해서는 언급해서는 안 되었다. 조든은 그 지시에 따랐다. 그러다 시간이 '더-디' 가던 어느 밤, 고민에 빠진 10 대로부터 전화를 받았는데, 그 소녀는 남자의 그곳을 손으로 애무할 때 영화〈그리스〉에 나오는 여자애처럼 고무장갑을 껴야 하는지 궁금해 했다. 조든의 대답은 방송국에서 내쫓기기에 충분했다.

"일반적으로 남자들은 장갑을 좋아하지 않아요."

조든은 아주 멀리 내쫓겼다. 지금 자신의 이야기를 들려주는 이 남부 반항아는 맨해튼 북쪽에서 추위와 싸우고 있다. 짙은 노란색 코트 안에 위아래가 붙은 내의를 입고, 초록색 형광 장갑에 진보랏빛 스카프를 목에 두르고서 말이다. 조금 전 교수에게 "토마스 아퀴나스가 페니스와 운율이 맞는지"를 물었던 이 여학생에게 어울리는, 색다른 패션이다.

"실은 나 여기 들러야 해." 내가 말했다.

조든이 눈을 가늘게 뜨고 버틀러 도서관에서 올려다보았다.

"지금? 왜?"

"체로키족에 대해서 찾아보고 싶어."

"농담이겠지."

"얘들아, 안녕."

이때 모히니가 몸을 돌려 불룩한 가방을 피해 조든 옆으로 비집고 들어왔다. 조든이 그에 대한 답례로 모히니의 어깨를 붙잡고 큰 소리로 말한다.

"히니, 체로키 인디언에 대해 알고 있는 거 죄다 말해 봐, 빨리!"

"체로키는 주로 오클라호마에 살고 있어. '눈물의 행군'으로 알려진 힘든 여정을 거쳐서 서부로 이주했고 바구니를 짜지." 모히니는 폭넓고 다양한 주제를 두루 섭렵하고 있는 사람답게 아무 망설임 없이 대답한다.

조든이 의기양양한 미소를 지어 보인다.

"그건 왜 묻는 건데?"

"에밀리가 프랭클린 파클린에게 인디언인 척해야 하거든."

모히니는 내가 루이스나 바이런과 통화할 때마다 지어 보이던 그 표정으로 나를 보았다. 우리 같은 족속은 이해하지 못하겠다는 표정이다.

"잘은 모르겠지만… 모델 일과 관련된 약속 맞지? 너한테 소수 민족의 역사 같은 걸 질문한대?"

내가 킥킥 웃었다.

"글쎄."

조든이 양 옆의 우리 둘에게 팔짱을 끼고 말한다.

"자, 그럼 이제 밥 먹으러 갈까?"

* * *

"에밀리? 어서 와."

4시 10분, 나는 앤이라는 여자를 따라 소퍼 피츠제럴드 안으로 들어갔다. 유니언 스퀘어 근처에 위치해 있는 소퍼 피츠제럴드는 1988년에 가장 인기 있는 신발과 맥주, 자동차 광고를 제작한 세련되고 현대적인 신생 광고 대행사다. 회전문과 양쪽으로 여닫는 문을 연속해서 지난 뒤, 앤이 걸음을 멈추고 생긋 웃으며 말했다.

"다 왔어. 준비 됐니?"

"네." 다소 자신감 없는 대답이 입에서 나왔다.

앤이 내 팔을 꽉 잡는다.

"아주 멋져."

"고마워요." 친절한 말에 답례를 했다.

쉬크와 계약을 하자마자 나는 그동안의 내 옷차림이 모두 잘못됐다는 것을 배웠다.

어느 날 바이런은 "옷차림에 너무 신경 쓰는 것처럼 보여. 그렇게 하지 마! 그냥 좋아 보이면 돼! 캐주얼하지만 좋게!"라고 했지만, 나는 그게 무슨 말인지 이해하지 못해서 블랙 색상의 옷을 많이 입기 시작했다. 물론 오늘도 그랬지만 '인디언이 매우 좋아하는 색' 이라는 픽시의 의견에 따라 구슬 벨트를 추가했다.

"좋아, 들어가자."

대부분의 방문 약속에서는 사진작가나 광고 에이전트 혹은 잡지사 관계자 아니면 디자이너 조수를 만난다. 일이 잘 진행

된다고 해도 기껏해야 두세 사람 정도만 만난다. 하지만 이번에는 달랐다. 앤이 마지막 문을 열고 좁은 회의실 안으로 발을 들여놓는 순간, 그 사실이 분명해졌다. 아홉 명이나 되는 많은 사람들이 타원형의 유리 탁자에 빙 둘러 앉아 있었다.

나는 앤을 따라 안으로 들어갔다. 얼굴과 몸에 물감을 칠한 아메리칸 인디언의 사진이 담긴 거대한 디자인 보드와 나바호족의 조각 융단, 깃털 장식이 벽 하나를 가득 채우고 있다. 천장 높이까지 튼 창문 또한 도심지의 인상적인 광경을 보여주고 있었지만, 왠지 꽉 막힌 것처럼 답답한 느낌이 든다.

앤이 헛기침을 하고 입을 열었다.

"이쪽은 신생 에이전시 쉬크의 새 모델인 에밀리 우즈예요. 체로키족 광고 시리즈 모델로 저희가 고려 중입니다."

"안녕!"

"안녕하세요."

모두 미소를 지었다. 그 가운데 《바자》의 최근 기사에서 본 탐이 있다. 폭이 좁은 얼굴과 트레이드마크인 카우보이모자 덕분에 쉽게 알아볼 수 있었다. 뼈만 앙상한 가슴 위로 손을 엇걸고 있지만 방긋 웃는 허수아비처럼 호감이 느껴졌다.

"앉아."

앤 옆에 앉아서 사람들을 죽 둘러보았다. 앤 옆으로 흑백 체크무늬 스웨터를 입은 남자 하나와 여자 둘이 앉아 있는데 모두 소퍼 피츠제럴드의 직원들 같았다. 그들 옆에 갈색 톤의 모직물을 입은 여자와 남자, 블랙 데님을 입은 여자가 차례로 앉아 있었다(각각 프랭클린 파클린, 프랭클린 파클린, 프랭클린 파클린 스포츠의 옷). 그 다음 탐이 있고, 디자인 보드 앞에 큰 빨간 안경을 쓴 여자가 있고, 그 조수인 듯한 젊은 여자가 앉아 있다. 그리고 빈 의자 몇 개를 지나… 내가 있다. 탁자 위에는 하얀 도자기 커피 잔들이 흩어져 있다. 탁자 한가운데에는 디저트 접시가 있는데, 브라우니 몇 조각과 작은 키위 파이 두 개, 초콜릿을 뿌린 딸기가 하나 남아 있었다.

앤이 프랭클린 파클린 의상 트리오 쪽으로 고개를 돌린다. "에밀리에 관한 가장 흥미로운 사실은 에밀리에게 체로키족의 피가 흐른다는 거예요."

삽시간에 회의실이 술렁거리고 벽들이 진동하는 것처럼 느껴진다. 어쩌면 그건 쿵쾅거리며 뛰기 시작한 내 심장 때문인지도 모른다.

"아메리칸 인디언!" 갈색 톤의 모직물 여자가 외친다.

"놀라운 사실인데!" 갈색 톤의 모직물 남자도 외친다.

블랙 데님이 손바닥으로 가슴을 두드린다.

"오, 미안해." 그리고 숨을 내쉰다.

미안해?

"…내 유럽 선조들을 대신해서 미안하다고 말하고 싶어." 그녀의 눈에 실제로 눈물이 고인다.

숨을 깊이 들이마신다. **이제부터 시작이다.**

"제 선조들을 대신해서 사과를 받아들일 게요." 나는 태연하게 말했다.

블랙 데님이 다시 가슴을 두드린다.

"고마워!"

"대체 에밀리를 어떻게 찾아냈어요?" 갈색 톤의 모직물이 묻는다.

앤이 나를 보며 환히 웃는다.

"운이 좋았어요."

"체로키의 피가 얼마나 흐르죠?" 빨간 안경이 물었다.

"4분의 1이요."

"4분의 1이 아메리칸 인디언이라니!"

"정말 놀라워!"

"너의 정령이 느껴져!"

"어머니 쪽이야, 아버지 쪽이야?" 빨간 안경이 묻는다.

나는 지하철을 타고 오면서 연습했던 대로 말했다.

"어머니 쪽이요. 할아버지, 그러니까 외할아버지께서 체로키셨어요."

"에밀리한테는 다른 이름이 있어요." 앤이 말했다. 조금 전에 미소를 짓고 있었다면, 지금은 함박웃음을 짓고 있는 것처럼 보인다. "폴링워터."

"사랑스러워!"

"너무 아름다운 이름이야!"

"콜로라도 강가에 있는 에밀리를 상상할 수 있어요!"

멕시코에 있는 강은 어떨까요?

"폴링워터라면 프랭크 로이드 라이트(1867~1959, 위스콘신 출생. 20세기 미국의 주요 건축가―옮긴이)가 지은 저택 아닌가요?" 빨간 안경이 묻는다.

"그래, 맞아요!"

"오, 완벽해!"

"또 다른 아메리칸 아이콘이야!"

"에밀리, 어디 출신이지?" 빨간 안경이 물었다.

내 신경이 과민하거나 번쩍이는 안경알 때문인지는 몰라도, 그녀에게서 적대적인 분위기가 느껴졌다.

"오클라호마에서 태어났지만, 아버지가 하시는 일 때문에 다섯 살 때 위스콘신으로 옮겼어요."

"위스콘신? 라이트와 같잖아!"

"에밀리의 증조부모가 라이트를 알았을지도 몰라요!"

"에밀리의 증조부모가 그에게 영감을 주었을 수도 있어요! 말해 봐, 폴링워터……." 블랙 데님이 외친다. "…혈통적인 관계가 있는 거니?"

"어머니가 탈리에신(프랭크 로이드 라이트의 여름 저택이 있는 곳―옮긴이) 근처에서 성장하셨어요." **점점 거짓말이 늘어난다.**

"가능성이 있어!"

"확신이 드는데!"

블랙 데님이 내 얼굴에 아메리카 평원이 어떻게 반영되어 있는지 중얼거리기 시작한다. 나는 미소를 짓다가 손으로 입을 가렸다. **나쁜 거짓말쟁이.** 이제 나는 체로키족일 뿐만 아니라 가장 유명한 미국의 건축가와 관련을 맺게 되었다. 그리고 모두가 그 사실에 열광한다.

한 사람만 빼고.

"말해 봐, 폴링워터……." 빨간 안경이 의자를 뒤로 빼서 옆쪽에 놓여 있는 커다란 커피포트로 천천히 손을 뻗었다. "…네가 '우그브위유 우웨츠이아티ugvwiyu uwetsiati' 라면 어떻게 위스콘신에서 살 수 있지?"

이건 무슨 소리래?

"네?"

빨간 안경이 우아하게 커피를 잔에 따른 뒤 한 모금 홀짝인다.

"내가 잘못 발음했을지도 모르지. 우-그브-위-유 우-웨츠-이아티."

더 천천히 발음했는지는 모르지만 이해가 안 되는 건 마찬가지였다. 손바닥에 땀이 차고 시선을 어디에 두어야 할지 모르겠다.

"보드에 있어." 탐이 칼로 자른 키위 파이를 자신의 접시로 옮기며 말했다.

이렇게 고마울 수가! 나는 메모들이 빽빽하게 붙은 보드를 급히 훑어보았다. **그 단어를 찾아서… 그 단어. 대체 어디 있는 거야?** 몇 초가 흐른다. 아홉 쌍의 눈이 내게 쏠려 있다. **잠깐… 안셀 애덤스**(1902~1984. 흑백 사진으로 담은 미국 서부의 모습으로 명성을 얻은 사진작가—옮긴이)**의 풍경 사진과 수탉의 꼬리 깃털 사이에 있는 저건 뭐지?**

◊G⊹◊BF SS ⅃ D⅃⅃⊹◊⤳ AD⅃F G

저건가? 저게 뭐래?

"그게 무슨 말이야?" 체크무늬 스웨터가 중얼거린다.

앤이 그의 귀를 손으로 감싸고 속삭였다. 내 귀에도 들릴 만큼 작게.

"그웬이 에밀리의 이름이라고 말했던 것 같아요. 폴링워터 공주."

좋았어!

"아, 네. 저는 가족과 함께 정기적으로 오클라호마를 찾았어요. 하지만 요즈음에는 공주의 소임이 대개 의례적이에요. 바구니를 짜고 퍼레이드에 참석하고, 뭐 그런 종류의 일이죠." 나는 퍼레이드 꽃수레에 너무 많이 올라타서 지친 소녀의 목소리로 들리기를 바라며 말했다.

"다이애나 비처럼!" 블랙 데님이 외쳤다.

"그렇지."

탐이 키위 파이를 마저 삼키고 커피를 쭉 들이킨 다음 말한다.

"에밀리, 우린 이번 광고를 1월에 찍을 예정이야. 괜찮겠
어?"

조지 부시가 우리의 차기 대통령인가?

"네, 좋아요. 일정도 그렇고. 괜찮을 것 같아요." 내가 한껏
들뜬 목소리로 대답했다. 다시 한 번 모두가 미소를 지었다.

"에밀리로 결정하면 좋겠어!"

"거짓말 같은 일이 일어났어!"

"이게 최선책이야."

그때 빨간 안경이 손을 들어올리고 물었다.

"그런데 왜 네 이름이 맨킬러가 아니지?"

나는 약간 당황스러웠지만 싱긋 웃어보였다.

그녀는 내 대답을 기다리고 있었다.

"음, 기분 좋은 칭찬이시네요. 감사해요." 마침내 내가 말
한다.

하지만 이건 생뚱맞은 대답이었다.

"내가 말하려고 했던 건, 네 성이 현 체로키족 추장인 윌마
맨킬러를 따라서 맨킬러가 돼야 하지 않느냐는 거야. 네가
'공주'라면 윌마 맨킬러의 자손이어야 하잖아? 네가 방금 설
명한 대로 공주의 의례적인 소임을 행하기 위해서는 미스 체
로키가 아닌 실제 체로키 부족의 호칭이 있어야 한다는 말이
지."

갑자기 정신이 혼미해졌다.

"어제 난 윌마를 만났어. 폴링워터 공주는 한 번도 들어본 적이 없다던데?" 빨간 안경이 커피를 휘저었다.

따뜻하고 기대감에 차 있던 분위기는 위태위태한 침묵으로 싸늘하게 식어 버렸다. 아홉 쌍의 눈이 탁자 위를 맴돌며 8자를 그린다. 빨간 안경이 계속 나를 뚫어져라 쳐다보았다.

"에밀리……." 마침내 앤이 침묵을 깼다. 그녀는 일그러진 얼굴로 부드럽게 말한다. "너한테 체로키족 피가 흐르는 건 맞지? 사실이라고 말해 봐."

빨간 안경이 조용히 나를 응시하며 대답을 기다렸다.

"…에밀리?"

"아니에요… 실은… 전… 저는 그냥 에밀리예요. 에밀리 우즈."

탐이 큰 소리로 웃더니 손뼉을 친다. 잠깐, 나는 모든 게 괜찮아질 거라고 생각했다.

"그러니까 거짓말을 했구나." 앤이 말했다.

나는 탁자를 내려다보았다.

"거짓말을 한 거지." 빨간 안경이 또박또박 말한다. "고마워, 에밀리. 이제 가도 좋아."

처음에는 몸을 움직이지 못했다. 다리가 나를 지탱해 줄 것 같지가 않았다. 앤이 바인더를 휙 펼친다. 그 소리에 귀가 멍멍해진다.

내 의자 바퀴가 카펫 위에서 윙 소리를 내며 돌았다. 의자에서 일어서자 삐거덕 소리가 났다.

"안녕히 계세요."

아무도 말이 없다. 나는 최대한 조용히 문을 닫고 나왔다.

제10장
아아, 카리브 해의 백사장!

　독서 기간은 종강을 하고 시험이 시작되기 전까지의 공식적인 휴식기다. 학사 일정표에서 독서 기간을 발견했을 때, 나는 꿈을 꾸듯 미소 지으며 상상했다. 창문 밖으로 소리없이 눈이 쌓이고 장작 타는 소리가 나는 벽난로 앞에서 가죽으로 된 안락의자에 몸을 묻고 위대한 고전을 읽는 학생들의 모습을.

　그러나 버틀러 도서관에는 벽난로가 없었다. 화재의 위험이 있기 때문이다. 그리고 밖이 아니라 도서관 안에서 눈이 날렸다. 따뜻한 도서관의 온도를 낮추려고 창문을 전부 최대한 활짝 열어놨기 때문이다. 그렇지만 다가오는 잠을 몰아내기에는 역부족으로 보인다. 안락의자에 대해 말하자면, 이곳에 있기는 했다. 하지만 책, 노트, 형광펜에 둘러싸여 마치 범죄 현장에서 볼 수 있는 '접근 금지' 표시를 떠올리게 했다. 사실 독서 기간은 미친 듯이 벼락치기를 해야 하는 괴로운 시기이다.

스펜서의 200쪽이 넘는 《페어리 퀸》을 다들 끙끙대며 속독한다. 비키니 왁스(비키니를 입기 위해 체모를 제거하는 일 – 옮긴이)의 고통을 미리 연습한다고나 할까?

조든이 히비스커스 색깔의 긴 손톱으로 자기 앞에 놓인 책을 톡톡 두드리며 말한다.

"널 위해서 하는 말인데, 전공 선택을 다시 하는 게 어때? 경제학과에서는 이런 책을 읽지 않거든."

"널 위해서 하는 말인데……." 내가 남부의 콧소리를 섞어가며 대꾸했다. "경제학의 '경' 자도 꺼내지 마."

"경제학, 경제학, 경제학." 조든이 무슨 주문이라도 외는 것처럼 반복해서 말했다.

"쉿!" 누군가 우리에게 조용히 하라는 경고를 준다.

"이봐, 친구……." 조든이 목소리를 낮춰서 속삭였다. "언제 떠나?"

"내일 아침. 어쩌면."

픽시가 여전히 형광펜으로 밑줄을 치면서 고개를 들었다.

"어디로 가는데?"

"도미니카 공화국. 어쩌면."

내가 양 손으로 행운을 비는 표시를 해 보이며 대답했다.

확정이 안 된 계약에 매여 있는 건 불운이다. 2주 전에 프랭클린 파클린 사태를 겪은 뒤라 지금은 더더욱 그랬다. 소퍼 피츠제럴드에서 기숙사에 도착하자마자 바이런에게서 전화가 걸려왔다.

"대체 무슨 일이 있었던 거야?" 그가 소리쳤다.

"내가 체로키족이 아닌 게 탄로났어요." 내 뺨은 여전히 수치심으로 벌겋게 달아올라 있었다.

"그건 나도 알아!" 그가 성난 목소리로 외쳤다. "내가 묻는 건 어쩌다 그렇게 됐느냐는 거야!"

나는 침을 꿀꺽 삼킨 후 일어났던 모든 일을 자세히 이야기했다.

"고작 그거야? 그럼 만회할 수 있었는데! 윌마 맨킬러가 네 이모뻘 된다거나 재혼을 했다거나 뭐 그랬으면 됐잖아!"

"그 여자가 윌마와 직접 얘기했다니까요."

"어쨌든!"

"미안해요, 바이런. 하지만 난 공주가 아니라 반의반만 체로키족인 척하기로 되어 있었어요. 기억 안 나요?"

바이런이 숨을 한 번 크게 내쉬더니 곧바로 쏟아낸다.

"에밀리, 넌 내 머릿속에 있던 아주 많은 계획들을 다 날려버렸어. 게다가 네가 일을 처리한 방식은 내 얼굴을 못 들게 만들었고, 에이전시 이름에도 먹칠을 했을 뿐만 아니라, 무엇보다 너 자신을 부끄럽게 만들었어. 지금 너를 거짓말쟁이라고 생각하는 아홉 사람이 있어. 솔직히 말하면 이번 일로 네 평판이 나빠질 거야."

그의 말을 듣고 수치심을 넘어 망연자실한 상태가 되었다. 6만 달러짜리 전국 캠페인 광고를 놓친 것은 물론이고, 모델 경력에 불이익까지 얻게 되다니!

"미, 미안해요." 내가 더듬으며 말했다.

"미안해하지 말고 어서 다음 일을 잡아야지." 바이런의 목소리가 갑자기 나긋나긋하게 바뀌었다. "나한테 계획이 있어……."

픽시가 노란 형광펜으로 내 팔뚝에 점을 찍고 있다.

"세상에, 내일 카리브 해로 간다는 말이야? 그것도 독서 기간 중에?"

"어쩌면."

"미쳤어! 뭣 때문에?"

"쉬잇!"

한 여학생이 자기 앞에 일렬로 놓여 있는 열두 개의 캔 중 하나를 톡톡 두드리며 날카롭게 노려보고 있다.

나는 최대한 목소리를 낮춰 사정을 이야기했다. 테디 매킨 타이어라는 오스트레일리아 사진작가와 이탈리아 잡지 《레이》에 실릴 16페이지 분량의 수영복 사진을 찍는다는 사실을.

"16페이지면 많은 거야?" 조든이 묻는다.

"내 포트폴리오를 채우려면 아직 멀었어." 내가 대답했다.

픽시는 고개를 흔들며 말했다.

"이해가 안 돼. 어떻게 아직 모를 수가 있어? 비행기가 내일 아침에 떠나잖아? 너한테 비행기 표는 줘야 할 거 아니야?"

"비행기 표하고 호텔 모두 가명으로 예약되어 있어. 최종 모델을 결정한 뒤에 다시 전화를 걸어서 예약자 이름을 바꿀 거야."

"말도 안 돼! 거기에 얼마나 머무는데?" 픽시가 외친다.

"사흘."

"네 첫 시험이 언제야?"

"나흘 뒤."

"미쳤어!"

"넌 공부 다 했을 거 아니야, 픽시 스틱스(막대기 모양 봉지에 가루 설탕과자가 제품 – 옮긴이)." 조든이 말한다.

"그렇게 부르지 마!"

"쉬잇!"

픽시와 조든이 서로 획 쏘아보았다. 두 사람이 어울려 다닌 건 픽시의 삼각관계 소문이 첫 가을 단풍잎과 함께 컬럼비아 교정을 가로지르던 10월부터였다. 그때부터 두 사람은 취미라도 되는 듯이 서로 쏘아보기를 즐겼다. 소문대로 픽시는

8월말에 토르 가족의 이스트햄튼 저택에 있는 욕실에서 스릴 만점의 10분 동안 토르(그녀의 가장 친한 친구 알렉산드라의 남자 친구)에게 구강성교를 해주었다. 만약 알렉산드라가 그날 아침 일찍 에스프레소 두 잔과 갓 짜낸 오렌지 주스 두 잔을 마시지 않았더라면(그래서 화장실에 가지 않았더라면) 아무 일도 일어나지 않았을 것이다. 그러나 알렉산드라는 그 광경을 목격했고, 알렉산드라와 픽시의 우정은 깨지고 말았다. 문제는 심각했다. 양분된 그로턴 고등학교—픽시—와 앤도버 고등학교—알렉산드라, 토르—는 완전히 등을 돌렸다. 픽시는 내가 햇살이 아주 눈부시다고 말할 때까지 이불을 뒤집어쓰고 몇 시간 동안 꺼이꺼이 울기만 했고("알렉산드라는 일주일에 3일을 에콰도르 프로 테니스 선수와 잤는데, 그건 아무 문제도 안 되는 거야?"), 그때까지 픽시를 '까다로운 예술 지상주의 수다쟁이'로만 여기던 조든은 픽시가 감탄할 만한 위로의 말을 찾아냈다.

"그러니까 걔는 걸레네."

조든과 사이가 안 좋았던 픽시는 조든이 다혈질이고, 술 취한 뱃사람처럼 함부로 말한다고 했었다. 그러나 조든의 이 한마디는 둘 사이에 새로운 우정이 싹트게 하기에 충분했다.

조든은 '경제학', 픽시가 '예술사' 공부로 돌아가고, 내 앞에 쌓인 책들을 물끄러미 바라보며 두려운 마음을 가라앉힌다. 스펜서는 끝냈지만 여전히 뉴턴과 밀턴, 마키아벨리, 아우구스티누스, 처음으로 복습하는 많은 분량의 프랑스어 문법과 긴 단어 목록이 남아있다. **어쩌다가 이렇게 뒤처지게 됐을까? 언제부터?** 모델 일과 관련된 약속들—금요일뿐 아니라 강의가 없을 때에도—과 미용술, 주말마다 있는 테스트 촬영에 시간을 많이 들인 탓이다.

밀턴을 집어 들었다가 도로 내려놓는다. 고등학교 중간고사 때 국어로 반에서 가장 높은 점수인 98점을 받은 적이 있다. **문학은 괜찮을 거야.** 프랑스어를 공부하는 편이 나을 것 같다.

주 빠흐르에

뚜 빠흐라

지금 뭐하는 거지? 살금살금 밖으로 나간다. 복도는 텅 비어 있고 고요하다. 램프 불빛이 넓은 리놀륨 바닥을 비추고 있다. 열람실마다 학생들이 가득 들어차고 그들은 모두 얼굴을 책 속에 묻고 있다. 갑자기 복도가 꽉 막힌 것처럼 답답하다. 공기는 너무 탁하게 느껴진다. 둥그런 공 모양의 램프는 나를 압박하고 있는 세상의 무게, 사회의 무게, 내 미래의 무게처럼 느껴졌다. **지금은 이럴 때가 아니야. 학교를 떠나서는 안 돼.** 나는 생각했다. 그리고 공중전화 박스에 이를 무렵에는 확신하게 되었다. **제발, 제발, 이 계약이 성사되지 않기를.**

"축하해, 에밀리!" 바이런이 소리쳤다.

"네가 해냈어!"

탁하게 느껴졌던 공기가 갑자기 완두 수프처럼 걸쭉해졌다.

* * *

"좋아, 그레타! 훌륭해! 이제 다리를 더 넓게 벌려!"

책을 덮고 몸을 앞으로 기울였다. 그레타의 무릎이 부드러운 모래 위에서 조금씩 움직이는 게 보인다.

"됐어!" 테디가 외친다. 찰칵.

"더 넓게!"

그레타의 다리가 계속 벌어지고 상체가 수그러든다. 그녀의 손이 햇볕에 살짝 그을린 넓적다리 위쪽을 누르고 있다. 그러다 갑자기 고개를 휙 뒤로 젖혔다. 풍성한 금빛 머릿결이 햇빛에 반짝이더니… 사방으로 흩어진다.

"머리!" 테디가 주의를 준다.

그레타는 머리를 매만져 보지만, 불어오는 바람에 다시 위로 치솟기만 한다.

"좋아, 그대로 해!"

그레타가 바다 쪽으로 몸을 틀었다. 머리가 물결친다. 테디가 손가락을 카메라 셔터에 고정시키고 밀려오는 파도의 가장자리로 달려간다. 그레타가 카메라를 향해 수줍게 미소를 지으며 수영복 솔기를 섹시하게 더듬는다.

270

"좋아!" 찰칵.

"그렇지!" 찰칵. 찰칵.

"바로 그거야!" 찰칵. 찰칵. 찰칵.

테디 매킨타이어를 만나러 갔을 때 그의 스튜디오 벽은 지아(1960년생, 패션모델―옮긴이), 이만(1955년생, 소말리아 태생의 미국 모델, 데이빗 보위의 아내―옮긴이), 제니스(1955년생, 미국 모델―옮긴이) 같은 1970년대 슈퍼모델의 잡지 표지로 도배되어 있었다. 그가 한물간 사진작가가 아닐까 의심하는 나를 바이런은 달콤한 말로 설득했다.

"눈에 확 띄는 신선한 얼굴에, 매력적이기까지 해서 당장 같이 일하고 싶다고 테디가 말했다구!"

그때 나는 테디가 많이 쇠락했을지도 모른다고 생각했다. 하지만 뭐 어떤가? 어디쯤에서(그 정도라도 떠올랐다면) 꼼짝도 못하고 있는 나를 그가 끌어올려줄지도 모른다. 게다가 바이런이 말해준 대로 일은 16페이지 화보 촬영은 72시간만 투자하면 마칠 수 있다. 공부는 비행기 안에서도 할 수 있다.

"좋아, 그레타, 그 자세로 좀더 강렬하게!"

하지만 내가 지금까지 벼락치기하고 있는 유일한 과목은 그레타다. 금발에 풍만한 가슴, 녹색 눈동자의 그레타. 《스포츠 일러스트레이티드》의 수영복 표지를 한 번도 아니고 두 번이나 장식했던 바로 그 그레타(가장 최근에는 '그리고 신이 그레타를 창조했다'라는 제목의 기사가 1면을 꽉 채웠다). 나는 처음으로 전국 대회에 참가해 메리 루 레튼(1984년 로스앤젤레스 올림픽에서 루마니아의 스자보를 10점 만점 편파판정으로 물리치고 종합경기에서 금메달을 차지한 선수—옮긴이)을 바라보는 신참 선수의 마음이 되었다. **어떻게 10점 만점의 최고 미인이 될 수 있지?**

"필름!"

테디가 그의 제2조수인 로다에게 카메라를 던지자 새 카메라가 돌아온다. 그레타가 눈을 가늘게 뜨며 말했다.

"눈이 부셔요."

테디는 고개를 흔들었다.

"바람이 너무 세서 막을 세울 수가 없어."

이번에는 《레이》의 패션 에디터이자 이번 여행에서 스타일리스트를 겸하고 있는 길리아나를 돌아본다.

"그럼 선글라스를 쓸 수 있어요?"

"미안, 이번 촬영엔 선글라스가 안 들어가."

"모자는요?"

"미안."

"그럼……."

"그레타, 그냥 해!" 테디가 소리쳤다.

햇빛이 강해 눈이 부시고 바람도 매우 거세게 불었다. 새벽에 호텔을 나와 낚싯배를 타고 이 황량하고 후미진 곳에 도착했다. 처음에는 좋았지만, 지금은 태양이 강렬하게 내리쬐고, 바람이 사람들의 눈과 입에 사정없이 흰 모래가루를 뿌려대는 바람에 조금도 즐겁지 않다.

테디가 파인더에 눈을 갖다 댔다.

"시작해."

그레타가 미소를 지으며 머리를 뒤로 젖힌다. 아까는 포즈에서 기분 좋은 햇살이 느껴졌다면, 지금은 눈이 아파 죽겠다는 것만 같았다. 그녀는 시선을 두 군데로 돌리며―처음에는 해변 위에 설정한 임의의 점을 응시하고 그 다음은 자신의 수영복을 응시한다―부드럽게 포즈를 연결했다.

"좋아!" 찰칵. 찰칵.

"훌륭해!"

이 슈퍼모델의 햇볕 차단술은 훌륭했다. 그 기술에는 손을 모자챙처럼 펴서 얼굴을 가리며 환하게 웃는 포즈는 포함되지 않는다. 나는 카메라 앞에 처음 섰을 때 그런 포즈를 취했다.

"도대체 그게 뭐야?" 테디가 소리쳤다. "손이 그게 뭐냔 말이야?"

아차. 나는 한 손을 엉덩이 부근 허리로 가져갔다.

"그게 아니야!"

어머나. 다른 손을 반대편 엉덩이로 가져갔다.

테디가 말없이 바라보기에, 나는 그것이 긍정의 의미인 줄 알았다. 그러나 그는 카메라에서 눈을 떼고 소리쳤다.

"에밀리, 지금 보디빌딩 콘테스트 하는 줄 알아? 넌 모델이야, 모델처럼 움직여봐!"

그렇다, 테디 매킨타이어는 성질이 고약했다. 하지만 그가 고약하게 구는 데는 그럴 만한 이유가 있다. 지금까지 난 카탈로그나 광고만 찍었고, 여기에 필요한 포즈는 대략 이랬다. 오른발을 앞으로, 오른쪽 엉덩이를 렌즈 쪽으로 쑥 내밀고, 몸의 각도를 약간 뒤로 비스듬히 기울인 다음(몸통이 너무 펑퍼짐하게 보일 수 있으므로 정면 각도는 절대 피한다!), 조금씩 동시에 움직이며 변화를 준다. 한 손은 엉덩이에, 다른 손은 옷깃이나 호주머니에 갖다 대고 영화배우와 모델들이 짓는 포즈를 취한다. 얼굴 표정을 바꿔가며(카메라를 보다가 다른 곳을 보고, 이를 드러내며 웃다가 진지한 미소로 바꾸고) 각각의 포즈를 두어 번 취하고 나면, 이제 왼발을 앞으로 내밀어 자세를 바꿀 때다. 혹은 정말로 촬영에 열중하고 싶다면 내가 다음에 시도했던 동작을 취한다. 일명 뒤뚱 워킹 스텝.

"에밀리, 네 앞에 해변이 이렇게 쫙 펼쳐져 있는데, 왜 제자리에서 걷고 있는 거야?"

…이미 말했듯 이건 모두 카탈로그 동작이다. 화보용 포즈를 취하는 건 뭔가 다르다. 정확히는 모르겠지만 분명히 다르다. 내가 지금 그레타를 그토록 열심히 관찰하는 이유가 바로 그 때문이다.

"됐어!"

테디는 로다에게 카메라를 맡긴 후 휴고(제1조수), 길리아나와 함께 근처 다른 곳의 바람은 어떤지 살펴보러 간다고 말했다. 나머지 사람들─그레타, 할렘 태생의 헤어드레서 로위나, 콘래드 분장실에서 함께 일했던 메이크업 아티스트 빈센트─이 내가 앉은 방수 천막 아래로 나란히 걸어왔다. 나는 캠핑용 플라스틱 냉장고를 열려고 일어나는 순간, 읽고 있던 《실낙원》이 무릎에서 미끄러졌다.

"어머, 이게 뭐야?" 로위나가 냉장고에서 물병 하나를 잽싸게 꺼내며 말한다. "재미있겠는데!"

그녀가 책을 집어 들었다.

"아니에요, 재미없어요."

로위나는 이미 책장을 넘기고 있었다.

"인간이 태초에 하느님을 거역하고 금단의 나무 열매를 맛보아… 이건 해변용이 아니잖아!" 그녀가 소리친다.

"나도 그렇게 생각해요."

"이딴 걸 왜 읽는 건데?"

"학교에 다니거든요."

"에밀리는 컬럼비아에 다녀." 빈센트가 설명했다.

"컬럼비아? 세상에, 너 천재구나!" 로위나가 침을 튀기며 말했다.

호호

"아, 네."

여전히 클로드 몬타나의 은색 비키니를 입고 있는 그레타가 로위나가 깔고 앉은 타월 빈자리에 살짝 엉덩이를 걸친 뒤 로위나의 손에서 책을 뺏어 든다. 앞서 내가 '수업용' 프랑스어 낱말카드를 열심히 들춰보고 있을 때, 그레타는 흥미를 보이는 듯했다. 나는 《스포츠 일러스트레이티드》 기사를 통해 그녀가 네 개 국어를 말하며, 다섯 번째 언어는 초등학교 이후 계속 씨름해오고 있는 사람보다 더 잘하는 체코 태생의 슈퍼모델임을 알고 있었다. 그녀는 내가 컬럼비아 학생으로 281쪽에 이르는 17세기 서사시를 읽고 있다는 사실에 알고 큰 인상을 받은 것처럼 보인다. 나는 그레타 역시 똑똑하다고 생각하지만 어느 학교를 다니는지는 묻지 않았다. 아직 1년 이상 대학을 다닌 모델을 본 적이 한 번도 없으므로.

　"자, 천재 양, 이제 머리를 손볼까? 다음은 네 촬영이야."

　로위나의 말에 나는 침울해졌다.

　로위나가 눈살을 찌푸리며 말했다.

　"반가운 소식일 거라고 생각했는데."

　"아니, 그게 아니라… 음… 그러니까… 내가 뭐하고 있는 건지 모르겠어요."

　"걱정하지 마. 잘하게 될 거야!" 로위나가 예상 외로 다정하게 말해주었다.

　"그래, 시간이 필요해." 빈센트도 말했다. "몇 년이 걸릴 수도 있지만."

"하지만 몇 년은 고사하고 당장 시간이 없어요." 내가 외쳤다. "지금 찍어야 하잖아요!"

내가 막 재능을 보이기 시작한 천재이기 때문일까? 카메라 앞에서의 내 형편없는 동작을 보고 나를 자신의 경쟁자로 여기지 않기 때문일까? 어쨌든 그레타는 《실낙원》을 덮은 후 이야기를 시작했다.

"좋아, 에밀리. 수영복 촬영을 할 때 기억해야 할 첫 번째 사항은 고객이야. 지금 찍고 있는 게 잡지 화보라면 독자가 남성인지 여성인지 생각해야 한다는 거야. 만약 여성지라면 이런 건 거의 필요 없고⋯⋯." 그레타가 엉덩이를 쑥 내밀고 마치 토끼가 꼬리를 흔들 듯 다양한 모양새로 흔들어 보인다.

"이런 게 훨씬 더 많이 필요해." 그녀가 무릎을 내밀면서 생긋 웃는다.

머리카락이 바람에 나부끼는 것을 최소화하기 위해 로위나가 손바닥에 젤을 묻혀 내 머리에 바른다.

"그러니까 남성지는 섹시하게, 여성지는 귀엽고 예쁘게." 빈센트가 요약해서 말해준다.

"하지만 나도 생긋 웃으려고 노력했어요. 그런데 테디는 화만 내더라고요!"

그레타가 예상했다는 듯 고개를 끄덕인다.

"그건 네가 어느 나라 잡지를 찍고 있는지 생각하지 않았기 때문이야. 우리가 지금 찍고 있는 건 《레이》야. 이탈리아판

《글래머》라고는 하지만, 실제로는 미국 《글래머》와 전혀 달라. 이탈리아 잡지는 훨씬 더 섹시해. 아주 많이. 사실상 미국의 여성지가 이곳의 남성지와 같다고 할 수 있어."

"그러니까 내가 더 섹시해져야 한다는 거네요?"

"그래." 그레타가 말한다. "특히 테디와 촬영할 때에는. 테디는 자신의 사진이 매우 관능적으로 보이는 걸 좋아하거든."

"그중에서도 란제리." 로위나가 덧붙인다.

"사진이 예쁘게 나오는 걸 좋아하는 대부분의 게이 사진작가들과 다르지." 빈센트가 말한다.

"그건 테디가 오스트레일리아 사람이기 때문이야." 그레타가 말한다.

"난 테디가 사디스트이기 때문에 그럴 거라고 생각했는데." 로위나가 윙크를 해 보인다.

"정말? 난 늘 그가 아래쪽일 거라고 상상했는데." 빈센트가 말한다.

"아래쪽이라니요?"

모두 눈을 돌린다. 나는 그 말을 뜻을 알고 싶었지만 세 사람은 90여 미터 떨어진 곳에서 테디와 휴고, 길리아나가 다가오고 모습을 보고는 입을 다물었다.

"하나 더, 사진작가들은 대부분 많이 웃는 걸 좋아하지 않아." 그레타가 알려준다.

"그건 사실이야… 때에 따라서." 빈센트가 말한다.

로위나가 고개를 끄덕인다.

"왜요?"

"미소는 너무 속보이는 선전술이거든." 빈센트가 설명한다.

"너무 카탈로그적이지." 그레타가 말한다.

"너무 필사적이야." 로위나가 덧붙인다. "그래서 모델들이 런웨이에서 절대 미소를 짓지 않는 거야."

로위나가 내 머리를 매만지면서 새로 얻은 가르침을 복습시켰다. **잡지 성격… 그 나라… 사진작가… 사진작가는 그가 태어난 나라와 성적인 취향에 따라 미소를 좋아할 수도 좋아하지 않을 수도 있다.** 테디가 80미터 앞에서 걸어온다.

"아주 유익하군요." 내가 투덜거리듯 말했다.

"좋아, 에밀리. 넌 수영복을 입고 있고 해변에 있어. 이렇게 하는 게 좋아." 그녀가 거침없이 말하기 시작했다. "하나, 바다를 따라서 달리거나 걷는다. 사진작가가 너를 따라오거나 네가 사진작가를 따라가거나. 두 경우 모두 몇 걸음 옮긴 다음에 몸을 틀어서 사진작가가 모든 각도에서 널 찍을 수 있게 해야 돼. 둘, 무릎을 이용한다……."

그녀가 말하면서 솜씨 좋게 시범을 보인다.

"사진작가들은 이런 포즈를 좋아해. 모래와 하늘과 바다를 배경으로 사진을 길게 잡을 수 있거든. 알짜인 셈이지. 너도 좋아하게 될 거야. 왜냐하면 이 포즈에서는 많은 변화를 줄 수 있으니까. 그 모습 그대로 촬영을 할 수도 있고, 내가 했던 것처럼 등을 활처럼 굽히고 턱을 세울 수도 있어. 앉을 수도 있고, 무릎을 꿇을 수도 있지. 무릎을 꿇으면 네 발로 모래 위를 기어갈 수도 있는데, 이건 남성 잡지에서 인기 있는 포즈야."

"특히 게이 잡지." 빈센트가 거든다.

"게다가 이 자세에서 모든 수영복 스트립 포즈를 취할 수 있어."

테디 일행이 60미터 앞까지 다가왔다.

"어떻게요?"

"비키니 리본 장식, 아니면 끈을 잡아당기거나… 손가락을 아랫도리에 걸치는 거야."

그레타가 그렇게 말하면서 각각의 포즈를 잡아 준 뒤 마지막 포즈에서 멈춘다. 걸친다는 동사대로 정확하게. 그레타의 손가락은 수영복 밑에까지 내려가지 않았다. 그건 포르노가 될 테니까. 손가락의 첫 마디만 집어넣어 충분히 가볍고 경쾌해 보인다. 아슬아슬하게 치모를 숨기고 있는 커버걸이라기보다 올가미를 던져서 수송아지를 낚으려고 하는 목장의 멋쟁이 같다.

"나는 그걸 '벗을까 말까 포즈'라고 불러." 빈센트가 말했다.

"남자들이 아주 좋아하는 스트립쇼의 인상을 되살려주지." 로위나가 덧붙인다.

"그런 식으로 꽤나 행복한 결말을 선사하는 거야." 빈센트가 마무리한다.

휴! 이제 이건 알겠다.

"촬영하는 동안에는 그런 생각하지 마." 그레타가 조언한다.

55미터 앞까지 온 테디 일행. **시간이 없는데, 시간이 없는데.**

"네, 알았어요. 또 다른 건요?"

"핫라바 포즈가 있어." 빈센트가 말한다.

그레타가 씩 웃는다.

"그래, 핫라바!"

53미터…….

"핫라바가 뭔데요?"

"내가 《스포츠 일러스트레이티드》의 가장 유명한 포즈 중 하나에 붙인 애칭이야. 보고 싶어?" 그레타가 묻는다.

50미터… 49미터… 48미터.

"네! 네! 당장 보여 주세요!"

빈센트가 내 팔을 가볍게 두드린다.

"진정해. 이건 모델 포즈지 암 치료법이 아니야."

"하지만 앞으로 에밀리의 체면을 세워줄 걸." 로위나가 재 치 있게 말한다.

"좋아, 이렇게 시작하는 거야……." 그레타가 타월 위에 누워서 코는 하늘로, 두 손은 옆구리에 댄 채 구부렸던 다리 를 수평이 될 때까지 길게 뻗는다. "그리고 약간 구부 려……." 그녀가 타월에서 허벅지를 들어올리며 실제보다 더 돋보이는 윤곽으로 아주 부드럽게 곡선을 그린다. "그런 다음에 우, 핫라바!"

그녀가 등을 활처럼 굽히는데, 정말로 마치 김이 피어오르는 용암 같은 액체가 그녀의 허리 아래로 길게 길을 내어 흘러가는 듯하다. 그녀의 몸을 지탱하고 있는 지점—어깨와 엉덩이, 발뒤꿈치—을 확인한다. 이 포즈는 포즈를 취하는 모델의 입장에서는 무척 불편해보이지만 보는 사람 입장에서는 환상적이다.

"사진작가가 배 위쪽에서 촬영을 할지도 몰라." 그레타가 숨도 쉬기 힘든 상태에서 말을 잇는다. "하지만 보통 너한테 맞춰 위치를 잡을 거야."

그레타가 몸을 돌린다. 지금까지 그녀가 보여줬던 포즈들은 누군가의 굳은살을 매끈하게 다듬는 커다란 흥분과 자극을 불러일으켰지만, 핫라바에서는 그녀 자신이 그 누군가가 되어 그 방법을 보여주고 있다. **어떻게 그럴 수 있지?** 눈을 동그랗게 뜨고 그녀를 쳐다본다. 그녀의 머리. 대부분의 금발 모델은 머리를 표백하는 과산화수소와 과도한 스타일링 때문에 머리를 어깨 아래로 찰랑찰랑 늘어뜨리기가 힘들다. 하지만 그레타의 머리는 숱도 많은데다 한 아름 가득하고 건강하다. 그레타가 찍은 고급 샴푸 광고들이 증명하는 것처럼 그녀의 머리털의 무게를 금으로 환산했을 때보다 훨씬 많은 값어치가 나간다. 녹색 눈은 선명하고 부드러운 빛을 발하며, 브래지어와 팬티를 맞춰 입은 섹시한 도서관 사서가 두꺼운 안경테 너머로 세상을 엿보는 호기심 어린 눈빛을 담고 있다. 그녀의 입은 최근 《마드모아젤》의 '삐죽 나온 입을 아름답게 만드는 여섯 가지 방법'에서 크게 다뤄졌다. 가슴은 잡지 안에 접혀 있는 무수히 많은 사진 속에서 스프링처럼 솟아올랐다. 배는 유명세를 타기 전부터 여성지의 미용 체조 난에 실리곤 했다. 다리는 레그스와 어라운드 더 클락을 포함한 수많은 브랜드의 양말과 스타킹을 팔아 치우게 만들었다. 가느다란 손과 좁은 발. 작은 부분에서부터 하나하나가 모두 완벽하다.

그녀의 아랫입술이 곡선을 그린다.

"괜찮아?"

내가 침을 꿀꺽 삼켰다.

"네… 좋아요."

"뭐하고 있는 거야?"

핫라바에 온통 마음을 빼앗겼던 탓에 우리 쪽으로 다가오고 있던 세 사람을 까맣게 잊고 있었다. 하지만 이제 테디가 발을 가볍게 구르고 성미 급한 표정을 지어보이며, 더 좋은 환경을 찾아다닌 20분간의 여정이 그다지 성과가 없었음을 말하고 있다.

"스트레칭하고 있었어요." 그레타가 설명한다.

내가 생긋 웃자, 그레타가 윙크를 한다.

길리아나가 나를 부른다. 임시변통으로 만든 탈의실(방수 천막 위에 걸어놓은 자그마한 타월)로 걸어갔다. 맙소사, 또야!
테디는 내가 수영복에 더할 나위 없이 어울린다고 생각했을지
모르지만, 이미 말했다시피 그는 10년 전에 전성기가 지났다.
길리아나는 확실히 내 몸에 대해 다른 사람처럼 감탄하지 않
았다. 특히 내 가슴에 대해서는. 오전 6시에 내 가슴을 한 번
쳐다보더니, "나를 오늘 계속 바쁘게 만들겠구나"라고 중얼거
렸기 때문이다.

　나는 덕트 테이프가 롤에서 분리되는 소리를 들을 때까지
길리아나의 말이 무슨 뜻인지 잘 몰랐다. 잠시 후 난감한 상
황이 이어졌다.

　"이건 떼어낼 때만 아파."

　길리아니가 성깔을 부리며 말했는데, 그건 거짓말이었다.
60센티미터 길이의 덕트 테이프를 가슴에 붙이면서 표현할
수 있는 말이란 오직 아프다는 말뿐이다. 하지만 그건 실제로
가슴을 더 크게 보이게 만들었다.

　블라우스를 벗고 양 손으로 가슴을 들어올린 후 심호흡을
했다.

　"실리콘으로도 나왔다는 말을 들었는데." 길리아나가 테이
프 끝을 내 어깨뼈 아래쪽에 꾹 눌러 붙이는 순간 로위나가 그
렇게 말했다.

　빈센트가 낄낄 웃는다.

　"그래, 붐(유방을 뜻하는 속어―옮긴이) 제품이라고 불리지."

"아니, 브라 속에 넣는 거요."

테이프가 염증이 일어난 것처럼 불그레해진 젖꼭지를 감싸며 교차한다.

"실리콘 패드는 봤어요." 그레타가 말한다. "꽤 많은 모델이 쓰고 있어요. 빅토리아즈 시크릿 쪽에서도 그걸 아주 마음에 들어 해서 거의 모든 모델들에게 사용하게 하죠. 느낌이 끈적끈적한데, 모델들은 치킨커틀릿이라고 불러요."

"윽!" 난 인상을 잔뜩 찌푸리기는 했지만, 머릿속으로는 구입 목록에 포함시켰다.

테디가 방수 천막 밑에서 쿵쿵 발을 구른다.

"뭐하고 있는 거야? 에밀리를 어서 준비시켜서 촬영하자고!"

이제부터 일이 순조롭게 진행된다고 말할 수 있으면 좋으련만. 해변에서 수영복을 입고 있고, 최고의 슈퍼모델로부터 몇 가지 포즈에 대해 지적받고 조언도 얻지 않았는가. 하지만 세트장—조수들이 애써서 나뭇가지와 조개껍데기, 해초를 제거한 14미터 길이의 구역—에 들어서서 포즈를 취하기 시작한 순간부터 내가 하는 모든 동작이 꼬이기 시작한다.

보폭이 넓다("좀더 리듬감 있게!" 테디가 소리친다. "넌 지금 널 빤지 위를 걷고 있는 게 아니야!")는 말에 발걸음을 바꿨더니, 이번에는 속도가 너무 빠르거나("프레디 크루거(영화 〈나이트메어〉의 등장인물—옮긴이)가 널 뒤쫓는 게 아니야!") 느렸다("이건

〈노인과 함께 춤을〉(노령자를 위한 에어로빅 비디오—옮긴이)이 아니야!"). 모래 위에 누워보라는 말에 속으로 기뻐하며 포즈를 취했건만, 수영복 안에 두른 덕트 테이프에도 불구하고 《스포츠 일러스트레이티드》가 자랑하는 멋진 포즈는 내게 그다지 어울리지 않았다. **달걀 프라이로는 핫라바를 표현하기 힘들군. 낙제.**

테디가 참다못해 마침내 폭발했다.

"에밀리 우즈, 지금 네가 뭐하고 있는지 알고나 있는 거야!"

*　　*　　*

호텔방에서 쉬고 있는데 누군가 문을 두드렸다.

그레타가 머리에 히비스커스를 꽂고 서 있었다.

"뭐하고 있어?"

침대 위를 여기저기 널린 책들과 룸서비스로 시켜 먹다 남은 접시들이 밖에서도 보일 만큼 문을 활짝 열어 보였다. 그레타는 안으로 들어오라는 신호로 받아들였다. 그녀가 내 옆을 사뿐히 지나가자 베이비파우더 냄새가 할스톤 향수와 함께 섞여 풍겼다. 그녀의 옷자락 끝이 내 다리를 가볍게 스쳤다. 선명한 분홍색 꽃망울을 활짝 터뜨린 히비스커스 외에도 그녀는 어깨끈이 없는 얇고 가벼운 흰색 드레스를 입고, 올봄 런웨이를 수놓았던 레이스업 스타일의 에스파드리유를 신고 있다.

"지금 몇 명이서 시내에 나갈 건데, 같이 갈래?"

"고맙지만……." 내가 프랑스어 단어카드를 슬쩍 내보였다.

그레타가 입술을 쭉 내민다.

"잠깐 다녀올 거야. 30분, 길어야 1시간."

"그러고 싶지만 이틀 뒤에 시험이 시작되거든요." 그저 시험을 생각했을 뿐인데도 목소리가 높아진다. "지금은 공부해야 해요."

그레타가 침대 위의 대혼란을 내려다본다. 그녀의 손이 엉덩이로 미끄러진다. 입이 열렸다 닫히더니 다시 열린다.

"왜요?" 내가 물었다

그녀가 마키아벨리를 집어 든다.

"아무것도 아니야."

"말해 보세요."

《군주론》이 갈릴레오와 부딪친다.

"아니, 그냥… 네가 그렇게 똑똑한데, 더 공부할 필요가 있을까? 이유가 뭐야? 얼마나 더 똑똑해질 건데?"

내 손에 적어도 50장의 단어카드가 들려 있고, 침대 위에 책과 강의 노트가 어지럽게 널려 있지만 나도 잘 모르겠다. 그레타를 물끄러미 쳐다본다. 핀업(벽에 꽂아놓는 미녀 사진─옮긴이)의 여왕 그레타. 그녀의 녹색 눈동자가 바로 내 눈 앞에서 간청하고 있다. 신이 창조한 바로 그 그레타가 말이다. 내가 지금 누구의 청을 거절하려는 거야?

"5분 후에 로비로 내려갈게요."

*　*　*

나이트클럽은 도미니카 사람들로 초만원을 이루고 있었다. 모두 남자였다. 아니 그렇게 느껴졌는데, 연기가 자욱하고 조명이 번쩍이는 이곳에 들어선 순간 움직이던 모든 게 멈추더니 모든 눈이 우리를 향했기 때문이다. 욕망과 땀이 범벅된 남성호르몬 테스토스테론이 용솟음쳐 우리 쪽으로 쏟아졌다. 나는 마치 세차게 밀려드는 강풍이라도 피하려는 듯 뒷걸음질치고 시선을 피하며 손을 꼭 쥐었다. 하지만 그레타는 아무 흔들림 없이 꼿꼿한 자세로 턱을 치켜들고 똑바로 앞을 바라보았다. 그녀는 마치 배 앞머리를 장식하는 여인의 조각상 같아 보였다. 우리가 저 안쪽의 부스—클럽에서 가장 좋은 자리—를 향해 가는 사이, 마법이라도 부린 듯 사람들이 양옆으로 갈라져 우리 앞에 길을 터주었다.

휴고가 테킬라와 맥주를 주문했다. 얼룩덜룩하게 염색한 머리에 큰 알통, 하얗게 빛나는 치아… 휴고는 귀엽게 생겼다. 턱까지 내려오는 길이의 갈색 머리에 상어이빨 목걸이, 구릿빛 피부, 단단한 근육질의 체격을 가진 로다는 훨씬 더 귀엽다. 그리고 둘 다 이성애자다. 그래서 놀랐다는 말은 아니다. 사진작가가 동성애자일수록(내 생각으로는 어림잡아 최소한 3분의 1이 그렇다) 그의 조수들은 더 귀엽게 생긴 이성애자인 것 같다. 그렇다면 다른 게이 조수들은 어디 있는 걸까? 여성 사진작가와 일하고 있을까? 우선 여성 사진작가 수는 손가락을 꼽을 만큼 소수에 불과하다(애니 리보비츠, 쉴라 메츠너, 데보라 터버빌…). 그들은 이성애자인 남자 사진작가들과 일하고 있거나, 어쩌면 아직 자신의 정체성을 공개하지 않았거나, 의상 스타일리스트(남녀 비율은 반반이지만 남자의 99퍼센트가 게이) 혹은 메이크업 아티스트(여기도 남녀 비율은 반반이지만 남자의 95퍼센트가 게이), 헤어드레서(여기도 반반이지만 이상하게도 워런 비티에게 영감을 받은 탓인지 남자의 50퍼센트가 이성애자이며 매우 핸섬하다)와 같은 다른 위치에서 경험을 쌓고 있을 것이다.

건배! 술잔을 들어서 외친 다음 단숨에 마셨다. 길리아나는 몸을 옆으로 기댔고 휴고가 팔로 그녀를 감쌌다. 나는 그들이 적어도 오늘밤만큼은 연인임을 깨달았다. 둘 다 메렝게(아이티와 도미니카에서 인기 있는 춤―옮긴이) 춤을 추기 위해 자리에서 일어섰다. 로다는 그레타와 나를 번갈아 상대 삼아 춤을 췄다. 그리고 휴고와 길리아나가 사랑을 나누기 위해 급히 자리를 떠났다. 나는 춤을 몇 번 더 춘 뒤, 테킬라를 들이켰다. 내 머리가 부스 뒤쪽으로 축 늘어졌다.

"나가자." 그레타가 말한다.

아이, 좋아라. 나는 볼링공처럼 무거웠던 머리를 똑바로 세웠다.

"지루하다, 여기! 다른 데 둘러보자!"

내가 신음소리를 냈다.

"베이비!" 그레타가 달콤하게 속삭인다. "베이비!" 그녀가 술 석 잔을 마신 다음부터 날 부르는 애칭이다. 아마도 내 이름을 잊어버렸을지도 모른다. "울지 마, 베이비!" 그녀가 내 머리칼을 쓸어내렸다.

"늦었어요, 내일 일찍 일어나야 하잖아요."

나는 간신히 입을 뗐다. 그리고 나머지 것들이 머릿속에서 뒤죽박죽 떠올랐다. 《실낙원》… 호텔… 30분? 그보다 훨씬 더 오랜 시간을 보냈다…… 《마키아벨리》… 침대… 침대에 그대로 누워서 공부를 했어야 했는데. 주 빠흐르에, 뚜 빠흐라, 일 빠흐라… 갈릴레오, 갈릴레오, 갈릴레오…….

"어서, 베이비!" 그레타가 나를 부스 밖으로 끌어당겼다.

"그레타― 아!" 나는 문을 돌아서면서 길게 외쳤다.

"오줌 눠야 해요!"

화장실 앞에 줄지어 선 사람들 덕분에 나는 벽에 기대어 졸수 있었다. 하지만 잠시 후 그레타가 내 손을 잡아채더니 앞으로 끌고 갔다. 우리는 화장실 안으로 함께 들어갔다.

"그레타, 뭐해요?" 그녀가 무엇을 하는지 명백했지만(소변을 보고 있는 중) 나는 큰 소리로 물었다.

유치원을 졸업한 이래 같은 칸막이 안에서 누군가와 함께 오줌을 눠본 적이 없었다. 그레타가 볼일을 끝내고 나서 어쩌면 내가 예상했던 것보다 더 짙고, 더 심하게 체모가 제거된 부위 위로 끈 팬티를 끌어올릴 때, 얼마나 많은《스포츠 일러스트레이티드》구독자들이 바로 지금의 내가 되고 싶어 할까를 상상했다. 수천 명? 수만 명? 수백만 명?

"자, 네 차례야."

그레타가 명령한다. 나는 일시적인 기분으로 여행 가방에 던져 넣었던 프레드릭스 오브 할리우드의 점프슈트를 입고 있기 때문에, 볼일을 보기가 더 복잡했지만 그레타가 내민 도움의 손길에 그대로 응했다. 내가 변기에 앉아 있는 동안 그레타는 핸드백을 뒤졌다.

"뭐 찾아요, 탐폰?" 내가 약간 긴장한 목소리로 물었다. 이 정도의 친밀감을 표현해도 좋을지 아직 자신이 없었다.

그녀는 부채 모양의 손잡이가 달린 금빛 상자를 꺼내 길고 가느다란 손가락으로 손잡이를 잡아 당겼다. 딸깍 소리를 내며 열리자, 접혀진 부분이 들리고 거울처럼 반짝이는 바닥이 드러났다. 거기에는 흰 가루가 쌓여 있었다.

"그레타, 그거 코카인이에요?" 내가 눈을 껌벅거리며 물었다.

"쉿!" 그레타가 손가락을 내 입술에 갖다 댔다. "한 번도 안 해봤다는 말은 하지 마."

"알았어요, 하지만… 정말로 한 번도 안 해봤어요." 내가 눈을 동그랗게 뜨며 대답했다.

콘래드의 작업실에서 일하기 전까지 코카인을 해보고 싶어 하는 사람조차 보지 못했다.

오줌을 다 누고 옷을 입는데 그레타가 갑자기 "이키!" 소리치며 나를 꼭 잡았다. 나 때문에 코카인 가루를 쏟지 않을까 불안했다. 그레타는 주의깊게 다루며 말했다.

"이건 정말 날 흥분시켜!"

아, 네… 나는 가루 더미를 빤히 쳐다본다.

"이거 자주 해요?" 내 목소리가 놀란 사람처럼 들렸는데, 실제로도 그랬다. 나는 코카인을 흡입했을 때 어떤 기분이 되는지 짐작조차 하지 못했다.

"아니! 가끔가다가, 기분 전환용으로. 지금처럼."

그레타가 내 몸을 꽉 잡으며 변기 위에 앉았다. 나는 그녀의 의상이 걱정되었다. 하지만 그녀는 다른 데 집중하느라 의상이 어찌되든 상관없어 보였다. 그녀는 미니 스푼을 상자 안쪽에서 꺼내서 그것으로 가루를 쌓은 다음, 금빛 테두리의 면도날로 잘게 자르며 모양을 만들었다. 그리고 나서 두 도구를 조심스럽게 원래 자리에 집어 놓은 뒤 내 앞으로 금빛 빨대를 내밀었다.

나는 뒤로 주춤 물러났다.

그레타가 내 손목을 감아쥐고 말했다.

"한 번 해 봐. 아주 재밌어!"

"이건 아주 나쁜 일이에요."

내 말에 그레타가 소리 내어 웃더니 몸을 굽혀 빨대를 코밑으로 가져간다. 한 차례의 긴 흡입. 그녀가 등을 활 모양으로 젖히며 코를 일그러뜨렸다.

"이—휴!" 그리고 숨을 멈춘다.

그녀는 눈을 감고 얼굴에 미소를 짓는다.

"아주 좋아, 아주 좋아, 아주 좋아!" 그녀는 리듬을 타며 금빛 상자를 두드린다.

가까이서 보니 눈꺼풀이 파르르 떨렸다. 눈을 떴을 때 그녀의 얼굴은 기쁨으로 빛이 났다. 마치 황홀경에 빠진 이의 표정 같았다.

"아주 좋아." 그녀가 웅얼거린다. "하지만 처음만큼은 아니야. 처음엔……." 그녀는 손을 허공을 휘젓다 무릎으로 떨어뜨렸다.

"최고였어. 아직도 생각나."

"정말요?" 속삭이듯 물었다.

그레타가 침을 바른 손가락에 코카인을 묻혔다. 햇볕에 알맞게 그을린 그녀의 피부에서 흰 결정체가 설탕처럼 반짝이고 있었다.

"맛만 봐. 조금만." 그녀가 내 눈을 그윽하게 바라보며 손가락을 내밀었다.

나는 입을 벌렸다.

따뜻한 무언가가 온몸으로 쫙 퍼지는 느낌. 속이 울렁거리고 귀가 윙윙댔다. 하늘을 나는 듯한 기분을 억누를 수가 없다. 다시 입을 벌리자 조금 더 넣어준다. 이 칸막이 속의 좁은 공간은 이미 나를 감당하지 못했다. 우리는 화장실 문을 열고, 로다와 함께 클럽 밖으로 나왔다. 바깥의 공기는 따뜻하고 향기로웠다. 우리는 그 속에서 빨려 들어가듯 돌진하며 다른 나이트클럽의 문을 열어젖혔다.

연기가 자욱하고 화려한 조명이 반짝이는 곳에 들어서자, 사람들의 시선이 느껴진다. 다시 한 번 욕망과 땀, 테스토스테론이 솟아올라 우리 쪽으로 쏟아졌다. 이번에도 그레타는 아무 흔들림 없이 꼿꼿한 자세로 턱을 치켜들고 똑바로 앞만 보고 걷는다. 나 또한 그렇게 한다. 우리는 흥분과 자극을 즐기고 있다. 바로 지금 여기에서. 갑자기 그레타가 내 손을 감싸 쥐고 소리를 지르며 우리의 주먹을 번쩍 높이 들어올린다. 남자들도 똑같이 외치며 손을 올렸다.

우리는 계속 춤을 추고 화장실에 갔다와서 또 춤을 췄다. 클럽이 문을 닫을 때까지. 어찌된 일인지 집처럼 편안하게 느껴졌다. 클럽에서 나온 뒤에는 호텔로 돌아와 벌거벗고 풀장에서 헤엄을 치고(우리가 생각해낸 첫 번째 아이디어), 바다로 나가 온몸이 아파올 때까지 서핑을 했다. 그리곤 풀장으로 다시 돌아와, 녹초가 될 때까지 헤엄치며 첨벙거렸다. 그레타

가 입술을 부르르 떠는 것을 보고, 로다는 해변의 간이 탈의
실에서 타월을 한 아름 꺼내왔다. 우리는 갑판에서 쓰는 접이
의자에 웅크리고 앉아서 시끌벅적하게 웃고, 껴안고, 와들와
들 떨었다.

그러다가 로다가 그레타에게 키스를 했다. 처음에는 부드
럽게, 나중엔 좀더 강렬하게. 두 사람은 서로 달콤하게 속삭
였고, 로다는 그레타의 타월 안으로 손을 넣었다. 내가 타월
을 꼭 감싸며 일어나려 할 때 그레타가 손을 뻗어 나를 잡아
당겼다. 우리 셋은 키스를 나누었다. 혀가 한데 얽히고 꼬여
서 누가 누구인지 모를 정도였다. 나는 어색해서 소리 내어
웃다. 기분이 좋아지기 시작하니까 나도 모르는 새 웃음이
멎었다. 그레타가 타월을 벗더니 내 타월을 세게 잡아당겼다.
우리는 서로의 몸을 애무하고 쓰다듬고 어루만졌고, 기분이
매우 좋아졌다.

"로다?" 누군가의 목소리가 들렸다.

"로다?"

"…로다?"

"빌어먹을!"

로다가 주먹으로 의자 등받이를 내리치며 다시 눈을 감았
다. 휴고가 거의 아무것도 걸치지 않고 손에 신발을 든 채 2
층 발코니, 자신들이 묵는 방 문 앞에 서 있었다. 길리아나와
밤을 보내고 온 게 분명했다.

"로다?" 그가 좀더 세게 문을 두드렸다. 방문이 잠겨서 못 들어간 모양이었다.

"이봐, 로다, 거기 있는 거야? …로다?"

휴고가 머리를 긁적이다 우리를 발견했다.

"맙소사, 로다! 대체 지금 뭐하는 거야?"

로다가 뭐하는지는 보면 잘 알 수 있을 텐데, 그는 비난하듯 소리쳤다. 그가 그러는 데는 이유가 있었다.

"제길 어서 일어나! 5시 40분이야! 당장 장비를 실어야 해!"

말도 안 돼. 아침 5시 40분? 그럴 리가. 하지만 사실이었다. 벗어 던진 옷들을 정신없이 찾는데(도처에 흩어져 있어서 쉽지 않았다) 수평선을 따라 노란빛이 가늘게 퍼져오는 게 보였다.

5시 40분.

"5분 안에 로위나의 방에 있어야 해!" 내가 숨차게 말했다.

"그리고 난 빈센트 방에 있어야 하고." 그레타가 신음했다.

갑자기 기운이 빠져서 타월 더미에 머리를 묻었다. 물밀듯이 후회가 밀려왔다. **대체 내가 무슨 짓을 한 거지? 오, 하느님! 내가 약을 했어. 마약을! 그런 바보 같은 짓을! 시험은 어떡하지? 촬영은? 이 바보, 멍청이.**

그때 그레타가 다시 금빛 상자를 들어올리며 말했다.

"자, 베이비. 활기찬 하루를 위해서."

나는 이번에 빨대를 사용했다.

잠시 후, 잠에서 완전히 깨어 내 방으로 돌아가 얼굴에 물을 뿌리고 재빨리 새 옷으로 갈아입었다. 그리고 3분이 지난 시각, 로위나의 방으로 미끄러지듯 들어갔다.

"굿모닝, 로위나!"

로위나가 하품을 하며 옷장으로 터벅터벅 걸어갔다.

"커피가 필요해." 그녀는 발을 질질 끌면서 오렌지색 슬리퍼를 신으러 갔다. "커다란 잔에 뜨거운 김이 모락모락 피어오르는 커피… 이런, 이런, 벌써 머리를 감다니!"

아뿔싸. 헤어스타일리스트와 촬영하는 며칠 동안에는 운동을 해서 정말로 땀을 많이 흘린 경우가 아니라면, 머리를 감지 말아야 한다. "그렇지 않으면 우리가 머리에 또 뭘 발라야 하고, 너는 씻어내야 하고, 거기에 또 우리가 뭘 발라야 하거든" 하고 예전에 어떤 스타일리스트는 말했다. 게다가 로위나는 지난밤에 "기름기는 바람막이야"라고 말했다.

"미안, 깜박했어요."

로위나는 내 변명을 듣지 못했다. 그녀는 코를 킁킁거리며 냄새를 맡느라 정신이 없다.

"소금 냄새가 나는데?" 그녀가 화장대에서 고양이 눈 모양 안경을 집어 들고 가까이 다가왔다. 검은 눈이 크게 떠지더니 이내 깜박인다.

"에밀리, 너 수영하러 갔었니?" 그녀가 믿기지 않는다는 듯 물었다.

"에……."

로위나는 이제 내 앞에서 흐늘흐늘한 내 머리털에 코를 박고 냄새를 맡았다.

"맞네. 그런데 샤워는 왜 안 했어? 어머나, 약에 취해 있잖아!"

오, 하느님.

"아니라고 대답할 생각 마!" 로위나가 내 턱을 거칠게 잡았다. "지금 네 눈동자가 동전 크기만 하니까!"

가슴이 세차게 뛰었다. 스타일리스트는 아주 작은 변화도 민감하게 알아챈다는 말을 들은 적이 있다. 그 말은 사실이었다.

로위나가 턱에서 손을 내리고 고개를 흔들었다.

"에밀리 우즈, 약에 손대기 시작하면 안 돼. 알겠니?"

그리고 나를 샤워실로 밀어 넣었다.

* * *

샤워를 마친 다음, 나는 오늘 촬영이 엉망진창이 될 거라고 예상했다. 그러나 결과는 정반대였다. 약기운 때문에 테디가 이러쿵저러쿵 해도 전혀 화가 나지 않고 오히려 포즈가 더 좋아진 것이다. 오후에 약을 사용하지 않아도 그 효과는 내내 지속되었다. 게다가 간밤의 피로가 몸을 더 유연하게 움직이게 해주어 나는 더 안정된 포즈를 취했다.

"좋아! 아주 좋아!" 테디는 그다지 놀라지도 않고 말했다.

그래, 그건 좋다. 그런데 촬영이 끝나고 공항으로 가는 도중에 나는 약에서 깨어나 제정신으로 돌아왔다. 이건 좋지 않았다. 공항에 도착한 뒤 내 바람은 오직 잠을 자는 것뿐이었다. 정말로 그럴 수가 없었다. 학교 시험 준비 걱정 때문에 비행기 안에서도 공부를 해야 했다.

탑승 수속 라인에서 나는 그레타를 잡아당겼다.

"그레타, 조금 더 필요해요."

그녀가 잠시 생각하는 표정을 지었다.

"안 돼, 없어. 여기선 더더욱……"

여우! 그녀는 있으면서도 일부러 안 주고 있었다. 나는 그녀의 팔을 움켜잡고 말했다.

"그레타, 돈 드릴게요."

"에밀리, 정말 없어. 미안." 그녀가 팔을 뺐다. "있으면 주지, 왜 안 주겠어?"

커피 두 잔과 다이어트콜라 두 캔을 벌컥벌컥 마셨다. 그래도 점점 감기는 눈을 막지 못했다. 정신이 아득해지더니 어느새 잠들고 말았다. 나는 비행기가 착륙하고 옆자리 남자가 나를 넘어 출구를 나갈 때까지 깊이 잠들어 있었다. **젠장. 결국 기숙사에 가서 벼락치기를 해야 했다. 젠장. 젠장. 도서관에서도 마찬가지였다. 젠장. 젠장. 젠장. 그리고 밤을 꼬박 샜다.**

하지만 그것으로 충분하지 않았다. 시험지를 들여다보는데, 머릿속이 몽롱하고 혼란스럽기만 했다. **우나, 우나가 누구지? 좋은 사람이야, 나쁜 사람이야? 그리고 아서 왕, 당신은 거기서 뭐하고 있는 거죠? 4번 질문에 있어야 하는 거 아니에요? 이 말은 누가 했더라? 라파엘? 가브리엘? 아, 가브리엘. 가브리엘! 나 좀 도와줘요.** 나는 연필로 답안지를 계속 두드렸다. **도와줘요. 도와줘.**

제11장
첫 성적표

산타클로스가 무지하게 바쁜 시기가 찾아왔다. 발삼에 있는 우리 집에는 코바늘로 뜬 냄비 집게 한 쌍과 요구르트 제조기, 색다른 곡물 삼총사—애머랜스, 메밀, 스펠트밀—가(모두 기숙사 생활에 더할 나위 없이 좋은 아이템이다) 여느 때와 다름없는 크리스마스 선물—손으로 짠 털실 양말, 적갈색의 최신 버켄스탁 샌들—들 속에 흩어져 있다.

나는 받은 만큼 갚았다. 태국 북부 언덕에 사는 부족 마을의 수공품에 늘 매료되곤 하는 엄마는 내가 미국 공예 박물관 선물 코너에서 고른 몽족의 베개를 매우 마음에 들어 하셨다. 다른 선물은 이에 비해 성공적이지 못했다. 토미 오빠는 자이언츠(뉴욕 연고지의 미식축구팀—옮긴이) 스웨트 셔츠를 보고 콧방귀를 끼며 "뭐야, 나더러 뉴욕 팀을 응원하라는 거야?"라고 말했다 그리고 크리스티나는 내가 준 모자가 어떤 물건인지 정말로 못 알아봤는데("어머나, 단추로 덮인 야구 모자잖아!"라고 말했다), 《보그》의 인기 상품이었다는 사실에도 별다른 관심을 보이지 않았다. 마지막으로 아빠. 아빠한테는 뉴욕과 관련된 여러 가지 자잘한 물건들을 선물했다. 그중에 타임스 스퀘어에서 사온 티셔츠에는 "이건 머리가 벗겨진 게 아니라 섹시한 사람을 위한 태양 전지판이다"라고 쓰여 있었다. 아빠는 진짜로 그 티셔츠를 입었다.

오빠와 나는 우리가 늘 하는 식으로(오빠는 엄청나게 무거운 역기를 들어올리고, 나는 크리스티나와 어울려 다니고) 이 괴로운 시간을 보냈다. 그러다 크리스티나가 자신의 부모님과 캡티바(플로리다의 휴양지로 유명한 섬—옮긴이) 섬으로 여행을 떠나는 바람에 나는 할 일이 없어졌다. 내가 너무 지루하다고 투덜대자, 엄마는 내가 시간을 알차게 보낼 수 있다는 방법을 끊임없이 제안했다.

"에밀리, 저 새 스펠트밀을 뜯어서 이 라비올리 요리에 시험해 볼까?"

"《네이션》에 대항문화에 대한 매혹적인 기사가 실렸어."

"여성의 쉼터 지하실 청소를 도울 사람이 필요한데."

"알았어요." 나는 마침내 마지막 제안에 응했다. 계속 집안에만 있었더니 몸이 근질거려 참을 수가 없었기 때문이다.

302

"좋아, 움직이자."

우리는 곧바로 출발했다. 차 안에서 엄마가 내셔널 퍼블릭 라디오(비영리 · 공공의 전국 네트워크 라디오 방송—옮긴이) 방송을 틀었다. 뉴스 아나운서가 포르노 배우의 매끈한 목소리로 로커비 상공에서의 팬암 비행기 폭파 사건(1988년 런던 히스로 공항을 출발, 뉴욕을 향하던 팬암 103호 비행기가 폭탄테러를 당해 스코틀랜드 로커비 상공에서 270명의 사상자를 낸 사건—옮긴이)에 대해 뉴스를 전하고 있었다. 나는 차창 밖을 물끄러미 내다보았다. 사람들은 위스콘신의 겨울을 떠올릴 때 사방이 눈으로 덮인 시골 농지를 상상할지 모른다. 그건 이곳에 한 번도 와본 적이 없기 때문일 것이다. 물론 이따금 눈이 내리기는 한다. 하지만 대개 1월에는 잿빛 하늘에 얼어붙을 듯한 추위가 몰아쳐서 드문드문 얼음 옷을 입은 옥수수를 제외하면 황량한 갈색 들판만이 펼쳐져 있다.

엄마가 라디오 볼륨을 낮추고 말했다.

"너한테 편지가 온 것 같던데." 엄마의 목소리가 왠지 딱딱하다.

곧 심장 박동이 빨라지기 시작했다. 그렇다. 사흘 전 봉투(먼저 옆쪽을 뜯고 윗부분을 열게 돼 있는, 화장지처럼 얇은 종이였다) 하나가 도착했다. 처음에 나는 계단 위에서 그 편지를 보았다. 편지는 그곳에 계속 있다가 이튿날 내 침대 위에 놓여 있었다. 나는 침대 옆 작은 탁자 서랍 속에 그것을 감췄다가,

다음 날 새벽에 잠이 오지 않는 바람에 어리석게 그것을 개봉해버렸다. 그때부터 죽 편지는 내 가방 밑바닥에 놓여 있다.

"무슨 편지야?"

"컬럼비아에서 온 거요."

"그렇구나. 좋은 소식이겠지."

엄마는 미소조차 짓지 않았다.

"네 성적표인 거 같은데?"

"맞아요."

"어떻게 나왔어?"

"괜찮아요."

"어떻게 나왔는데?"

"평균치요."

"더 구체적으로 말해봐."

"엄마! 스무고개 놀이라도 하시는 거예요?" 내가 목소리를 높여 빠르게 대꾸했다. "괜찮게 나왔다고 말씀드렸잖아요! 정확히는 기억 안 나요!"

"대강이라도 기억해봐."

이슬비가 내리기 시작했다. 엄마가 와이퍼를 작동시켰다. 나는 차도를 빤히 내려다보았다. 집을 떠난 지 5분이 넘었고, 우리는 시속 65킬로미터로 달리고 있다. 함정에 빠진 기분이다.

"에밀리?"

"대부분 C고⋯ D^+가 하나예요."

엄마는 우체통을 피하기 위해 급커브를 틀어야 했다. 잠시 후 나는 엄마의 손가락 마디가 하얗게 변하고, 앙다문 입과 턱 근육이 떨리는 것을 눈치 챘다. 오랫동안 침묵을 지키던 엄마가 말했다.

"네 아빠가 알게 될 때까지 기다려보자."

그래봤자 별소득도 없으리란 걸 우리 둘 다 알고 있었다. 《하이 타임스》를 구독하는 아빠는 지금 자신을 섹시한 사람이라고 공언하는 티셔츠를 입고 돌아다니는 중이었다. 아빠의 좌우명을 아빠식대로 말하자면 "이보게, 마음 편히 가져"일 것이다. 그렇다. 우즈 집안의 규율 대장은 바로 내 엄마였다. 빛바랜 작업복 차림에 캐서린 헵번(1907~2003, 미국 영화배우—옮긴이)처럼 아무렇게나 머리를 동여맨 엄마는 뭔가를 말하려 고심하고 있었다. 나는 동정심을 불러일으키려고 겁먹은 표정을 지어 보였다.

"엄마, 컬럼비아 교수들은 굉장히 까다로워요. 그래서 아직 거기에 적응이 안 됐나봐요."

"국어 중간고사에서 최고 점수 98점을 받은 실력은 다 어디로 간 거야?" 엄마의 목소리가 이제 고함으로 변했다.

"사실 저도 깜짝 놀랐어요."

"대부분이 C라니……."

"C⁺도 하나 있어요."

"이제 D를 받을 일만 남았구나. 에밀리 우즈, 솔직히 난 이런 날이 올 줄 몰랐다!"

D……. 다음 주에 담당 교수 연구실 밖에 놓인 마분지 상자에서 내 시험 답안 용지를 찾으면 첫 페이지 안쪽에 붉은 잉크로 점수가 매겨져 있고, 그 밑에 이런 말이 쓰여 있을지도 모른다. **'넌 나의 가장 전도유망한 학생이었다. 대체 무슨 일이냐?'**

이슬비가 좀더 굵은 가랑비로 변했다. 와이퍼가 휙휙 좌우로 움직이고 엄마의 잔소리가 계속되었다.

"에밀리, 우리 둘 다 그 모델 일 때문에 네 성적이 떨어진 걸 알고 있어."

맙소사.

"엄마, 그건 제 일이에요!"

"넌 열여덟 살이야! 지금 네가 할 일은 교육을 받는 거고!"

"전 모델 일을 해서 학비를 벌고 있어요!"

"그 일은 네 학업을 망치고 있어!" 엄마가 손으로 핸들을 쾅하고 내리쳤다. "세상에, 에밀리, 넌 형편없는 성적을 받았어. C라고? 게다가 D? 말도 안 되는 점수야!"

"D가 아니라 D⁺예요." 내가 바로잡았다. 플러스 하나라도 매달릴 필요가 있었다. "프랑스어에서." 이 말을 덧붙인 이유는 엄마 역시 외국어에 약하기 때문이다.

엄마가 갑자기 조용해졌다. 빗소리 때문에 거의 들리지 않을 정도였다.

"그럴 만도 해. 시험 기간 중에 도미니카 공화국에 갔다 왔으니. 왜 그런 바보 같은 짓을 한 거지?"

나는 순간 몸이 얼어붙었다.

"네 방바닥에서 항공기 탑승권을 발견했어."

그 말은 엄마가 내 방에 드나든다는 뜻이었다.

"그 놈의 촬영 때문이었겠지?"

엄마가 나를 쳐다보고 있었다. 나는 여전히 움직일 수가 없었다. 그럴리 없겠지만 혹시나 하는 생각으로 난 꼼짝도 하지 못했다. 엄마가 그 여행에 대해 알고 있다면, 다른 일도 알고 있을지 모른다. 코카인에 대해서도. 그 말을 꺼낼 수도 있다. 상황이 좋지 않다. 우리 부모님은 마리화나는 인간의 몸을 고칠 수 있는 신기한 명약이라고는 생각한다. 그러나 다른 모든 마약에 대해서는 엄격했다. 만약 그 일을 부모님이 알게 되면 나는 살아남지 못할 것이다.

"에밀리 우즈, 모델 일에 네 인생을 허비해선 안 돼."

나는 안도의 한숨을 내쉬었다.

"그럴게요, 엄마. 약속해요."

자신 있게 대답했지만, 그러지는 못할 것이다.

마약. 나는 그 단어를 떠올리기만 해도 작게 찌르는 듯한 흥분을 느꼈다. **코카인. 다시 널 맛보고 싶어 참을 수가 없어.**

제12장
휴가

날씨는 여전히 추웠고 나는 두 번째 학기를 맞이했다. 그리고 뉴욕으로 돌아온 첫 금요일에 쉬크로 갔다.

"죄송한데 깝 당띠브라고 하셨나요, 깝 페라(깝 당띠브, 깝 페라 모두 지중해 연안의 프랑스 도시 — 옮긴이)라고 하셨나요?"

"네, 물론이죠. 173센티미터예요. 제가 직접 쟀는걸요."

"15, 16일은 1순위를 2순위로 바꿔야 해요. 17일은 여전히 1순위고, 14일… 그리고 13일도 필요하다면 그렇게 할 수 있지만, 5일 모두를 1순위로 해 드릴 수는 없어요. 절대요. 당장 그 모델로 확정하는 경우가 아니면… 불가능해요."

바이런에서 존, 저스틴으로 순으로 부킹 테이블을 휙 둘러보았다. **우와.** 독서 기간 전부터 지금까지 쉬크에 한 번도 들러보지 못했다. 계속 울려대는 전화벨 소리에 정신없이 바쁜 부커들… 번창해 가는 에이전시 분위기를 처음으로 흠뻑 느낄 수 있다.

"깝 줄루까. 아, 물론 날씨가 훨씬 좋고 완벽하게 멋진 곳이죠. 제이드는 앵귈라(서인도 제도의 동쪽에 있는 섬―옮긴이)의 가난을 너무 우울하다고 생각하거든요!"

바이런이 나와 눈이 마주치자 싱긋 웃었다. 나도 미소를 지어보였다. 갈색 셔츠에 허쉬 초콜릿 색깔과 똑같은 스웨이드 조끼를 맞춰 입었는데, 그에게 잘 어울렸다. 나는 어깨에 걸친 가방을 앞쪽으로 돌렸다. 배낭 안에 바이런에게 줄 크리스마스 선물이 들어 있었다. 뭐 대단한 건 아니고, 카드하고 그가 매우 좋아하는 크리스털 펜던트였다.

"어려워요? 누가요? …그런 말이 아니에요, 칼린! 내가 말하는 건 28일 시작되는 촬영에는 제이드를 2순위로 예약해야 한다는 것뿐이에요. 시간을 확정할 기회를 원하신다면, 다른 나라를 생각해 보실래요? 이제 됐죠? …좋아요, 끊습니다!"

"어서 와, 에밀리!"

"안녕하세요!"

바이런이 예의 그 키스 인사를 하기 위해 의자를 뒤로 빼는데 다시 전화벨이 울렸다.

"바이런, 《엘르》의 해리엇이에요. 2번이요."

저스틴이 손으로 머리칼을 쓸어내리며 그에게 알렸다. 그의 머리는 이제 머리끝만 초록색이 아니라, 염색 양동이에 머리를 한 번 푹 담갔다 꺼낸 것처럼 전체가 다 초록색이다.

"무슨 일로?"

"제이드요."

"아!" 바이런이 방금 꽂았던 차트를 다시 뽑아 찾는다.

내가 뚱한 표정을 지었다.

"제이드가 누구예요?"

"열여덟 살에 반은 프랑스, 반은 베트남. 파리 패션쇼에 처음으로 얼굴을 내밀었는데, 뉴욕의 에이전트 전부가 제이드를 원하고 있어. 내가 제이드를 잡다니 믿어지지가 않아!" 바이런이 내게 손짓하며 말한다. "저쪽에 제이드… 여보세요, 해리엇!"

나는 약간 응석받이로 보일 듯하고 파리지앵 냄새가 풍길 것 같은 반 아시아인을 찾아 고개를 돌렸다. 그러나 길모퉁이 음식점의 배달원만 눈에 들어왔다. 나는 당황스러워하다가 시선을 트로피 벽에서 멈춘다. 쉬크의 모델 사진이 열두 장으로 늘어나 있었다. 그 중에 짧고 검은 머리에 눈이 다이아몬드형인 모델의 잡지 표지 사진 두 장을 보았다.

그때 바이런이 내 어깨를 미끄러지듯 감쌌다.

"모델 열 명에 표지 사진 두 장, 쉬크는 확실히 궤도에 올랐어." 그가 중얼거리듯 말했다.

나는 그에게 몸을 기댔다.

"아주 신나는데요. 정신없이 바빠 보여요!"

"바이런, 《셀프》 레슬리예요, 1번!" 저스틴이 소리쳤다.

"그리고 2번은 파리에서 쟝—뤽이에요!" 이번엔 존이었다.

나는 어깨를 펴고 말했다.

"바이런, 제 리스트 주세요. 일손을 덜어드리지요."

결국 이게 내가 여기에 온 이유였다. 물론 인사를 하러 온 목적도 있었지만. 바이런은 금요일마다 내가 만나야 할 사진작가와 마케팅회사 간부, 편집자들 목록을 차례대로 깔끔하게 정리해준다. 거기에 날씨와 간단한 지도를 덧붙이는데 재미없는 농담이나 우스운 스케치가 포함될 때도 있다. 이게 매주 반복되는 우리의 일상이다.

바이런이 소파를 가리키며 말했다.

"에밀리, 거기 좀 앉아."

"바이런 1번 전화요!" 저스틴이 재촉했다.

"잠깐 기다리라고 해."

이야! 소파에 시험 삼아 살짝 엉덩이를 걸쳐봤다. 바이런이 가까이 있는 의자를 끌어와 앉고는 내 손을 잡는다.

"에밀리, 《레이》 촬영에 대해 테디와 얘기했어. 테디 말이, 네가 완전히 뻣뻣했다고……."

"테디가 소리를 지르잖아요!"

"그래, 알아, 테디 매킨타이어는 성질이 고약해. 그건 이미 말했던 거고, 난 지금 소리 지르고 있지 않잖아. 에밀리, 굉장한 소식이야! 테디 말이, 네가 자기 지도를 받고나서는 훨씬 좋아져서 사진이 환상적으로 잘 나왔대!"

나는 숨이 멎었다.

"정말이에요?"

"정말이다마다. 네가 8페이지를 장식하게 될 거야. 8페이지의 환상적인 사진이라… 너무 흥분되는데, 우리가 조금 기다려야 할 것 같다."

내가 그의 말대로 조금 기다렸으나, 더는 아무 말도 없었다.

"뭘 기다려요?"

"사진. 4월 말이나 5월 초에 나올 거야."

저스틴이 다시 말을 꺼내려했다.

"바이런!"

"잠깐만!"

나는 갑자기 한기를 느꼈다.

"바이런, 그러니까 지금부터 5월까지 일을 하면 안 된다는 말이에요? 그런거예요?"

"그런 말이 아니야! 일이 들어오면 그게 어떤 일인지 알아보고 당연히 해야지. 하지만 에밀리……." 바이런이 의자 한쪽 팔걸이로 몸을 기대고 내 손을 잡은 채 부드럽게 말했다. "지금까지 일이 많지는 않았어. 대부분 방문 약속이었지, 안 그래?"

"네, 하지만……."

"바이런!"

바이런이 내 손을 놓고 단단히 팔짱을 껴 보이며 저스틴에게 방해하지 말라는 신호를 보냈다. 그리고 다시 내 손을 꽉 잡았다.

"이건 전적으로 네가 결정할 일이야. 테스트 사진으로 가득한 포트폴리오를 들고, 추운 뉴욕 거리를 터벅터벅 걸어 다니느냐, 아니면 잠시 쉰 다음 상쾌한 4월에 8페이지의 기막힌 잡지 화보를 포트폴리오에 넣고 컴백하느냐? 어느 쪽이든 난 네 선택에 따를 거야. 어떻게 하고 싶어?"

나는 바닥 일부에 깔린 럭의 검은색 삼각형 무늬를 물끄러미 내려다보았다. 엄마가 이번 학기에 성적을 못 올리면 위스콘신의 전문대학으로 학교를 옮기라고 으름장을 놓았기 때문에 사실 나도 방문 약속에는 크게 끌리지 않았다.

내가 조용히 말했다.

"결국 우리는 목표를 달성하지 못한 거네요?"

"목표?"

몇 달 전 바이런이 했던 것처럼 내가 두 손가락으로 허공에 2센티미터 정도의 간격을 그려 보였다.

"기회라는 좁은 창문을 통과해서 근사한 포트폴리오로 새 얼굴이 되는 거요. 그런 일은 일어나지 않았잖아요."

바이런이 일어서서 몸을 굽히더니 두 손으로 내 얼굴을 감

썼다.

"아니야, 에밀리. 그런 말은 하지 마. 그렇지 않아! 넌 《레이》 화보를 찍었어, 안 그래? 그리고 프랭클린 파클린 광고도… 거의 딸 뻔했잖아? 이게 우리가 목표했던 그런 일이야!"

그를 뚫어지게 바라보았다.

"진심이에요?"

"당연하지!"

"바이런!"

"왜?"

"칼린이에요." 저스틴이 말한다. "세인트바스는 괜찮은지 알고 싶대요."

"괜찮을 거라고 해! 거긴 쓰러져가는 도시가 아니니까! 에밀리, 내 말 믿어. 넌 훌륭해. 난 정말로 네 가능성을 믿고 있어. 넌 유명 스타가 될 거야. 하지만 우린 널 올바르고 성공적인 방식으로 소개할거야. 첫인상을 주는 데 결코 두 번의 기회는 없으니까. 절대로 두 번 신인이 될 수는 없어."

전에도 이 말을 들은 적이 있다. 나는 고개를 끄덕였다.

바이런이 손을 뻗었다.

"4월까지, 알겠지?"

"4월까지."

나는 자리에서 일어나 바이런과 작별 키스를 했다. 그리고 캠퍼스에 돌아오고 나서야 바이런에게 주려고 한 선물이 떠올랐다. 나는 그걸 하늘 높이 던졌다. 선물이 떡갈나무 가지에 매달려 흔들렸다.

대롱대롱.

*　*　*

"콘돔을 또 하나 찾았어!"

모히니가 손에 든 갈퀴를 상록 덤불의 뿌리 쪽으로 뻗었다.

"사용한 거잖아?" 그녀가 투덜거렸다.

조든이 두꺼운 고무장갑으로 그 불쾌한 물건을 집어서 허공에 대고 흔들자 젖빛 액체가 죽 흘러나왔다.

"서로 좋아서 했을 테지." 픽시가 중얼거렸다.

발삼에서 여성의 쉼터 지하실 청소를 하는 둥 마는 둥 한 일이 잠재해 있던 죄책감을 불러일으킨 게 틀림없다. 봄 학기가 시작하고 얼마 되지 않아, 얼 홀 건물로 당당하게 걸어 들어가서 **'도시 환경 개선하기: 컬럼비아가 우리 도시를 아름답게 만든다'** 캠페인에 참가 서명을 했기 때문이다(그렇다. 캠퍼스에 대장균을 옮길 수 있는 자원봉사였다). 모히니와 픽시, 조든은 일이 끝나고 막 구워낸 베이글과 커피를 사 주겠다는 내 꼬임에 넘어가 나를 따라갔다. 그것은 우리에게 할당된 장소가 지하철을 두 번 갈아타고 40분 정도를 가야 하는

315

톰킨즈 스퀘어 파크라는 사실을 알고, 내가 친구들에게 할 수 있는 최소한의 제안이었다. 이제 우리는 일요일 아침마다 8시 30분에 일어나서 그곳에 가야하고, 친구들은 나를 싫어하게 될 것이다.

그나마 그것도 우리의 임무를 깨닫기 전의 일이다. **'아름답게 만든다'** 는 말에서 나는 우리의 일이 어떤 아름답고 귀한 물건—예를 들어 다기 세트 같은—을 찾아내어 녹슬거나 변색된 부분을 윤이 나게 닦는 정도일 거라 생각했다. 하지만 톰킨즈 스퀘어 파크는 한마디로 쓰레기장이었다. 몇 년 동안 노숙자들의 야영지로 사용되어 '텐트 시티Tent City'로 불린 이 공원에 작년 여름 카치 뉴욕시장의 정화명령이 떨어졌다. 이 때문에 소요가 발생했지만 결국 텐트 시티는 폐허가 되었고, 이제 그 잔해를 치우는 게 우리의 일이었다. 6주 전에 일을 시작한 이후 스팸 통조림, 주사 바늘, 안전핀, 죽은 고양이 두 마리, 살아 있는 닭 한 마리, 더러운 반창고 상자 하나, 영화배우 모건 페어차일드의 사진, 비지스 앨범, 콜트 45구경 권총이 들어 있는 큰 병들, 맨해튼 섬을 둘러싸기에 충분한 소다수와 맥주 캔들, 딱딱하게 굳은 피임용 페서리 그리고 최근 잔해 목록에 올리게 된 콘돔을 찾아냈다.

콘돔은 정말 많았다.

"오늘 벌써 다섯 개째야." 조든이 머리를 흔들어 이름표를 붙인 뒤 쓰레기봉투 속에 휙 집어던졌다. "지난밤 뉴욕에서 이걸 사용하지 않은 사람들은 우리밖에 없을 걸."

"그건 네 생각이지." 픽시가 말한다.

"잠깐, 그럼 넌 사용했단 말이야?" 조든이 묻는다. "누구랑?"

픽시는 지저분한 느릅나무 밑동을 파더니 캔 하나를 높이 들어올린다.

"포도맛 환타야. 목록에 올릴 새 품목이지?"

"아니, 지난주에 주웠어."

"그래?"

조든이 조바심을 내며 가래로 흙을 퍼냈다.

"누구랑 했냐니까?"

"프라울……." 픽시가 나직하게 말했다.

조든의 눈이 동그래진다.

"프라울? 대체 프라울이 뭐야?"

"사교장이야." 사실 나이트클럽이 더 정확한 표현이기는 하지만 내가 그렇게 대답했다.

그곳에는 화려한 레오파드 무늬 의자와 큰 고양이 사진이 멋진 액자 안에 놓여 있었다. 이 나이트클럽은 새로 문을 열자마자 라임라이트와 팔라듐을 제치고 노호 지역을 석권했다.

"그러니까 사교장 전체와 잠을 잤다는 거네. 이런, 이런, 대단하셔."

픽시가 가운뎃손가락을 쳐들었다.

"바—텐—더, 조드야. 제이티라고 하지."

모히니가 흥분해서 눈을 껌벅이며 우리의 대화에 합류했다.

"제이티? 잭하고는 어떻게 된 건데?"

"정말 황홀했어." 픽시가 몸을 떨면서 말한다. "그가 뉴웨이브에 푹 빠져 있다는 건 알지만, 진짜로 멋져. 여하튼 잭은 잊어버려. 다른 남자를 만났으니까."

모히니와 조든과 내가 눈짓을 주고받았다. 대학 생활이 시작된 이후 픽시가 습관적으로 이 남자 저 남자를 만나는 바람에, 조든은 픽시의 희생자들을 픽셀이라고 불렀다.

"난 어쩌면 아버지를 대신할 존재를 찾는지도 몰라. 버림받을까봐 엄청 두려워했거든." 어느날 밤 픽시는 말했다(하지만 여느 부유한 뉴요커처럼 픽시는 코를 세우고 치아 교정을 하기 전부터 세라피를 받으러 다녔다).

"그리고 엄청난 괴짜인 우리 엄마 때문에 내 성격이 수동적이면서도 공격적인 성향을 갖게 되었어. 게다가 구강성교 사건으로 모두 나를 되바라진 애로 보니까 오히려 그걸 즐기는 게 나을지도 몰라."

"좋아, 그건 그렇고 제이티 얘기나 더 해봐." 조든이 조르듯 말했다.

픽시는 1미터 정도 떨어진 곳에서 햇빛을 듬뿍 받고 있는 자주색 크로커스 꽃밭을 향해 손을 뻗었다. 3월의 첫 주는 모든 것을 희망적이고 아름답게 보이게 한다.

318

"사실 말할 게 별로 없어……." 우리가 일어나려고 하자 그녀가 다시 입을 뗐다. "갈색 눈동자에 금발 머리."

"나이는?"

"서른셋."

"늙었네." 조든이 말한다. "연예인 누구 닮았어?"

"가수 대럴 홀!."

"그건 귀엽다는 뜻이지?" 조든이 고개를 내 쪽으로 돌렸다. "에밀리, 너도 거기 있었잖아. 귀엽든?"

"응. 괜찮았어. 멋져."

조든이 호기심 어린 눈으로 나를 본 뒤 다시 고개를 돌렸다.

"그리고 어떻게 됐어?"

픽시가 한숨을 쉬고는 꿈을 꾸듯 꽃을 어루만지기 시작했다. 어린 소녀처럼 머리를 양쪽으로 땋아 늘어뜨리고 핑크색 바지를 입고 있었는데, 마치 우리에게 요즘 유행하는 바비 인형에 대해 말해줄 듯이 보였다.

"하지만 그 사람 금방 싸버렸어." 픽시가 잠깐 침묵하다가 다시 입을 열었다. "두 번."

"두 번?" 조든이 자신의 머리카락을 장난스럽게 만지며 말했다. "두 번이면 나쁘지 않네."

모히니는 털썩 뒤로 드러누웠다. 그녀가 첫눈에 반한 천체물리학 교수 생각에 빠져 있는 게 분명했다. 그는 마흔다섯 살에 세 아이의 아버지였고 곰돌이 푸 못지않게 배가 볼록했다. 내 친구들 모두 훌륭한 애인이라 함은 어떤 일이나 상황들로 상대방에게 계속 성적인 쾌감을 느끼게 만드는, 적어도 그렇게 되게 노력하는 사람이라는 데 동의한다. 한 번은 조든이 이렇게 설명했다.

"말하자면 그건 고급 레스토랑에서 웨이터가 더 필요한 게 없는지 물어보는 태도와 같다고 할 수 있어. '노'라고 대답하더라도 고마워하게 되니까."

그렇다고 내가 그걸 경험했다는 말은 아니다. 지금까지 내 데이트 상대들은 형편없었다. 우선, 루크가 있었다. 그는 키가 크고, 귀엽고, 보트 경주 팀에 있었다. 그리고 침을 흘렸다. 우리가 처음이자 마지막으로 키스를 한 때에도 아주 많은 침을 흘렸는데, 실제로 내 턱에 흐르는 침을 혀로 핥아 없앴다. 그는 그게 귀여운 행동이라고 생각했다. 톰은 멋졌다… 그의 고등학교 시절 별명이 '지진아 톰'이라는 걸 알게 될 때까지는. 그의 졸업 앨범에는 친구들이 써 준 동정 어린 문구가 도배되어 있었다. **'톰을 싫어했던 짝은 단 한 명도 없었음!' '톰은 확실히 유행에 뒤떨어지지 않아!!!'**

찰리는 상냥했다. 매우 상냥해서 자신의 어머니와 하루에도 몇 번이고 대화를 나눴다. 그의 어머니는 아들의 친구와 조교, 교수들의 이름을 알고 있었다. 그리고 어느 이른 아침, 나에 대해서도 알고 있다는 걸 깨달았다. 나에 관한 모든 것을. "에밀리가 또 외박했어요." 찰리가 자신의 헝클어진 머리에 수화기를 바짝 갖다 대며 속삭였다. "정말 좋았어요, 엄마. 우린……." 나는 그가 내 인생에 상처 자국을 남기기 전에 문을 박차고 나왔다. 그렇게 침 흘리는 남자와 지진아, 마마보이와 사귀었을 뿐, 노련한 바람둥이의 손길에 오르가슴을 느껴본 적은 아직 한 번도 없다.

"에마. 리."

깜짝이야! 세 사람 모두 나를 빤히 쳐다보고 있다.

"왜?"

"어젯밤에 만난 사람이 있는지 두 번 물었어." 조든이 말했다.

픽시를 쳐다본 다음 고개를 숙였다.

"뭐 그런 건 아니고."

"그런 건 아니라는 말은 만났다는 뜻이야." 모히니가 지적했다.

"바로 그거야, 히니. 어서 털어봐, 에마."

어젯밤에 조든은 데이트가 있고, 모히니는 스터디 모임을 해서 픽시와 나는 클럽에 갈 계획을 세웠다. 원래는 여러 곳을 돌아볼 생각이었는데, 우리의 투어는 프라울에서 시작해 프라울에서 끝났다. 그곳에서 픽시가 눈을 희번덕거렸고, 제이티는 우리에게 보석 빛깔의 여러 가지 칵테일을 모두 공짜로 만들어주었다. 새벽 1시 30분, 제이티의 친구인 아이크가 나타났다. 머리를 감지 않은 그는 자신의 어머니에게 과도하

321

게 칭찬을 받고 자란 순도 100퍼센트의 에고티즘 소유자였다. 그는 우리의 다음 목적지를 몹시 궁금해 했다. 나는 자러 갈 거라고 말했다. 물론 혼자서 잔다는 의미로. 하지만 곧 허탈해졌다. 픽시와 제이티는 서로 쓰다듬고 어루만지는 단계로 발전했다. 적어도 1시간 정도는 그들을 방해하지 말아야 했다.

아이크가 소리 내어 웃었다.

"원기 회복제가 좀 필요해 보이는데?"

나는 그게 무엇을 의미하는지 잘 알고 있었다.

아이크를 따라 작은 창고 안으로 들어갔다. 그때 나는 겁을 먹었다. 어쨌든 그는 하늘거리는 손가락으로 예쁜 금빛 상자를 든 그레타가 아니라, 기름진 머리에 술기운이 오른 완전히 낯선 남자였다. 무슨 생각을 한 거야? 하지만 "아니, 됐어요. 고맙지만 사양할게요"라는 말은 절대 입 밖으로 나오지 않았다. 대신에 그가 마라스키노 체리의 가장 큰 용기 뚜껑 위에 흰 가루를 길게 늘어뜨리는 걸 조용히 지켜봤다. 세차게 뛰는 내 심장이 그 황홀감을 간절히 기다리고 있었다.

그때 문이 벌컥 열렸다. 픽시였다.

"맙소사, 뭐하고 있는 거야?"

"아무것도 아니야."

아이크가 바닥에 넘어졌다.

픽시가 돌연 황소만큼 강한 힘으로 내 벨트 버클을 움켜쥐고 나를 복도로 끌어당겼다.

"너 언제부터 코카인 한 거야?" 그녀는 숨을 몰아쉬었다.

나는 잠시 침묵했다. 내 코카인 흡입에 대해 알고 있는 사람은 크리스티나뿐이다. "코, 코카인?" 크리스티나가 숨을 딱 멈췄고, 나는 그것을 나쁜 표시로 받아들였다. 실제로 그녀는 큰 충격을 받고 파랗게 질렸다. 그 뒤 나는 내 마약 경험을 누설하지 않기로 맹세했다. 픽시의 설교―내가 이미 알고 있는, 다섯 번이나 요양원 신세를 져야 했던 그로턴 고등학교의 친구 얘기―가 이어졌다.

픽시가 팔짱을 끼고 발로는 콘크리트 바닥을 굴렀다

"말해."

내가 몸을 똑바로 곧추세웠다.

"한 번도 한 적 없어." 내가 냉담하게 말했다. "한 번도."

나는 지금 조든에게도 똑같이 말한다. 그녀의 반응 역시 비슷하다.

"좋아. 부인하고 싶으면 그렇게 해, 에마. 하지만 뭔가 있어. 난 알아"라며 나를 쏘아보면서 말했다.

제13장
하겐다즈

"《레이》를 받았어."

바이런은 전화를 걸고서는 "안녕!"이나 "여보세요?"는 말은 물론 "에밀리?"라는 말조차 하는 법이 없어서 상대방을 당황스럽게 하곤 했다. 가끔 모히니는 "달링, 네가 몹시 필요해!", "지금 입고 있는 옷이 뭐야?", "얇은 끈 팬티 꼭 가져와!" 등등의 어리둥절한 말을 들었다.

나는 숨을 죽이고 물었다.

"사진 어떻게 나왔어요?"

"멋지게 나왔어." 바이런이 만족스럽게 말했다.

다른 수식어는 없다. **멋지게, 멋지게!** 그 말이 비밥 춤을 추며 방을 돌아다니기 시작한다.

"더 자세히 말해 줘요!"

"어디 보자……."

바스락거리며 페이지가 넘어가는 소리가 들린다.

"빨간 수영복 입고 해변을 걷는 사진이 있어. 바다를 바라보면서 약간 눈을 가늘게 뜨고 있는데… 다음번엔 조금만 더 크게 뜨도록 해. 하지만 잘 나온 전신사진이라 유용할 거야. 파란 수영복 입고 파도 속에서 뛰는 측면 사진도 있어. 엉덩이가 예술로 나와서 이 사진 역시 유용할 거야. 검은 수영복을 입고 찍은 것도 하나 있어. 표정은 푹 빠질 만큼 근사하지 않지만 가슴이 놀랄 만큼 크게 나왔어. 여자들이 달마다 하는 그때라서 그런가? 어쨌든 좋아. 그리고 하나 더 있는데, 실제로는 2페이지짜리야. 아주 멋진 파도를 배경으로 하고 있어. 영화 〈지상에서 영원으로〉에 나오는 한 장면 같고 개인적으로 가장 마음에 들어!"

2페이지짜리? 우아. 나는 높이 껑충 뛰어오른다.

"그리고요?"

"그리고? 이게 다야."

"5페이지? 그게 다예요? 8페이지가 될 거라고 했는데!"

"그런 일은 항상 있어, 에밀리." 바이런이 쾌활하게 말한다. "특히 신인일 때. 네가 카메라 앞에서 좀 뻣뻣했다고 테디가 말했잖아. 기억나? 또 네가 원피스형 수영복만 입어서 그런 사진이 많이 필요 없었는지도 몰라. 아무튼 그레타가 나

325

머지 페이지를 채우고, 표지까지 장식했는데 정말 아름다워! 그레타가 촬영하는 거 다 봤니? 속이 비치는 섹시한 흰 비키니를 입고 있는데, 진짜 환상적이야! 아일린이 에이전트야. 그 미친 늙은 뚱보가. 에밀리, 그레타가 포드에 만족하든? 내가 더 좋은 차를 줄 수 있는데."

"그런 얘기한 적 없어요." 지금 내 명치를 찌르고 있는 질투심을 애써 무시하며 말했다.

"그럼 다음에 또 촬영 같이 하게 되면, 잊지 말고 알아봐줘. 평생 고마워할게. 어찌됐든 에밀리 우즈, 네가 잡지에 나온 거야!"

이건 사실이다. 잡지 화보. 드디어 내가 잡지 화보를 찍었다! 나는 이리저리 몸을 흔들었다.

"뭐하고 있어? 어서 이리로 와!" 바이런이 외친다.

"네? 지금요?"

"그래 지금. 빨리! 네 포트폴리오를 다시 정리하고, 새 카드를 만들 거야. 내일 캐스팅을 위해서 모든 준비를 끝내야지."

내일이라. 기말시험이 코앞이다. 첫 학기 성적표… 그리고 엄마의 얼굴을 떠올린다. 또다시 그런 일을 만들고 싶지는 않다.

"바이런, 지금은 갈 수 없어요."

"그래? 그럼 아침 일찍 들러."

"아침에도 안 돼요. 곧 시험이라 공부해야 하거든요."

"그러면 두세 곳만 메모해줄게. 정말로 중요한 곳으로만."

"바이런, 안 돼요."

꽤 오랫동안 잠잠하다. 전화가 끊긴 건 아닌지 막 확인하려는데 바이런이 말했다.

"얼마나 걸리는데?"

"2주요."

"2주?"

"에마아아아!"

함성에 뒤이어 누군가 문을 탕탕하고 두드린다.

"으음!"

그리고 문이 거칠게 열렸다. 조든이다.

"맙소사, 에마, 뭐하고 있는 거야? 지금 바로 댄스파티에 가야 해!"

오, 이런

"댄스파티?" 바이런이 툭 내뱉는다. "방금 댄스파티라고 들은 것 같은데?"

"에……." 손가락으로 입을 꾹 누른다. 조든이 고개를 끄덕이며 살금살금 걸어 나갔다. 막 문을 닫으려 하는데 픽시가 갑자기 욕실 밖으로 뛰어나오며 소리쳤다.

"세상에, 에밀리. 어서 옷 입어! 신발! 그리고 화장! 15분 후에는 무도회에 도착해 있어야 한단 말이야!"

픽시를 밀어내고 문을 쾅 닫은 뒤 등을 기댔다. 바이런의 목소리가 더 분명히 들려왔다.

"그러니까 무도회에 가는구나. 아주 신나는 일이겠군."

"네, 오늘밤에요." 내가 시인했다. "하지만 정말 시험이 있어요."

전화기 저편의 목소리는 온천수마저 얼어붙게 한 만큼 냉랭했다.

"일에는 우선순위라는 게 있지. 에밀리, 난 네가 쉬크가 대표하는 스무 명의 모델 중 하나라는 사실에 기뻐하고 있다고 생각했어. 아무래도 내가 오해했던 것 같군. 무도회에서 즐거운 시간 보내, 신데렐라 아가씨." 딸각.

잘했어. 문에서 미끄러져 내려 깔개 위에 철퍼덕 주저앉는다. 바이런은 정말로 화가 났다. **내가 어리석었어. 전부는 아니더라도 중요한 캐스팅에는 응해야 했는데. 바이런이 말한 것처럼 두세 군데 정도… 하지만 그 두세 군데를 언제 방문해? 또 만약 부킹이 되면 어떻게 거절할 건데? 그래, 옳은 결정을 내린 거야……. 그런데 정말 옳은 결정일까?**

"에마 리, 도대체 지금 뭐해?"

문을 열어 조든을 들였다. 조든은 온통 복숭아색에 크림색으로 차려입었는데, 레이스 장식에 진주가 박히고 흰 리본이 달린 프린세스 스타일로 그다지 이렇다 할 특징 없이 코디했다. 그리고 픽시는 어깨끈 없는 화사한 자홍색 미니드레스에

퀼트풍의 검은 새틴 볼레로를 걸치고 있으며, 체리 빛깔 입술에 끈으로 묶는 스틸레토 힐을 신고 있었다.

"와, 진짜 신경 많이 썼네." 내가 지구 반대편에 서 있는 사람처럼 중얼거렸다.

조든이 머리칼을 가볍게 두드리며 말했다.

"우리의 봄 야회복이야."

"10분밖에 안 남았어!" 픽시가 내 옆을 쌩 지나갔다. "넌 뭐 입을 거야?"

"글쎄, 결정 못했어."

"뭐?" 픽시가 미친 다람쥐처럼 내 옷장 깊숙한 곳을 이리저리 뒤지기 시작했다. 그사이 조든은 내 화장품 백을 찾아서 여러 가지 케이스와 브러시, 튜브를 건넸고, 나는 그것들을 받아 얼굴에 톡톡 두드리고, 칠하고, 그렸다. 나도 모르게 한숨이 나왔다.

"어머나, 베르사체! 돌체! 도나! 랄프! 에밀리, 이것들은 다 언제 산 거야?" 픽시가 소리쳤다.

나는 어깨를 으쓱 들어 보였다.

"대부분 작년 여름에."

"믿을 수가 없어. 아직도 가격표가 붙어 있다니!"

조든이 브러시가 자기 손에서 떨어지는 줄도 모르고 쪼르르 달려갔다.

"나도 좀 보여줘!"

쉬크와 계약하고 바로 그 다음 주 바니즈 백화점을 처음으로 돌아봤다. 그곳은 말하자면 패션의 메카였다. 잡지에서 본 모든 것들이 눈앞에 펼쳐져 있고, 바로 손닿을 거리에서 나를 불렀다. 그리고 가장 한가운데 유럽 컬렉션 코너에는 레일라가 로스앤젤레스에서 입어봤던 짙은 감색의 아제딘 알라이아 드레스가 있었다.

"입어보시겠어요?" 판매원이 물었다.

가격표를 슬쩍 보았다.

"아니요, 괜찮아요."

아, 그렇지만 나는 외면할 수 없었다.

"드레스 한 벌에 1,200달러를 줬단 말이야?" 조든이 비명을 질렀다.

"세일 중이었어."

조든의 귀에는 내 말이 들리는 것 같지 않았다.

"1,200달러를 주고 샀으면서 한 번도 안 입었다 그거야?"

픽시가 옷걸이에서 드레스를 끌어내린다.

"그럼 지금 입으면 되겠네."

"진심으로 하는 말이야? 너무 섹시하다고 생각하지 않아?"

"걱정 붙들어 매셔. 넌 좀 섹시해도 돼." 조든이 제법 열을 내며 말한다.

이번 학기에 내 친구들은 내 옷장의 '비극적인 퇴보'에 깜짝 놀랐고, 급기야 조든이 "너한테 스웨트 팬츠가 옷장의 주요 아이템이라고 말한 사람은 모두 총 맞아야 해", "헤어브러시라고 부르는, 머리를 빗을 때 사용하는 정말 멋진 물건이 있어"라고 논평하기에 이르렀다. 사실은 조든이 틀렸다. 내 옷장에 스웨트 셔츠와 팬츠, 야구 모자가 많을수록 나는 더 인정받는다. 교양 인문학을 듣는 한 여학생이 강의가 끝난 뒤 내게 말했다.

"난 너에 대해 완전히 잘못된 생각을 갖고 있었어. 완전히."

끈이 풀린 내 스니커즈와 바지 위로 내 놓은 단추 달린 웃옷, 얼룩진 컬럼비아 스웨트 팬츠를 보며 만족스럽게 고개를 까딱거렸다.

"넌… 정말 진짜야."

지금 나는 머리 위로 유명 디자이너의 드레스를 잡아당기고 있다. 알라이아는 지퍼나 단추를 거의 사용하지 않고, 대신에 많은 라이크라와 몸에 꼭 맞는 실루엣을 살리는 정교한 재봉이 특징이다.

"윽!" 드레스가 걸렸다.

"기다려!" 몇 번 힘껏 잡아당긴 후 픽시가 말한다. "이제 됐어."

"짜잔!" 난 한 바퀴 제자리에서 휙 돌고 나서 격찬해 마지 않는 평가를 기다렸다.

조금 더 기다렸다.

"와, 옷이 착 달라붙네." 드디어 조든이 입을 연다. "그렇지, 픽시?"

"응."

"어머, 진짜야?" 우리가 가진 가장 긴 거울을 들여다보기 위해 화장대 위로 폴짝폴짝 뛴다. "보기 흉해?"

"아니, 아니, 좋아!" 픽시가 급하게 말한다. "그냥 뭐랄까, 네 말처럼 매우 섹시해."

"지나치게 섹시하지." 조든이 말한다.

"학교 댄스파티라는 걸 생각할 땐 말이야." 픽시가 마무리한다.

"그래… 알았어."

드레스를 벗으려고 준비하며 말했다. 신입생 환영회 때처럼 '금요일!'로 불리는 일은 사양하고 싶었다. 게다가 거울을 보려고 점프할 때 몸을 압박 붕대로 감아놓은 듯한 느낌이었다. 백화점에서 입어볼 때는 이렇게 꽉 끼지 않았던 것 같은데. 그러고 보니 레일라가 이 옷을 입을 때도 내가 도와줬던 기억이 난다. 하이패션이 어떤 건지 잊고 있었다.

알라이아를 벗는 데 세 사람이 동원되었다.

"온몸이 비틀렸어!" 친구들이 옷장 앞에서 가쁜 숨을 내쉬며 볼이 핑크색으로 변할 때 내가 소리쳤다. 그러고 나서 옷장을 다시 샅샅이 뒤졌다.

"생각했던 것보다 옷이 없는 걸?"

다행히도 픽시에게 많이 있었다. 그것도 자신보다 큰 사이즈로 다양하게.

"패션 비상사태를 대비해서… 지금이 바로 그때야." 그녀가 설명했다.

나는 후다닥 옷을 갈아입고 계단을 뛰어 내려가 밤의 열기 속으로 내달렸다.

* * *

6일간 다섯 과목을 시험보고 나중에 비행기를 타고 집으로 돌아온 뒤, 하이패션이 어떤 건지 영영 모르게 되는 건 아닐까 걱정스러웠다.

나는 지금 부모님의 욕실에서 눈금이 스피드 스케이팅처럼 자유 속도로 미끄러져 움직이는 것을 지켜보며 서 있다. 지난번에 이 위에 섰을 때는 바늘이 54에서 멈췄다. 오늘 눈금은 그 숫자를 지난 다음에도 전혀 피로한 기색을 보이지 않는다.

56. 체중계에서 내려와 지난 가을에 구입한 무거운 태그 호이어 시계를 풀었다(적어도 450그램은 나갈 터). 시계를 선반에 올려놓으며 내 모습을 살짝 거울에 비춰본다. **체격이 약간 더 불어난 듯 보이기는 하는데, 정말 살이 찐 걸까? 어쨌든 난 어제 비행기에서 내렸고, 뉴욕과 같은 곳에서의 장거리 비행—거의 대서양 횡단과 같은—은 1, 2킬로그램 정도를 올리기에 충분하다. 그렇지?**

그래. 다시 올라선다.

56.5··· 57··· 57.5······.

팬티까지 벗어야 할 차례다. 엉덩이를 흔들어 몸에서 떼어
낸다. 체중계에 다시 막 오르려다가 안도의 한숨을 내쉰다.
그거야! 엄마 아빠는 기계화나 자동화에 반대하는 분들이야. 깡통따
개를 어떻게 사용하는지도 모르는데 체중계 눈금을 정확히 맞춰 놓을
리가 없지······.

아야!

58··· 58.2··· 58.3··· 58.4······.

잠깐, 좋아, 문제가 뭔지 알아냈어. 내 몸에 어떤 심각한 문제가 생
긴 거야. 갑상선 호르몬 이상이나 종양, 낭종. 그래, 그거야. 털과 치
아 모양의 돌기가 자라는 그레이프프루트 크기의 낭종. 돌기는 무거
우니까 내 낭종은 5킬로, 어쩌면 7킬로그램이 나갈지도 몰라. 그건
실제로 내 몸무게가 줄었다는 뜻이고, 이제 수술을 해서 그걸 떼어내
야 해! 그것도 빨리! 그리고 새롭게 태어나는 거야.

하지만··· 수술을 하면 몸에 상처가 남게 되고, 그러면 더
이상 수영복이나 란제리 촬영을 하지 못하며, 당연히 수입이
줄어들게 된다.

58.5··· 58.6··· 58.7··· 58.8······.

아니야, 이건 낭종이 아니라 갑상선 이상이야. 갑상선 기능에 문제
가 생겼어. 내 움직임이 굼떠진 이유가 있었다. 그건 내가 학기
내내 더할 나위 없이 잘 먹었기 때문이다. 꼭 작년 가을처럼.

피냐 콜라다(파인애플 과즙, 코코넛, 럼을 섞은 알코올 음료—옮긴이).

59……

지방을 빼지 않은 라떼.

프티푸르(아주 작은 케이크 종류—옮긴이).

바삭바삭한 애플 턴오버 파이.

체리 스트루들(체리를 밀가루 반죽으로 얇게 싸서 구운 과자—옮긴이).

갑자기 그동안 먹어치운 음식의 이미지들이 사진처럼 선명한 총천연색으로 머릿속에서 폭발하기 시작한다.

헝가리 페스트리 숍에 그토록 많고 맛있는 먹을거리가 있는데 누가 마들렌—그렇게 작고 스펀지 같은—에 눈길을 줄까? 쿠키, 케이크, 파이. 물론 나는 대부분의 식사를 대학 구내식당의 샐러드 바에서 해결했다. 여기에는 큼지막한 크루통(굽거나 튀긴 빵 조각으로 수프에 띄워 먹는다—옮긴이)과 맛있는 블루 치즈 드레싱이 있지만, 이따금 나는 다른 곳을 찾아다녔다. 뭐니 뭐니 해도 시야를 넓히는 게 대학에서 할 일이니까.

맥주 파티. 중국, 인도, 타이, 그리스, 프랑스, 멕시코, 숙취용으로 톰즈 식당에서 파는 베이컨과 에그 샌드위치에 이르기까지 나는 그렇게 시야를 넓혔다. 트윈키 초콜릿. 그리고 일주일에 두세 번은 하겐다즈를 찾았다. 하겐다즈는 길 바로 건너편에 위치해 있으며, 바닐라 셰이크 더블 스쿠프나 핫 퍼

335

지 선데이 아이스크림은 매우 빠르고 간편한 한 끼 식사가 되어주었을 뿐만 아니라 더할 나위 없이 좋은 야식이었다.

또한, 휴일도 빼놓을 수 없다. 처음으로 집을 떠나서 밸런타인데이와 대통령의 날, 마틴 루터 킹 목사 탄신일을 맞이하는 기쁨을 과소평가하면 안 된다. 부활절 역시 특별했다. 내룸메이트들에게 초콜릿, 바닐라, 코코넛 맛으로 구색을 갖춘열두 가지 크림 에그─모두 기가 막히다─를 사다 주기 위해 몬델에 들리는 일은 정말 뿌듯했다. 캐러멜이 가득 들어있는 버니는 또 얼마나 사랑스러운지! 하나 먹으면 1, 2킬로그램은족히 붙을 듯했지만, 친구들이 무척 좋아하리란 걸 알고 있었다. 그리고 거기에 어울리는 초콜릿 버니와 탐식가는 아니라는 것을 보여주기 위해 캐드베리 크림 에그를 약간 더 보탠다.이건 카츠 델리에서 파는 에그 크림과 전혀 다를 게 없는데……

하느님 맙소사! 이제 그만! 큰일났네, 큰일났어!

* * *

침대로 기어들어갔다. 끔찍한 기분이다. 자신에게 화가 치밀고 대단히 실망스러웠다. 어떻게 이런 일이 일어나도록 내버려둘 수 있었지? 보통의 대학생처럼 옷을 입고 공부하고,먹는 일을 어떻게 나와 구분하지 못할 수 있는 거지?

나는 강당의 딱딱한 나무 의자에서는 파자마 바지가 무척 편하다는 것을 발견할 만큼 열심히 공부했다. 공부를 했고, 많은 것들을 배웠다. 플라톤과 파블로프, 베르길리우스와 버지니아 울프. 이번 학기에는 본래의 컨디션을 되찾아 공부에 매진하고, 내 지력을 더 넓고 깊이 있게 하기 위해 스스로 채찍질했다. 그 결과 내가 상상할 수 있는 것 이상으로 많은 지식을 얻었다.

하지만 얼마나 어리석었단 말인가? 룸메이트들과 늦은 밤까지 지식을 머리에 주입하느라 피자를 먹어치우면서 나는 정말로 중요한 것─모델 일, 나의 꿈, 벽에 붙여놓은 사진─을 까맣게 잊고 있었다. 지난 학기에는 나쁜 성적과 좋은 사진을 얻었고, 이번 학기에는 A학점과 크고 살찐 엉덩이를 얻었다. 어떤 게 더 나쁜지는 물을 필요도 없다. 누구든 성적이 중요하지 않다는 것을 알고 있으며, 쉬운 일에 실패한 쪽이 훨씬 더 나쁘다. 나는 아이비리그 학생이지만, 지방 세포 같은 하찮은 것을 조절하지 못하고 있다.

어떻게 이런 일이 일어날 수 있었지? 어떻게 그토록 어리석고, 어리석고, 또 어리석을 수 있는 거야!

"에밀리?"

오빠였다.

"누구한테 고함치고 있는 거야?" 오빠가 소리쳐 묻는다. "뭐가 어리석어?"

오, 이런! 나는 지금 내 자신에게 고함치고 있었다.

"아무것도 아니야."

"에밀리!"

"에ー밀리!"

"에ー밀ー리!"

이전의 경험에 비추어 볼 때 오빠는 내 방에 들어오지 않을 것이다. 하지만 내가 자신의 방으로 갈 때까지 계속해서 소리칠 사람이다. 나는 결국 오빠의 방으로 갔다. 여느 때처럼 오빠가 긴 의자에 누워서 역기를 밀어올리고 있었다.

"뭐가 문제야?" 오빠가 투덜거렸다.

"아무것도 아니라니까." 오빠를 살짝 피해 물침대에 오르는데, 살이 쪄서 출렁출렁 물결이 일었다. "학교에 다니면서 몸무게가 늘었어. 그게 다야."

투덜투덜.

"얼마나?"

"5킬로그램."

"5킬로그램?" 오빠가 턱을 치켜들고 나를 바라보았다. "농담이지? 그건 몸무게를 늘리려고 애쓰는 나한테도 많은 거야!"

침대 위로 몸을 던진 다음, 온몸을 잔뜩 웅크렸다. 출렁이는 물침대를 고려할 때 엄마 뱃속에 들어 있는 태아와 비슷한 자세다. **잠깐, 임신! 아니야, 그건 불가능해. 지금 생리를 하고 있잖**

아, 생리!!

오빠가 베개로 내 머리를 친다.

"에밀리, 걱정하지 마. 5킬로그램 빼는 건 별거 아니야. 축구 선수는 연습 경기를 뛰어도 그 정도는 빠지는데 뭐."

벌떡 일어나 앉는다.

"진짜? 경기 한 번에?"

"덩치 큰 녀석들은 그래. 여름에."

"아아."

"레슬러들도 몸무게를 빨리 빼. 하루에 그 정도를 빼지는 못해도 이삼일이면 가능하지. 시합에 나가야 하니까."

그 사람들이 할 수 있다면 나도 할 수 있다. 힘껏 일어섰다.

"어떻게?"

오빠가 바벨을 들어올렸다.

"몰라."

나는 방 안을 왔다갔다 걷기 시작했다.

"생각 좀 해 봐, 오빠. 생각!"

"이뇨제."

"응."

"장시간 사우나."

"응."

"옷을 입은 채로."

침을 꿀꺽 삼킨다.

"운동. 최소 2시간."

"하루에?"

"그래, 하루에."

"윽!"

"네가 물어봤잖아. 싫으면 하지 마. 네 몸이니까."

내 뚱뚱한 몸. 발뒤꿈치를 들어 빙그르르 돈다.

"오빠가 도와줄 수 있어? 식단하고 운동 계획표를 짜주고, 체육관 데려다주고?"

오빠가 시선을 돌린다.

"글쎄, 에밀리… 내가 바빠서 말이야."

오빠는 좋은 제안들을 생각할 수 있겠지만, 입 밖으로 꺼내지는 않았다. 지금 내가 오빠의 어깨를 꽉 붙잡고 흔들어 대기 때문일 것이다.

"도와줘, 오빠! 제발!"

"에밀리!" 오빠가 내 손을 치우고 내 눈을 들여다보더니 한숨을 쉰다. "좋아. 옷 갈아입고 2시 정각에 나갈 수 있게 준비해."

나는 오빠를 꼭 껴안고, 오빠가 나를 복도에 내려놓을 때까지 팔을 풀지 않았다.

2시까지는 아직 시간이 남아 있었다. 나는 그 전에 얼른 쇼핑을 나갔다. 덱사트림(식욕 억제제—옮긴이), 이뇨제, 메타무실, 그것들과 함께 복용할 다이어트콜라까지 모두 카트에 담았다. 그리고 나는 코카인도 살 거다. 가장 좋은 다이어트 보조제니까. 하지만 어디에서 구입해야 하는지 몰랐다. 그렇다고 사람들에게 묻는 건 위험천만한 일이므로 코카인 대신에 담배 한 갑과 라이터를 샀다. 그게 내가 할 수 있는 최선책이었다.

제14장
입술과 가슴이냐, 런던행이냐

　존이 그림을 감상하듯이 눈을 가늘게 뜨고 짧은 구레나룻을 만지작거린다.

　"일단 보내서 클라이언트 생각을 들어보자."

　"음……." 저스틴도 심사숙고한다. "일종의 시운전처럼?"

　"그렇지."

　"하지만 어디로 보내? 신중할 필요가 있어."

　쉬크의 부커 둘은 바이런이 지난주에 작성한 내 방문 약속 리스트를 죽 훑어 보고 내 쪽으로 눈을 돌렸다.

　나는 그동안 살을 빼기 위해 오빠가 시키는 기진맥진 체력 훈련(매일 70분간의 유산소 운동과 특정 근육을 키우기 위한 트레이닝 1시간을 견디고), 다량의 흡연을 하고, 알칼리 다이어트를 꽤 열심히 했다. 그러나 몸무게는 2킬로그램밖에 빠지지 않았다. 5킬로그램 중 2킬로그램. 이건 내가 뉴욕—1989년의 여름을 패션모델로 활동하며 보내기로 되어 있는 곳—에 도착해서 두번째 방법—살이 찐 곳을 옷으로 덮어 가리기—을 선택했다는 걸 의미한다. 하지만 바이런은 오버사이즈의 내 노마 카말리(1945년생, 뉴욕을 중심으로 활동한 패션 디자이너—옮긴이) 셔츠를 바로 꿰뚫어보았다.

"안녕, 에밀……."

그의 눈길이 내 몸통에 이르렀을 때 내 이름을 부르다 만 것이다. 그리고 저스틴과 존이 나에 대해 이런저런 궁리를 하는 동안에 담배를 들고 복도로 쌩하니 사라졌다. 바이런이 담배를 피우는 줄은 전혀 몰랐다.

"로드 앤 테일러(1826년 설립, 미국에서 가장 오래된 백화점 체인—옮긴이)는 어때? 3시에 만나기로 했는데." 존이 묻는다.

저스틴이 고개를 흔들었다. 그녀의 머리는 윗옷과 입술 색깔처럼 짙은 자주색이어서 푹 익은 자두처럼 보였다.

"메이시 백화점은?"

"안 돼."

"에이 앤 에스는?"

"다 안 돼." 저스틴이 말한다. "너무 위험해."

"내 생각도 그래."

바이런이 살짝 담배 냄새를 풍기며 쉬크 안으로 성큼성큼

들어왔다. 그의 머리는 아주 짧게 깎여 있고, 귓볼에는 다이아몬드 장신구가 반짝였다. 그가 입은 감청색 실크 앙상블은 이글거리는 태양 아래 보이는 풀장 타일처럼 카페 조명을 받고 아른아른 빛났다. 코미디언 아세니오 홀이 떠올랐다. 하지만 지금은 그걸 따질 때가 아니었다.

존이 놀란 표정으로 바이런을 보았다.

"한 군데도 없어요? 그럼 어디로 보내죠?"

"아무 데도 없어. 방문 약속도 없고." 바이런이 대답한다. "생각해 봤는데, 이런 식으로 보내면 좋지 않은 평판만 얻게 될 거야."

먼 곳을 응시하며 그 말을 곰곰이 생각한다. 중고등학교 때 나는 평판이 안 좋은 여자애들을 질투했다. 더 자유롭고, 대담하고, 두려울 게 없는 것처럼 보였기 때문이다. 그 애들은 어딘가 깊은 곳에서 웃음이 솟아오르는지 목을 뒤로 젖히고 입을 활짝 벌리며 웃었다. 물론 그런 행동으로 좋지 않은 평판을 얻을지라도, 그들은 조금도 신경쓰지 않는다. 나는 그 점이 부러웠다. 그런데 지금 내가 뚱보라는 이유로 나쁜 평판을 받을 거라니?

"그럼 다음 계획은 뭐죠? 옵티패스트 다이어트제를 주문해야 하나요?" 저스틴이 묻는다.

"아니, 아니……."

바이런이 내 손을 잡고 에이전시를 가로질러 트로피 벽 앞으로 갔다. 벽의 정 중앙에는 내 《레이》 시리즈가 걸려 있다. 사진 속의 내 엉덩이—매우 단단하고, 매우 작고, 모래사장과 매우 잘 어울리는—를 보고 깊은 향수와 혐오감을 느꼈다. 저 모습이 유제품 공격을 받기 전의 나라니.

바이런과 나는 사무실 안으로 들어가 소파에 나란히 앉았다. 앞에는 패션 잡지들이 가득 쌓여 있다. 친척과 측근들을 따라 바람처럼 사라진 열여섯 살 난 스페인 쌍둥이 카르멘시타와 제노베바 때문에 잡지들이 어지럽게 흩어져 있었다. 바이런이 한숨을 쉬고 짜증스러운 표정으로 문을 한 번 쏘아보더니 잡지를 뒤지기 시작했다. 그리고 미국판 《엘르》 5월호를 펼쳐 내게 건넸다.

"뭐가 보이는지 말해 봐." 그가 물었다.

"해변에 앉아 있는 애슐리 리처드슨과 레이첼 윌리엄슨이요."

"그렇기도 하고… 아니기도 하지."

음.

"자일즈 벤시몬의 사진작품?"

"모델처럼 생각하지 말고."

"알았어요." 대답은 했지만 사실 무슨 뜻인지 잘 모르겠다. "금발 두 명?"

"추상적으로 생각해 봐."

추상적으로? 그건 쉽다. 지난 학기에 예술사 강의를 수강

했으니까. 눈을 가늘게 뜨고 머리를 외로 꼰다.

"정장을 입은 남자들이 없는 마네의 〈풀밭 위의 점심〉."

"마네?"

"쇠라인가?" 예술사 강의는 후기 인상주의에서 끝났다.

"미술 말고!" 바이런이 소리쳤다. 그러고는 손으로 바지에 잡힌 주름을 편다. "난 네가 보여."

나? 사진을 내 쪽으로 잡아당겨서 자세히 보았다. 처음 보는 사진은 아니었다. 나는 대부분의 잡지, 특히 《엘르》를 즐겨 본다. 아마 이제 모든 사람이 《엘르》를 읽을 것이다(《보그》는 그레이스 미라벨라가 편집장이 된 뒤 무척 지루해졌다). 《보그》가 커리어 룩을 보여준다면(예를 들어 몸에 딱 맞는 조끼 위에 걸치는 큰 블레이저와 주름을 세운 바지), 《엘르》는 온통 해변 패션이다. 해변의 수영복. 해변의 튜브드레스(직선적 실루엣의 통 모양 드레스─옮긴이). 해변의 미니스커트. 라이크라, 라이크라, 라이크라. 그래서 빛의 각도에 따라 색깔이 달라 보이는 타이트한 검은색 옷을 입고 모래 언덕에 누워 있는 두 모델의 사진은 표준적이라고 할 수 있다.

아, 바로 그거야. 손가락으로 딱 소리를 냈다.

"내가 라이크라 제품을 더 많이 입었으면 하는 거죠?"

"아니."

"하지만 이 드레스는?"

"에밀리."

"어머, 내 머리를 금발로 만들고 싶은 거예요?"

바이런이 눈을 감은 뒤 콧구멍을 크게 벌려 공기를 최대한 많이 들이마신다.

"에밀리, 이 모델들을 봐!" 그가 다시 눈을 뜬 다음, 한 손으로 애슐리와 레이첼뿐 아니라 잡지 전체를 들어올린다. "모델들의 몸을 보란 말이야. 군살 하나 없고, 섹시하고……."

"이미 말했잖아요! 지금 살을 빼고 있어요. 반드시 뺀다고요!"

"…곡선미가 있어."

그럴 필요까지는 없겠지만 책임감이 느껴져서 고개를 떨궜다. 늘 이런 잡지들을 보고, 연구하기 때문에 바이런의 말이 옳다는 걸 알고 있다. 신디, 엘르, 타티아나, 캐리 그리고 저 떠오르는 신예 클라우디아는 군살 하나 없고, 섹시하며, 곡선미가 있다. 그러나 지금 여기에서 말하는 곡선미는 모델 세계에서의 곡선미이며, 이는 두 개의 큰 가슴을 제외하고 피골이 상접하도록 마른 몸을 뜻했다. 모델 세계를 '곡선미' 있는 사람과 '직선미' 있는 사람으로 나누다면 나는 직선미 쪽이었다. 사실 저렇게 완벽한 곡선미는 신이 도왔거나, 아니면…….

아

"내가 가슴 성형을 하기 원하는 거죠?"

바이런이 조심스럽게 고개를 끄덕인다.

"약간만. 약간만 더 크게 해서 다시 균형을 잡는 거야. 이렇게……."

바이런이 코트 주머니 속에 손을 넣더니 거무스름한 물건을
꺼냈다. 어깨 패드 두 개였다. 그가 패드를 손에 하나씩 쥐고
말없이 눈을 가늘게 떴다.

내가 팔짱을 낀다.

"응?"

"싫어요."

"그럼 수영복과 란제리 모델을 할 수 없어!" 바이런이 소리
친다.

"지금도 수영복 촬영을 하잖아요!"

"많다고는 할 수 없지."

하지만 가슴에 테이프를 감고 찍었다. **잠깐, 그렇지.**

"그 실리콘 커틀릿을 살 거예요!"

"그렇게 할 수도 있겠지……."

바이런은 어깨 패드를 내려놓고 《레이》를 후루룩 넘겼다.
그는 말없이 내 사진을 찾아낸 뒤(테이프에 감긴) 엄지손톱으
로 가슴 부분에 1센티미터 정도의 반원을 더 새겨 보였다. 그
런 다음 역시 아무 말 없이 그레타의 사진이 실린 페이지 – 잡
지 커버를 포함해서 – 를 펼쳤다. 비키니 상의를 입고 찍은 사진
이었다. 그레타는 커틀릿을 숨길 수 없을 정도로 가슴을 꽉
죄고 있는 의상을 입고 있었다. 더는 말이 필요 없었다.

바이런이 어깨 패드를 집어 든다.

"자, 에밀리… 한 번 넣어 봐."

나는 블라우스 단추를 풀었다.

* * *

닥터 릭솜은 말끔하게 머리를 넘기고 촉촉한 피부를 가졌다. 그는 지금 깔끔하게 손톱 손질한 손으로 내 가슴의 크기와 탄력성을 살피는 중이다.

나는 밝은 불빛에 눈을 껌벅이며 천장을 물끄러미 올려다보았다. 일부러 민망함을 느끼게 하면서 검사하는 걸까? 병원 대기실은 연한 자주색과 회색, 40촉짜리 백열전구, 마음을 차분하게 가라앉히는 램프 불빛이 부드럽게 섞여 있다. 그곳은 어둡지만 푸르스름한 환자복을 입고 붕대를 감은 여자들이 보이지 않을 만큼 어둡지는 않다. 그 모습에 겁이 나서 달아나려는데, 간호사가 구석진 문에서 나타나 내 이름을 불렀다.

"에밀리 양… 훨씬 더 아름다워질 수 있겠어요." 닥터 릭솜이 의자를 뒤로 빼며 라텍스 장갑을 벗으며 말한다.

쓰레기통 뚜껑이 탕 소리를 내며 열렸다가 이내 닫힌다.

"목표로 삼는 게 뭔지 말해 주겠어요?"

"목표요?" 종이에 싸인 탁자를 등지고 몸을 돌린다. "그러니까… 제 가슴에 대해서 말인가요?"

"그래요." 그가 이제 긴 테이블 옆에서 내 이름이 적혀 있는 서류철을 펼친다. "특별히 원하는 모양이 있어요? 특정한 사이즈라든지?" 그가 물으며 서류철을 대충 훑어본다.

그렇게 구체적으로 생각해 본 적은 없었다.

"그냥 좀더 크게?"

닥터 릭솜이 소리 내어 웃었다. 그리고 서류철을 덮는다.

"원하는 게 그거라면 내 생각을 말하지요. D사이즈. 에밀리 양이 패션모델이기 때문에 나 역시 보수적인 관점은 피하고 있어요."

그가 나올 수 있는 반대 의견을 모두 물리치려는 듯이 재빨리 손바닥을 들어 보인다.

"하지만 더 큰 가슴을 원한다면 그것도 가능해요."

"D보다 더 크게요?" 내가 천천히 물었다.

"그래요. 에밀리 양은 키가 크고 어깨와 흉곽이 넓기 때문에 더 큰 사이즈도 가능해요."

"비율이 그렇게 중요한가요?"

"시각적으로 말하면 그래요. 문제는 늘 비율과 균형이죠. 에밀리 양의 몸과 에밀리 양이 요구하는 바에 부응하는 해결책을 찾는 거예요. 수백 명의 가슴 확대 수술을 한 전문가로서 내 소견은 D사이즈가 에밀리 양과 같은 신체적 특징을 가진 여자 분들에게 이상적인 크기라는 겁니다. 특히 콜라겐을 주입한 후에 말이에요."

"잠깐만요… 제 가슴에도 콜라겐을 집어넣나요?"

그가 느긋하게 미소를 지었다.

"아니요. 콜라겐은 에밀리 양의 입술을 위한 거예요."

"입술이요?"

닥터 릭솜의 입술이 아래쪽으로 구부러진다.

"그래요. 바이런이 에밀리 양의 입술에 대해서도 말했어요. 가만있자……." 그가 서류철을 다시 펼친다. "맞아요. 바로 여기 있네요. 위아래 입술. 자, 어디 한 번 볼까요?……."

그가 디스펜서에서 장갑 한 짝을 다시 꺼낸다. 내가 몸을 움츠렸다.

"바이런과 얘기하셨다고요? 언제요?"

"물론 했지요. 어제요. 바이런의 모델을 만나기 전에 그와 먼저 상담을 하니까."

"하지만……."

"이제 말하지 말아요, 에밀리 양. 가만히 있어요. 좋아요. 이제야 바이런이 한 말을 알겠군요. 윗입술이 꽤 얇아요. 아랫입술도 그렇고. 생각해둔 입술 모양이 있어요? 닮고 싶은 배우라든가? 몇 가지 선택할 수 있는 것들이 있는데……."

* * *

센트럴 파크를 터벅터벅 걸으며 지금 상황을 따져보기 시작했다. 첫째, 나는 모델이고 둘째, 신체적으로 완벽하지 않으며 셋째, 이런 결점들 중 일부는 수술로 교정될 수 있다. 이세 가지가 모두 사실이라고 해도, 넷째, 내가 아직 결정하지 못했다는 것이다. 왜 결정을 못하는 걸까? 어쨌든 나는 최초로 성형 수술을 받는 모델은 아니다. 하지만 아무도 했다고 말하지는 않는다. 우리 모델들은 아무 노력도 필요하지 않은 자연 미인이어야 하기 때문이다.

어쨌든 수술은 어디에서인가 분명 계속되고 있다. 그렇지 않다면 닥터 릭솜이 내게 '쉬크 할인'을 제안하지는 않았을 것이다(한 가지 수술은 10퍼센트, 두 가지 이상일 때는 15퍼센트). 게다가 바이런이 어깨 패드를 넣은 내 가슴을 면밀히 살피며 말한 것처럼, 가슴 확대는 비즈니스 지출이어서 세금이 공제된다. 나는 적은 비용을 투자해 큰 가슴과 섹시함이라는 두 마리 토끼를 잡게 되는 것이다.

픽시의 집으로 가기 위해 센트럴 파크 동쪽 끝에 있는 계단을 오른 뒤 오가는 사람들과 차들을 날째게 피했다. 픽시의 어머니는 매년 여름을 세 번째 남편과 방이 서른 개 있는 햄프턴 별장에서 지내기 때문에 픽시가 나를 5번가에 위치한 테라스가 있는 아파트로 나를 초대했다. 이번 여름에 픽시와 나는 소더비즈(미술, 골동품 경매회사―옮긴이)에서 인턴 근무와 모델 일을 하고 밤이면 둘이 함께 프라울과 엠케이, 넬즈, 에어리어의 댄스플로어를 순회할 계획이다. 다시 말하면 환상적인 여름을 보낼 예정이다.

"안녕! 오늘 어땠어?" 내가 물었다.

픽시는 파란색 눈가리개를 쓴 채 차가운 유후(초콜릿 음료 브랜드—옮긴이)를 옆에 두고 소파에 누워 있다. 눈가리개를 살짝 떼고 홀끗 나를 쳐다보더니 힘없이 끙끙 소리를 내며 관자놀이를 꾹 누른다.

"끔찍했어! 정말⋯⋯." 픽시가 투덜거렸다. "서류 정리를 했어, 에밀리! 서류 정리! 믿어져? 내가 아는 사람들한테 전부 소더비스에서 일한다고 떠들어댔는데, 그게 실은 허울뿐인 비서지 뭐야! 내가 상사보다 신즉물주의(1920년대 후반에 독일에서 일어난 예술 운동—옮긴이)에 대해 더 많이 알고 있는 걸 생각하면, 이건 너무 터무니없는 일이야. 하지만 내가 이제 열여덟 살이고 많은 사람들이 그곳에서 일하길 원하니까 그냥 받아들이는 수밖에. 안 그래? 넌 어땠어? 신나는 일 있었어?"

"음⋯⋯. 바이런이 나보고 성형하래."

나는 부엌으로 향했다.

"성형?"

"응. 유후 더 갖다 줄까?"

"응! 아니, 됐어! 성형 수술? 어디?" 그녀가 외친다.

나는 냉장고를 뒤졌다.

"입술! 가슴!"

"농담하지 마!"

"진짜야!" 다이어트콜라 하나를 꺼내 들었다. "그리고 의사
는 내가 D사이즈로 하는 게 좋겠대. 믿어지니? D사이즈!"

"벌써 의사도 만났어?"

"응!"

몇 초 안에 컵과 얼음을 준비하려니 바쁘다. 냉장고 문을
닫는데 픽시가 바로 그 뒤에 서 있었다. 얼굴이 돌처럼 굳어
있고 파란색 눈가리개는 이마 위로 올라가 있다.

"깜짝이야!"

하마터면 컵을 떨어뜨릴 뻔했다.

"누굴 만났는데? 어떤 의사?"

"닥터 릭솜."

"누구?"

나는 병원에서 있던 일을 모두 털어놓았다.

"D사이즈… 입술?" 그녀가 중얼거린다.

어라! 픽시가 볼을 쏙 집어넣었다. 그건 뭔가 못마땅하단 뜻이다.

"너 반대지? 그래, 알았어. 하지만 픽시, 내가 수술을 받겠
다고 말한 건 아니야! 단지 생각해보는 중이라고. 생각! 일을
위한 거니까! 직업상 필요할 수도 있는 지출이야. 픽시, 지금
누구한테 전화하는 거야?"

"우리 엄마. 얘기 좀 들어보려고."

픽시의 어머니는 사교계에서 샌디 스마이드로 알려져 있지
만 모두 그녀를 실리 샌디라고 부른다. '실리'는 실리콘의 줄

임말이었다. 난 앞으로 뛰어들었다.

"안 돼, 픽시! 하지 마!"

"하지 마? 에밀리, 만약 수술을 받는다면 센트럴 파크 남쪽에 있는 진료소에서 할인을 해준다는 의사한테 받으면 절대 안 돼!" 그녀가 날카로운 목소리로 외쳤다. 그녀가 전화기 버튼을 신경질적으로 눌렀다.

"픽시, 수화기 내려놓고 진정해! 수술을 고려하고 있다고 했어. 생각 중이라고. 아직 결정한 건 아니야!"

고통스러운 몇 초가 지난 후 픽시가 수화기를 놓는다.

"고마워."

"천만에." 아무래도 유후가 필요하다고 생각했는지 픽시가 냉장고에서 하나를 꺼내들었다. "그럼 언제까지 결정해야 하는데?"

병원에서는 마침 취소된 수술이 있으니까 바로 하거나, 안 그러면 6주를 기다려야 한다고 말했다.

"36시간 안에 답을 줘야 해."

픽시의 입에서 초콜릿 물이 터져 나왔다.

"맙소사. 그러면서 왜 멀뚱하니 서 있는 거야? 빨리 이것저것 알아봐야지!"

* * *

픽시가 나를 돕겠다고 나섰지만(픽시는 "가판대에서 포르노 잡지를 사야겠어. 아니야, 잠깐, 퀸즈보로 브리지 아래에 그런 클럽이 있어"라고 횡설수설했다) 내게 더 좋은 계획이 있었고, 그건 반드시 혼자 해야만 했다. 나는 나중에 전화 한 통을 걸어 실행에 옮겼다.

'일 솔레로'는 쉬크에서 그리 멀지 않은 플랫아이언 지역에 있는 이탈리아식 카페다. 최근에 문을 열었는데, 소문이 자자할 정도로 좋은 곳은 아니어서 늘 한산했다. 화요일 오후 3시, 카페에 손님은 나 혼자였다. 10분 뒤에 그레타가 들어왔다.

"안녕, 베이비!"

"안녕하세요!"

그레타는 전화로 화요일에 일이 없다고 말했다. 그래서인지 흰 캐시미어 크루넥 스웨터에 물 빠지고 찢어진 청바지로 캐주얼하게 차려입었다. 머리는 포니테일 스타일로 간단히 묶고, 화장기 없는 모습이었지만 굉장히 멋있어 보였다. 나는 인사하면서 그녀를 껴안았다. 그녀의 몸은 놀랄 만큼 가냘팠다. 팔을 풀고 뒤로 물러서는데, 눈 밑에 초승달 모양의 다크서클이 눈에 띄었다.

"아, 시차 때문에 많이 힘들어." 그녀가 의자를 끌어당기며 말했다.

그 심정 이해가 간다.

"왜요?"

"안데스 산맥에서 막 돌아왔거든."

우리의 대화는 안데스 산맥에 머문 뒤 전세계의 이국적 미가 넘치는 지역들로 옮겨다녔다. 주로 그레타가 얘기를 했다. 그녀는 지난 두 달을 북아메리카와 남아메리카의 산악 지방에서 보냈다. 그 바위투성이의 건조한 지역이 올가을 패션의 그럴듯한 배경이 되어준 셈이다.

그러고서는 도미니카에서의 일을 언급했는데, 대개 "테디는 정말 별났어요"와 "메렝게 춤은 최고였지"와 같은 감상적인 한 문장으로 끝냈다.

"어쨌든… 즐거운 여행이었어." 그레타가 길쭉한 닭고기 한 조각을 얇게 베어내며 결론을 지었다.

"맞아요."

"네 전화 받고 기뻤어."

"저도요."

그레타가 물을 홀짝인다. 나는 숨을 깊이 들이마셨다. 우리가 이야기를 나누는 사이 점심 식사가 다 끝나가고 있었다. 이제 본론으로 들어가야 할 차례였다.

"그레타, 난 저번 촬영 때보다 몸무게가 좀 늘었어요."

그레타의 입술이 곡선을 그리며 동정어린 미소를 지어 보였다. 그리고 내 말을 기다린다. 물론 그녀는 내가 살이 찐 것을 알아챘을 거다. 그녀의 가녀린 몸과 자주색 다크 서클을 내가 눈치 챈 것처럼. 말을 잇기 전에 의식적으로 셔츠 소매를 잡아당기고 의자를 테이블에 더 가까이 끌어당겼다.

"그래서 지금 몸무게를 줄이거나… 음… 그러니까……."

아! 생각보다 말을 꺼내기 더 어려웠다. **바보 같다. 대체 내가 무슨 생각을 한 거지? 우리는 이런 이야기를 나누지 않았고 그레타는 내색한 적도 없었다! 그저 내가 보고, 느꼈기 때문에… 그렇다고 생각한 것뿐이다. 그녀도 수술을 했으리라는…….**

그레타가 나를 말뚱말뚱 쳐다보고 있다.

"가슴 성형을 해야 해요." 드디어 말을 끝마쳤다.

그녀가 의자에서 몸을 돌린다.

"그게 어떤 건지 나한테 얘기를 들을 수 있다고 생각했구나?"

"네." 나는 물을 벌컥벌컥 마셨다. 이건 엄청난 실수다. 엄청난 실수.

그레타의 표정이 바뀌었다.

"난 찬성이야. 대. 찬. 성!" 그녀가 신이 나서 말한다.

그리고 자신의 가슴을 가볍게 흔들어 보였다. 뜻밖의 광경을 눈앞에서 볼 만큼 운이 좋던 웨이터가 물주전자를 들고 서 있다가, 젖꼭지의 경쾌한 흔들림에 그만 내 잔과 접시 그리고 무릎에 물을 쏟았다.

"이런, 이런! 죄송합니다! 정말 죄송해요!"

웨이터가 얼굴이 빨개져서 타월과 냅킨을 가질러 정신없이 뛰어가는 모습을, 그레타가 가만히 지켜본다.

"봤지? 전 같으면 절대 일어나지 않을 일이야. 난 운동선 수처럼 완전히 납작했거든!"

"그럴 리가, 정말이에요?" 내가 바지 한쪽에 떨어진 샐러 드 상추를 집어 들었다.

그레타가 손대지 않은 롤빵을 집어서 손으로 뜯어냈다. 철 썩! 운이 없는 롤빵 조각이 테이블보 위에 팬케이크처럼 들러 붙었다.

"이렇게."

나는 테이블을 내려다보았다.

"적어도 자기는 뭐라도 있잖아!"

그나마 칭찬을 들어서 다행이다.

"그럼… 지금은?"

"C야."

"D가 아니고요?"

그레타는 거의 쓰러질 듯이 놀랐다.

"D? 물론 아니야! D라니! 난 D사이즈의 디자이너 샘플에 는 절대 어울리지 않아. D사이즈에 어울린다는 건 쇼 시즌과 화보 촬영을 단념해야 한다는 뜻일 수도 있고, 그건 곧 내 경 력을 망치는 일이야. D사이즈를 고려하고 있다는 말은 하지

마!"

"당연히 아니에요."

그레타가 자신의 이마를 톡톡 두드린다.

"크다고 해도 C컵으로 하라는 게 내 조언이야. 아니 꼭 그렇게 해! 대만족일 거야! 그건 아주 훌륭한 투자야! 그렇게 하면 내가 줄리 베이커에게 네 얘기를 해 줄게. 그럼 그녀가 널 《스포츠 일러스트레이티드》에 부킹시킬 거야! 그럼 우린 같은 곳으로 여행을 가게 될 거야. 아, 정말 재밌겠다! 그리고 월터 이오스(1943년생, 3백 장이 넘는 《스포츠 일러스트레이티드》의 커버페이지를 촬영한 사진작가— 옮긴이)를 만날 때까지 기다려. 월터는 세상에서 가장 훌륭한 사진작가야! 그가 우리 둘 사진을 찍으면 일대 돌풍을 일으키게 될 거야!"

"근사해요."

하지만 난 지금 둘이 아니라 나 혼자서 표지를 장식하는 사진을 상상하고 있다. 적당히 얇은 흰 비키니를 입고 풍만한 가슴으로 섹시하게 포즈를 잡고 있는 내 모습. 나는 부드럽고 멋진 미소를 짓고 있으며 머리카락이 바람에 흩날린다. 사진의 오렌지와 핑크색 하늘 부분에는 '스포츠 일러스트레이티드', 내 허벅다리 옆에는 '몰디브의 사랑스러운 에밀리'라고 쓰여 있다.

"물론 회복 과정은 고통스러워." 그레타가 말한다.

어머나.

"그래요?"

"응. 가슴이 말도 못하게 아팠어. 죽을 만큼!" 다시 한 번 그레타가 롤빵을 세게 내리친다. "일주일 넘게 진통제를 엄청 먹었어. 움츠리지 않고 걷는 데 3주, 택시 부르는 데 5주나 걸렸지. 끔찍했어!"

그럴 것 같다.

"지금은요?"

"지금은 괜찮지."

"그게 아니라… 지금은 어떤 느낌인지?"

"오른쪽이 약간 무감각해. 그전에는 왼쪽보다 더 민감했거든. 의사 말이, 시간이 지나면 예전 감각을 찾을 수도 있다고 하는데, 그렇게 되지 않더라도 뭐, 아주 나쁘다고는 생각하지 않아. 여전히 어떤 느낌은 있으니까."

그레타가 찻숟가락으로 젖꼭지를 두드리며 설명하자, 주방 쪽에서 뭔가가 요란하게 깨지는 소리가 들려온다.

"그것만 빼면 아무렇지 않아. 겨드랑이 아래 흉터가 남아 있긴 하지만 거의 보이지 않고, 어쨌든 늘 에어브러시로 처리하니까."

모두 유용한 정보이지만 아직 이해가 안 되는 점이 있다.

"그런데 가슴이 어때요? 전보다 무겁지 않아요? 더 딱딱하다거나?"

"더 단단해졌어."

"많이요?"

"약간 더."

"어느 정도요?"

그레타는 입술을 깨물더니 먼 곳을 응시한다. '가슴 확대 이전의 삶'을 기억해내려고 하는 게 분명하다. 나는 가슴 확대 이전과 이후를 기원전과 기원후보다 더 중대한 시기 구분이라고 생각하기 시작했다. 그녀가 곧 어깨를 으쓱 추어올렸다.

"모르겠네. 직접 확인해 볼래?"

그레타가 내 손을 잡아당길 때 나는 스푼 하나씩을 손에 들고 열심히 닦느라 분주한 까페의 남자종업원들을 죽 둘러본다. **남성분들, 미안하지만 쇼는 끝났답니다.** 내 손이 그녀의 손으로 미끄러지듯 빨려들었다.

"자, 가자고."

화장실은 탁 트인 정사각형이었다. 쉽게 말해서 두 사람이 무엇이든 할 수 있을 만큼 널찍하다. 그레타가 모드 프리존 핸드백을 바닥에 던지고 브래지어 훅을 끄른다.

"만져 봐."

손가락 하나로 그레타의 가슴을 찌르자 스프링처럼 도로 튀어 오른다.

"그렇게 말고. 이건 젤리가 아니야!" 그레타가 핀잔을 주듯 말하며, 가슴을 흔들어 보였다. 에밀리, 어떤 느낌인지 알고 싶다며? 그럼 제대로 만져봐야지!"

손을 뻗어 가슴을 꼭 쥐었다. **오잉! 단단하고, 딱딱하다.** 마치 슈퍼마켓 계산대 근처에서 찾을 수 있는 긴장 완화용 공을 주무르는 느낌이다. 갑자기 그레타가 몸을 굽히고 앉아 핸드백을 열더니 뭔가를 맹렬히 찾기 시작한다.

이번에는 상자가 은빛이고 약간 찌그러져 있다. 나는 금빛 상자는 어떻게 됐는지 궁금했지만 묻지 않았다. 그저 코카인이 면도날로 잘게 잘린 뒤 길고 얇은 빨대 안으로 빨려 들어가는 과정을 말없이 지켜봤다. 그레타는 내 침묵을 알아채지 못하고 또다시 내 앞에서 약에 취해 다른 세상으로 갔다. 아니, 어쩌면 내가 떠난 건지도 모른다. 그녀에게 나는 한 점이 되었다. 아니, 벽에 붙은 한 마리의 날벌레. 아무것도 없는 무의 상태. 내 친구는 4회분의 코카인 가루 중 3회분을 흡입하고서야 흰 세라믹 세면기 가장자리에 몸을 기댔다. 내가 몸을 돌리자 그녀는 은빛 빨대를 내밀며 내 존재를 인정한다.

"자, 받아." 그레타가 말한다. "자기 거야."

그레타는 '가끔 기분 전환용으로' 코카인을 한다고 말했다. 예전에 난 그 말을 믿었지만 이제 믿지 않는다. 지금은 그레타가 신의 창조물일지는 몰라도 천사는 아니라는 것만 믿는다. 그녀는 확대된 동공과 킁킁거리는 코를 가진 여자일 뿐이다. 창백하고 병약해 보이며, 가슴에 비해 몸매는 너무나도 가냘픈 여자. 지금으로부터 10년 뒤, 아니 5년 뒤에는 《스포츠 일러스트레이티드》에서 결코 그녀를 찾아볼 수 없게 될 것이다. 그레타도 결국 사라질 존재이므로.

그레타가 일어서서 나를 향했다. 빨대가 그녀의 손가락 끝에 있다. 그녀는 부드럽고 나직한 목소리로 조르듯이 말했다.

"자, 어서, 너도 원하잖아. 지난번에 아주 좋아했잖아. 이것도… 나도."

나는 코카인은 거절했다. 하지만 동정심에서 키스는 받아들인다.

* * *

"수술 받지 않겠어요."

바이런의 이마에 주름이 지면서 그의 입이 불만스럽게 벌어진다. 나는 그의 말을 기다리지 않았다.

"대신 당장 살을 더 뺄게요. 옵티패스트, 비벌리힐스 다이어트, 뭐든 시키는 대로 할 거예요."

나는 나를 똑바로 바라보는 에이전트의 시선을 피하지 않았다. 짧게 깎은 머리가 그의 눈을 더 크고 예리해 보이게 했다.

"런던." 마침내 그가 입을 열었다.

런던? 대부분의 다이어트는 토드 인 더 홀(반죽을 입혀서 구운 소시지로 만든 요리-옮긴이)이나 스포티드 딕(건포도를 넣은 푸딩-옮긴이) 같은 놀라운 이름의 영국 음식을 맛볼 수 있는 장소가 아니라, 실제로 비키니를 입을 수도 있는 장소의 이름을 따서 지어진다.

"그건 무슨 다이어트예요?"

"다이어트가 아니라 도시야." 바이런이 쌀쌀하게 대답했다.
"수술을 받고 싶지 않다면 이번 여름은 그곳에서 일하는 게 너
한테 맞을 거야. 런던 사람들은 복숭아 체형을 좋아해. 스테
이시 퍼거슨이나 데임 에드나 같은."

저스틴이 차트에서 눈을 떼고 고개를 들며 말했다.

"데임 에드나는 오스트레일리아 사람이에요."

"게다가 남자고요." 내가 거들었다. 이게 더 적절한 말인
것 같다.

"알게 뭐야?" 바이런이 우리에게 벌컥 화를 내며 소리친다.
"요는 네가 런던에서 잘할 거라는 거야. 스타가 될 거라고."

"스타요?"

*   *   *

재빨리 다음 일들이 진행되었다. 저스틴과 존이 런던 에이
전시와 여행사에 후다닥 전화를 걸고, 나는 학교로 돌아가 이
소식을 알리고 짐을 꾸렸다.

모든 사람이 변경된 계획에 찬성을 표했다. 픽시는 처음에
슬퍼하더니 곧 사려 깊은 사람으로 돌변했다.

"어쩌면 학교를 다니는 동안에는 가슴 성형을 하지 않는 게

365

나을지도 몰라. '금요일'에서 '저그스(여성의 가슴을 뜻하는 속어—옮긴이)'로 불릴지도 모르니까."

아빠는 드디어 설치하는 데 성공한 무선 전화기를 자랑—"좋아, 난 지금 현관에 있다. 좋아, 이제 부두에 있어. 믿어지니, 에밀리? 여긴 부두야!"—한 뒤, "런던이라고? 멋지구나! 아니, 거기엔 네가 공부한 모든 것들이 있잖아? 아니, 거기엔 디킨스가 있잖아!"라고 말한다. 그리고 거기에 의미 있는 운율감 있는 대구라도 발견한 것처럼 되풀이했다.

엄마조차 내 여행을 긍정적으로 여겼다(아무래도 3.6이라는 내 평점이 엄마를 흡족하게 한 듯).

"외국 문화에 흠뻑 빠지는 일은 언제나 마음을 확장시키지"라고 하면서.

가족과 친구들 모두 내가 런던에서 여름을 보내는 데 찬성한다. 비행기에 오르자 나 역시 옳은 결정이었다는 생각이 들었다. 사실 이게 완벽한 해결책일지 모른다. 런던은 멋진 곳일 뿐만 아니라 여권을 요구할 만큼 이국적이다. 물론 내 외국어 기량을 선보여야 할 만큼 이국적이지는 않지만. 그리고 그곳은 기름지고 비옥하다. 스콘(속을 넣지 않거나 마른 과일을 넣고 구운 영국의 전통 빵—옮긴이)과 거위 로스구이, 요크셔푸딩—실은 모든 종류의 푸딩—의 나라이기 때문이다. 푸딩이라는 말만으로도 벨트 위로 출렁대며 쏟아지는 뱃살과 물렁물렁한 허리 군살, 지방 축적물로 잔물결이 이는 허벅지가 연상

된다. **그래, 내 크고 둥근 체형이 런던에 딱 들어맞을 거야.** 이건 잡지 뒤쪽에 실리는 광고처럼, 웅장한 경치를 약속하는 휴가 여행에 참가한 것이나 마찬가지다. 1989년 여름, 아직 걱정은 많지만 이제 런던으로 향한다. 난 이 기회를 최대한 이용할 것이다.

Model ★ Student

모델 스튜던트

지은이 로빈 헤이즐우드 | 옮긴이 권희정

펴낸날 2008년 7월 22일 · 1판 1쇄

펴낸곳 도서출판 사람과책
펴낸이 이보환

등록 1994년 4월 20일(제16-878호)

주소 서울시 강남구 역삼1동 605-10 세계빌딩 5층
전화 02-556-1612~4 | 팩스 02-556-6842
전자우편 manbook@hanafos.com | 홈페이지 http://www.mannbook.com
블로그 http://humanbooks.egloos.com

© 도서출판 사람과책 2008
Printed in Korea

ISBN 978-89-8117-109-4 04840
ISBN 978-89-8117-108-7 (세트)

* 잘못된 책은 바꾸어 드립니다.
* 책값은 뒤표지에 있습니다.

「이 도서의 국립중앙도서관 출판시도서목록(CIP)은 e-CIP 홈페이지(http://www.nl.go.kr/ecip)
에서 이용하실 수 있습니다.(CIP제어번호: CIP2008002051)」